ODISSEY PARK

Título: *El beso del cowboy*

Diseño e ilustración de portada: Eva Mutter
ISBN: 9798478452803

Carol Davis

EL BESO DEL COWBOY

Abre el primer parque temático de viajes en el tiempo

SOCIEDAD. Artículo creado el 24-06-2021

Mañana sábado, Odissey Park abre sus puertas a los turistas. Treinta afortunados tendrán el privilegio de estrenar la primera época que se ha habilitado para esta experiencia vacacional única a la que le auguramos un gran éxito. ¿Quién no ha soñado alguna vez con vivir en otro tiempo? Invadidos por la tecnología y esclavos de la velocidad en nuestro día a día, muchos de nosotros hemos deseado en algún momento desconectar del siglo XXI y retroceder a un pasado lejano en el que todo iba más despacio y no existía el estrés. Al menos, no como lo conocemos. Había otros problemas, por supuesto, pero suponemos que en Odissey Park los omitirán o suavizarán. Todavía es una incógnita. Los responsables de este proyecto pionero prefieren guardar el secreto de lo que ofrecerán en sus diversos mundos recreados para el disfrute de los soñadores y soñadoras de nuestro tiempo. Lo único que sabemos es que la inmersión en la época será total y que, en breve, podremos elegir entre vivir una semana en el Salvaje Oeste o en las Highlands escocesas del siglo XVIII. Nos han avanzado, en exclusiva para este periódico, que habrá también un Londres decimonónico. ¿Período de Regencia? ¿Victoriano? Pronto sabremos más.

Han sido necesarios dos años para tener a punto este parque temático ubicado en Utah y que se inauguró en mayo con la presencia de reconocidas personalidades del ámbito cultural, artístico y político. Entre los asistentes a la inauguración, a la que solo se podía acceder con invitación exclusiva, se sortearon cinco estancias para dos personas en el Salvaje Oeste. Los ganadores del sorteo son los verdaderos afortunados, ya que el precio de unas vacaciones en Odissey Park no está al alcance de cualquiera.

Pero no desesperen, lo estará más adelante, cuando el parque temático funcione a pleno rendimiento. Así que, vayan planeando a qué época les gustaría viajar y reserven su insólita semana en el pasado.

1

Audrey Cox salía medio dormida del edificio donde vivía y casi se dio de bruces en el portal con un hombre trajeado. Se despertó de golpe al ver quién era: su ruidoso vecino. El hombre, que iba escribiendo en el móvil, alzó la vista un segundo, retrocedió para cederle el paso y volvió a mover los pulgares sobre la pantalla.

Audrey salió a la calle.

—Gracias. Buenos días.

Ni una palabra por parte del vecino. Estúpido. Cierto era que ella no había derrochado simpatía al saludarlo, pero él podría haber correspondido al saludo, ¿no? El mal humor con el que Audrey se había levantado a las cinco de la mañana empeoró.

Arrastrando una maleta pequeña de ruedecillas se dirigió hacia el coche de su amiga Dana, estacionado en doble fila. Vio la gran sonrisa de aquella chica tan distinta a ella físicamente: estatura media, silueta curvilínea, ojos azules y melena corta desfilada de un brillante rubio natural. El cabello de Audrey era castaño oscuro, liso y largo hasta la cintura, y solía llevarlo recogido en una coleta o con un moño alto; tenía los ojos marrones y unos quilos de más repartidos por igual en su cuerpo recto que alcanzaba el uno setenta de estatura.

Dana agitó una mano en el aire y Audrey trató de sonreír. No pudo. En parte, por el madrugón, pero sobre todo por ese tío maleducado. ¡Qué ganas tenía de perderlo de vista durante unos días!

En cuanto llegó al coche, le preguntó a su amiga:

—¿Le has visto?

—¿Al del traje? ¡Claro! —afirmó Dana, abriendo el maletero—. Y no solo porque a estas horas no hay nadie en la calle, sino porque llama la atención: alto, guapetón, con un cuerpazo que te mueres... Y debe de rondar los treinta, como nosotras.

—Supongo. Pero es estúpido a más no poder —remató Audrey tras colocar la maleta junto a la de su amiga.

—Vaya, qué lástima. Aunque eso no importa mucho para un polvo, ¿no?

—A mí, sí. —Subieron al coche y Audrey le reveló—: Es él. Mi vecino de rellano.

—¿El tío del que me has hablado varias veces? ¿El fiestero que no soportas?

—Sí, ese. Ni siquiera me ha saludado cuando casi choca conmigo en el portal.

Dana arrancó y emprendió el camino hacia el aeropuerto de Reno al tiempo que disculpaba al vecino.

—Bueno, estaba wasapeando. Y son las cinco y media de la mañana. Igual no andaba muy despierto, si se ha pasado la noche de farra. ¿Cómo me dijiste que se llamaba?

—Blake. Blake Lewis, según pone en el buzón del portal. Y debería de estar acostumbrado a trasnochar, porque sale casi a diario y vuelve a las tantas. Lo sé por los ruidos que hace al llegar: ascensor, puertas, la ducha, cajones... No tiene ningún cuidado.

—Y tú tienes insomnio, Audrey. Por eso oyes todos esos ruidos. Los demás vecinos no se han quejado, ¿verdad?

—Eso me dijo él cuando me quejé yo hace dos meses, pero vete a saber. Seguro que me mintió.

—¿Has preguntado a los que viven en el piso de abajo? ¿O a los de arriba?

—No me relaciono con nadie del edificio, Dana. Casi nunca me cruzo con ninguno de los otros ocho inquilinos que hay.

¿Cómo voy a llamar a su puerta y preguntarles si les molesta el del tercero primera? Además, es mi habitación la que está justo al lado de la de ese tío. Pared con pared. Soy yo la más afectada.

—Si pudieras dormir, no te enterarías.

—Seguro que me despertaba —replicó Audrey—. De hecho, me ha pasado un par de veces. La puerta de su dormitorio chirriaba. Hace días que ya no, supongo que la habrá engrasado —acotó—. Pero ese chirrido me despertó y pude oír su rutina: abre y cierra un armario, luego un cajón, se mete en la ducha...

—Ah, y es entonces cuando te despejas del todo —sonrió Dana, picarona—. Imaginando a tu vecino desnudo, las gotas de agua resbalando por su piel, con toda esa masa muscular que parece tener...

—¡Eh, para ya!

Su amiga rio con ganas.

—Te he pillado, Audrey.

—Vale, sí, alguna vez me lo he imaginado así, pero eso no significa nada. Me cae mal. Igual que yo a él. Y, aunque me cayera bien, daría lo mismo. Por su casa desfilan bastantes mujeres. Y una de ellas, a menudo.

—¡Eso no me lo habías contado! —se entusiasmó Dana—. ¿También oyes los jadeos cuando...?

—¡No! —la cortó ella—. Son muy discretos en eso. O lo harán cuando estoy en el trabajo, yo qué sé. A la asidua la identifico por su risa. Suele ir los sábados por la tarde. Y se marchan juntos sobre las siete.

—Madre mía, qué control. Si yo fuera tu vecino me acojonaría.

—No es control, simplemente los oigo. No puedo evitarlo. Las paredes son muy finas en el edificio.

—Pues alegra esa cara, Audrey —le pidió su amiga, enfilando la entrada al aeropuerto—. ¡Nos vamos de vacaciones! Toda una semana sin los ruidos de tu insoportable y atractivo vecino.

Esa era una de las razones por las que Audrey se había dejado convencer de acompañar a Dana a aquel parque temático que abría sus puertas ese mismo sábado. La otra, y la más poderosa, era la amistad que las unía. También influía que el viaje fuera gratis, desde luego. Todo pagado, excepto las comidas. Ella no habría podido costearse una estancia en Odissey Park ni ahorrando diez años la mitad de su sueldo. Claro que, jamás lo habría hecho: no pagaría un solo dólar por trasladarse a la época a la que le tocaba ir.

—Allí habrá otra clase de ruidos, Dana. Ruidos que me pondrán los pelos de punta: disparos, relinchos... ¡Dios! Odio las armas y me dan miedo los caballos. ¿Qué voy a hacer en el Salvaje Oeste?

—No será tan salvaje. Todo es falso, no es un viaje en el tiempo de verdad. Y las balas serán de fogueo.

—Pero sonarán igual. Y los caballos sí serán de verdad.

Dana acababa de aparcar y se limitó a sonreírle y a salir del coche. Audrey cerró los ojos un momento y se dijo que se estaba pasando un poco con tanta queja. Aunque no le entusiasmara aquel viaje, sí le hacía una cierta ilusión vivir una semana en otro mundo, en otra época; ser una dama del Oeste en lugar de una funcionaria del estado y profesora de ballet a tiempo parcial. Tal vez allí consiguiera dormir varias horas seguidas.

O toda una noche.

Y con Dana siempre se lo pasaba bien, así que no debería preocuparse ni estar de mal humor.

Parte de culpa de ese humor era de su vecino. Y no solo porque la relación con él fuera tensa y tirando a desagradable, sino porque encontrárselo de madrugada le había recordado que llevaba meses sin salir ni siquiera a tomar una copa después de cenar.

Y un año en el dique seco.

Unos golpecitos en la ventanilla interrumpieron sus patéticos pensamientos.

—¡Audrey! Venga, sal del coche o perderemos el vuelo.

—Perdona, me he quedado traspuesta un momento —mintió al apearse.

—Ya dormirás en el avión.

—Lo dudo. Sabes que me da mucho respeto volar. ¿No podríamos haber ido en coche hasta Utah? No está tan lejos.

—Casi dos días de camino —concretó Dana—. Y este es el vuelo que entraba en el premio. Valía la pena aprovecharlo.

Audrey admitió que su amiga tenía razón. Cogió la maleta y comprobó que llevara reservas de melatonina en el bolso. Intentaría echar una cabezada en el avión. O, como mínimo, procuraría tranquilizarse y que su humor mejorara. Era una privilegiada por poder realizar ese viaje y no debía permitir que sus temores o un vecino maleducado le impidieran disfrutarlo. Él no iba a estar allí. Así pues, ¿para qué agobiarse?

2

Zona central de Odissey Park, sábado 26 de junio, 11:15h.

En el Centro de Control del parque temático, situado en uno de los edificios del complejo hotelero de diseño, dos decenas de pantallas mostraban imágenes de un Salvaje Oeste que parecía sacado de una película. El coordinador de operaciones y máximo responsable de aquella gran sala que contaba con un centenar de monitores, Gary Butler, observaba la actividad que tenía lugar en cada una de las localizaciones de ese espacio que, en unas horas, recibiría a los primeros turistas del tiempo. Concentrado en su tarea, aquel hombre alto y robusto de ojos grises y mirada inquieta no se percató de que una mujer entraba en la sala hasta que oyó una voz junto a él:

—¿Todo preparado en el Oeste?

—¡Alison! Hola —saludó, sonriente, a la atractiva gerente del parque—. Casi. Algunos actores aún están en caracterización y el último grupo de empleados llegará en una hora. Los de mantenimiento siguen con las comprobaciones. —Señaló una pantalla en la que un hombre vestido con un mono naranja accionaba la palanca de una bomba de agua—. Parece que todo funciona bien. ¿Nerviosa?

—Impaciente. Llevo tres meses esperando este día.

—Como la mayoría de los que trabajamos aquí.

—Es verdad, perdona. Supongo que sí estoy un poco nerviosa. Es por el discurso de bienvenida. ¿Por qué tengo que hacerlo yo?

—Eres la gerente de este tinglado.

—Exacto. Recibir a los turistas no debería formar parte de mis responsabilidades. Sería más apropiado que lo hiciera alguien del departamento de Atención al Cliente o de Comunicación.

—Imagino que quieren darle categoría al recibimiento. Aparte de que ninguna mujer de esos departamentos es tan guapa como tú —manifestó Gary, guiñándole un ojo.

Ni siquiera la mueca de desdén que hizo Alison Cooper afeó su rostro ovalado de facciones suaves, nariz chata y boca ascendente de labios perfectos.

—Eso ha sido un comentario machista, ¿no crees?

—Sí, pero en la junta directiva del parque solo hay hombres. Y de una generación anterior a la nuestra, o dos. ¿Qué puedes esperar?

—¿Dos? Tengo treinta y ocho años, Gary. No hay nadie en la junta que sobrepase los setenta.

—Vale, pues lo dejo en una. Aunque yo sea más joven que tú, tampoco me cuadran los números. —Una de las pantallas se quedó en negro de repente—. ¿Qué pasa ahí? Es una de las cámaras del *saloon*. Perdona, Alison, tengo que hacer una llamada.

Un operador trataba de recuperar la imagen y Alison vio que el coordinador se impacientaba.

—Tranquilo, vuelvo a mi despacho a practicar el puñetero discurso. Avísame si surge algún problema.

Gary alzó un pulgar mientras esperaba respuesta al otro lado de la línea y se centraba de nuevo en las pantallas. Alison activó la de su ordenador en cuanto se sentó a la mesa de su amplio despacho.

Tenía varios correos nuevos en la bandeja de entrada. Abrió primero el del señor Pemberton, un accionista jubilado que solía escribirle para preguntarle por los avances en el parque temático. El hombre se había implicado mucho en el proyecto (e invertido mucho) y confiaba en ella más que en cualquiera de los directivos y miembros de la junta; la mayoría solo había pisado Odissey Park el día de la inauguración, y el señor Pemberton opinaba que la información más fiable podía dársela únicamente alguien que se hallara siempre en el lugar en cuestión.

Alguien como Alison Cooper.

Ese correo, sin embargo, no contenía ninguna pregunta. Le comunicaba que ciertos problemas de salud le habían llevado a tomar la decisión de ceder el control de los avances al director de proyectos, Samuel L. Grant, en el que confiaba tanto como en ella. El señor Grant haría de intermediario entre ambos a partir de hoy.

Alison sintió lástima y preocupación por el señor Pemberton —le había tomado cariño—, pero prefirió no preguntarle por escrito qué le ocurría exactamente; ya le llamaría por teléfono en cuanto tuviera un momento. Le respondió que lamentaba su estado, le deseó una pronta recuperación y le garantizó que colaboraría con el señor Grant igual que había hecho con él. Acto seguido, abrió el correo de Samuel L. Grant. Ya lo había visto en la bandeja de entrada, pero no le había dado importancia, ya que el director de proyectos le escribía en contadas ocasiones y nunca a título personal; simplemente la incluía con copia entre los destinatarios cuando surgía algo urgente o que pudiera afectar de forma indirecta a la gerencia del parque. Por lo visto, el correo de hoy sí era importante.

De: Samuel J. Grant
Para: Alison Cooper
Asunto: Primer informe
Enviado el: 26 junio, 11:30

Estimada Srta. Cooper:

Tal y como le habrá comunicado el señor Pemberton, voy a ser su enlace entre usted y él a partir de hoy. Por lo tanto, y a fin de realizar un seguimiento exhaustivo de cada semana vacacional, le agradecería que me enviara regularmente un breve informe del desarrollo de las mismas. Espero el primero mañana.

Respecto al avance de la habilitación de las épocas pendientes de apertura, le consultaré cuando lo estime oportuno.

Atentamente,

SAMUEL L. GRANT
Director de proyectos

Uy, cuánta formalidad, se sorprendió Alison.

Y ¿qué significaba «regularmente»?, porque bastante trabajo tenía ya como para invertir tiempo en redactar informes. El intercambio de *e-mails* con el señor Pemberton no era algo oficial, sino informal, distendido, casi amistoso. No esperaba tanta exigencia por parte del director de proyectos.

Contó hasta diez antes de teclear la respuesta, no quería tener un mal comienzo con ese hombre al que nunca había visto en persona. Un asunto familiar urgente había impedido al señor Grant asistir a la inauguración del parque y tampoco había puesto un pie en el hotel principal desde el mes de marzo, cuando ella empezó a trabajar allí.

De: Alison Cooper
Para: Samuel J. Grant
Asunto: RE: Primer informe
Enviado el: 26 de junio, 11:55

Estimado Sr. Grant:

Será un placer informarle de todo lo que suceda durante las semanas que tengamos turistas. Y le agradecería que concretara con qué regularidad desea recibir los informes que solicita, ya que sería de gran ayuda para mí.

Tendrá el primero mañana, por supuesto, y quedo a su disposición para cualquier consulta.

Saludos cordiales,

ALISON COOPER
Gerente de Odissey Park

Envió el correo y echó un vistazo al resto. No le daba tiempo a más. Eran ya las doce, hora en que llegaban los ganadores del sorteo con sus acompañantes. En treinta minutos tendría que bajar a recibirlos y a soltarles el discurso de bienvenida. Y repetirlo a las tres de la tarde, después de que los turistas de pago hubieran hecho el *check-in* en la recepción del hotel.

Abrió el documento que contenía el discurso y lo repasó una vez más, cruzando los dedos para que todo saliera a pedir de boca. Su permanencia en el puesto de gerente dependía de ello.

3

Audrey llegó de mejor humor a Odissey Park. Y alucinó con el lugar: parecía un oasis en medio del desierto.

—Y no has visto ni una cuarta parte —comentó Dana en el espacioso vestíbulo del hotel principal—. Es como una villa. Aparte de este edificio de tres plantas, hay bungalós con *jacuzzi* privado, tres piscinas impresionantes, un *spa*, un gimnasio con entrenador personal... Lujo total.

—¿Y no me puedo quedar aquí? —bromeó ella.

—Ni yo pude quedarme el día de la inauguración.

—Lo sé. Tu pase de prensa no servía para dormir una noche en el hotel, se necesitaba uno especial que solo les daban a los periodistas de la tele más mediáticos.

—Sí. Qué asco. Pero así funciona casi todo. Importa más la imagen y los seguidores que tienes en las redes sociales que tu valía en el trabajo diario. —Se acercó al mostrador de recepción—. Hola, soy Dana Thorne. Hay una reserva a mi nombre para una semana en el Salvaje Oeste.

—Por supuesto, señorita Thorne.

Las atendieron al momento con suma amabilidad y, tras registrarse, las acompañaron a un salón donde debían esperar al resto del premiados en el sorteo. Audrey vio que había una pareja mayor y dos hombres con pinta de cuarentones. Dana saludó a uno de ellos, y ambos presentaron mutuamente a sus respectivos acompañantes. Después de una breve charla intrascendente, su amiga la informó:

—Es periodista, como yo.

—Ya lo he deducido, por tu pregunta de cómo va todo en el periódico —rio ella, y añadió—: No parece muy simpático.

—Algunos profesionales no respetan demasiado a las que trabajamos para la prensa rosa.

—Pues seguro que tus artículos en las revistas del corazón se leen más que los suyos en el periódico.

—No me extrañaría.

Una empleada les entregó el formulario que, una semana antes, habían tenido que rellenar sobre enfermedades, alergias, aficiones y demás, y les pidió que lo revisaran y firmaran de nuevo.

Al rato, llegaron una pareja muy joven y un padre con su hija. Dana había conocido a la hija en la inauguración, tenían la misma edad, y los cuatro conversaron distendidamente hasta que entró en el salón una mujer que destilaba elegancia: traje Chanel de color rosa, zapatos de tacón de ocho centímetros que estilizaban su figura de proporciones armónicas, melena negra lisa y brillante y una sonrisa comedida en un rostro ovalado de tez fina y sin mácula. Dana le dijo a Audrey que era la gerente del parque, Alison Cooper, aunque no hubiera hecho falta la información. La propia Alison se acercó, uno a uno, a todos los que allí aguardaban y los fue saludando y presentándose a los que no conocía. Luego, les pidió un momento de atención.

—Bienvenidos a Odissey Park, el primer parque temático de viajes en el tiempo. Dentro de unas horas, se hallarán en 1878, en un pequeño pueblo del Salvaje Oeste en el que puede suceder cualquier cosa que sucediera por aquel entonces. Somos conscientes del impacto que causará en algunas personas trasladarse a un pasado en el que carecían de las comodidades de hoy en día, y quizás haya alguien que, una vez allí, crea que no será capaz de adaptarse al lugar y a la época que hemos recreado. Dado que nuestra intención es que disfruten de su estancia, dispondrán de veinticuatro horas para decidir si prefieren abandonar y regresar al siglo XXI o continuar sus vacaciones en el pasado. Transcurrido ese plazo, nadie podrá salir del espacio delimitado para la recreación salvo por motivos excepcionales.

Mientras la gerente seguía hablando, Audrey le susurró a su amiga:

—Da un poco de miedo, ¿no?

—Es emocionante —opinó Dana.

—Pues a mí me da yuyu.

Y su amiga le dio un codazo. Discreto y suave, pero bastó para que Audrey callara y continuara escuchando.

—En breve, les acompañarán a vestuario y peluquería. Deberán dejar todas sus pertenencias en el lugar que les indicarán y nosotros les proporcionaremos las prendas de ropa adecuadas a la época en la que vivirán durante una semana, así como lo que consideramos necesario o útil para su estancia. Después, un autobús les conducirá hasta lo que llamamos «Frontera del Tiempo». Es allí donde comienza su viaje al pasado. Les agradeceremos su colaboración para que todos y cada uno de ustedes se sientan inmersos por completo en ese otro mundo, de modo que la experiencia resulte inolvidable.

Audrey notaba un nudo en el estómago y masculló:

—Para mí, seguro que lo será.

—Eh, ¿dónde está tu espíritu aventurero?

—Nunca lo he tenido —respondió ella al tiempo que la gerente les deseaba un buen viaje.

—Mentira. Te fuiste de casa a los dieciséis años para cumplir tu sueño de ser bailarina —le recordó Dana, y ambas encabezaron la fila de a dos que siguió a la guía que las llevaría al mencionado vestuario.

—De eso hace ya doce, era una inconsciente. Además, Nueva York no está tan lejos de Filadelfia. Y para lo que me sirvió... Mi sueño se truncó muy pronto.

—Vale, tuviste mala suerte, sí. Pero podría haber sido peor. Y me callo, que sé que este tema te pone triste y no es momento para penas. Olvídalo. ¡Ya! ¿Una sonrisa?

Audrey se obligó a sonreír, pero a su amiga no le bastó.

—Mm... ¿No puede ser más espléndida? Piensa en esta maravillosa semana sin tu vecino ruidoso.

No le hizo falta más. Hasta soltó una carcajada y un eufórico ¡bien!

Tres horas después y sin euforia alguna, Audrey se apeaba del autocar en una especie de aparcamiento exterior con el suelo de tierra y miraba con cierta aprensión los caballos atados a una valla. También había carretas típicas del Oeste, con sus toldos curvos de lona blanca, dos de ellas cargadas con baúles y bolsas que contenían el equipaje.

Solo habían llegado a la Frontera del Tiempo y ya quería dar media vuelta y regresar a Reno, pensó mientras otro guía anunciaba que les iban a servir un refrigerio; debían aguardar al resto de turistas para reemprender el viaje. Los afortunados en el sorteo y sus acompañantes y se acomodaron en una larga mesa de madera con bancos hechos de troncos que no eran precisamente cómodos.

Tampoco la falda larga y las enaguas que Audrey vestía ahora le resultaban cómodas. Estaba habituada a los pantalones y leggins, y se sentía rara con tanta ropa alrededor de las piernas. Y con medias. ¡En pleno verano! Y aquella blusa de cuello alto y manga larga era otro engorro, con el calor que hacía, pero la chica que se había encargado de su vestuario le había dicho que la protegería del sol, igual que el bonete ridículo que llevaba atado con cintas bajo la barbilla. Y tenía razón. Audrey se habría quitado ya ese sombrerito de no ser porque caía un sol de justicia y era cierto que el ala, aunque fuera estrecha, evitaba que le diera en los ojos.

Lo que sí le gustaba eran los botines de cordones: ceñidos al tobillo y con un poco de tacón, le calzaban como un guante.

No pudo comer nada de aquel refrigerio. Los nervios le habían cerrado el estómago y se limitó a beber agua mientras escuchaba las conversaciones a su alrededor. Centradas en lo que iban a encontrar en aquel pueblo ficticio al que se dirigían y que algunos habían visto en un video el día de la inauguración, le daban algo de tranquilidad: un hotel, un banco, una tienda de suministros, la casa del médico, el típico *saloon*... Audrey se mentalizó de que sería como visitar uno de aquellos pueblos fantasma que se conservan en California, Colorado o Nevada. O como pasar unos días en un plató de cine donde se hubieran rodado películas de John Wayne o de Clint Eastwood. El mes anterior se había obligado a ver alguna para hacerse una idea de cómo serían esas vacaciones a las que Dana la arrastraba y, después de ver *Río Bravo* y *Sin perdón*, prefirió no seguir agobiándose con escenas de tiroteos.

Se calmó cuando el guía les preguntó, uno a uno, cómo preferían desplazarse hasta aquel pueblo: a caballo o en una de las carretas. Audrey eligió carreta, obviamente. Dana lo dudó unos segundos, pero se decidió por el vehículo con ruedas.

—No voy a dejarte sola, Audrey. Además, hace tiempo que no monto y no sé lo que dura el trayecto. Si es largo, llegaré dolorida y mañana tendré agujetas en el culo. ¡Ah, mira! Ya están aquí los que faltaban.

El mismo autobús que las había traído a ellas estacionó a lo lejos, a escasa distancia de los caballos. Lo seguía una camioneta de la que descargaron más baúles y bolsas.

El guía otra vez:

—Quienes hayan elegido carreta, acompáñenme, por favor.

Audrey se levantó enseguida, se estaba asando de calor. Bajo el toldo de la carreta y en movimiento correría algo de aire, por lo menos.

—Mira cuánto *cowboy* —la avisó Dana al ver a los turistas que bajaban del autocar—. A lo mejor, hasta ligamos.

Audrey rio y echó un vistazo rápido al grupo recién llegado. Sí, había más hombres que mujeres, pero no distinguía ningún rostro.

—Ya te lo diré cuando se quiten ese sombrero que les tapa media cara.

—Se llama *stetson*.

—¿Quién?

—Ese tipo de sombrero —le aclaró su amiga.

—Ah, vale. Y llevan pistoleras. Dios...

—Y pistolas. ¿Qué esperabas?

—No sé yo si me acercaré a un tío que lleve un arma, Dana.

—No la llevará cuando se quite los pantalones —señaló la periodista, y agregó en tono confidencial—: Y detecto a un par de *cowboys* a los que yo se los quitaría rapidito.

—Oye, no acapares —la regañó Audrey, bromeando.

Ni se le había pasado por la cabeza tener un lío en ese viaje. No le iban los rollos de una noche. Para acostarse con un hombre necesitaba sentir algo más que atracción física, y eso implicaba conocerlo un poco. Y aunque una semana podía dar mucho de sí, había otro inconveniente: eran turistas, llegados de cualquier parte. Difícilmente encontraría a alguien que viviera en Reno y que, además, le gustara como persona. Y las relaciones a distancia eran complicadas, lo sabía por experiencia.

El guía les indicó la carreta a la que debían subir y Audrey vio que tendrían que hacer el trayecto en la parte de atrás, sentadas en dirección contraria a la marcha. No era que temiese marearse, no iban a ir a tanta velocidad como para eso, pero no le hacía ni pizca de gracia ver las caras de los caballos que tiraban de la carreta siguiente, y así se lo dijo a Dana en cuanto se sentaron.

—Así te vas acostumbrado. Y aquí no nos da el sol.

—Es verdad. ¡Qué gusto! —expresó Audrey, abanicándose con la mano—. Estoy achicharrada. Cuando lleguemos al hotel, iré directa a la ducha.

—No creo que haya duchas como las que tenemos en casa, pero sí recuerdo que, en el video que nos pasaron, vi un edificio con un cartel que ponía Casa de Baños.

—Ah, pues mucho mejor. Un baño me sentará de maravilla.

Media hora más tarde, al cruzar un río poco profundo pero de anchura considerable, un coro de relinchos se mezcló con el chapoteo de los cascos de los caballos y sonaron los vozarrones de los dos guías:

—¡Cuidado!

—¡Agárrense fuerte!

Audrey y Dana intercambiaron una mirada interrogante al tiempo que un chillido reverberaba en el aire. La carreta comenzó a tambalearse.

—¡Salten! ¡Salten! —les ordenó el guía más corpulento.

Y Audrey supo que iba a tener su baño antes de llegar a aquel pueblo del Salvaje Oeste.

4

Los tres jinetes que encabezaban la caravana, compuesta por tres carretas y veinte monturas, estaban a punto de alcanzar la orilla cuando oyeron las advertencias y chillidos. Al volver la cabeza, vieron que la carreta que iba detrás de ellos se balanceaba como un tentetieso. La segunda se inclinaba lenta y peligrosamente hacia un lado, y una mujer saltó del vehículo entre un revuelo de faldas.

El jinete más alto, Blake Lewis, supo lo que iba a ocurrir.

—Esa carreta va a volcar.

—Joder —sonrió su hermano Ryan—, la aventura empieza pronto, tíos.

El tercero, Justin Smith, preguntó:

—¿Creéis que es un montaje o un accidente de verdad?

—Ni idea —respondió Blake cuando un lateral de la carreta ya se hundía en el río. ¿Dónde estaba la mujer?—. Pero habrá que ayudar.

Giró su montura a la vez que uno de los guías de la caravana pedía exactamente eso a voz en grito: ayuda.

Los caballos que tiraban de la tercera y última carreta se encabritaron por la inesperada caída de la que los precedía y por el agua que les salpicó. Blake fue hacia ellos para tratar de controlarlos, ya que el hombre que llevaba las riendas no lo conseguía. Las voces y gritos que sonaban a su alrededor se convirtieron en una cacofonía que decidió ignorar.

Cuando pasó junto al par de ruedas de la carreta volcada, que rozaban la superficie de aquel río, una chica emergía del agua agarrándose el sombrerito encastado en su cabeza. Blake se detuvo.

—¿Necesita ayuda?

—No, estoy bien, gracias —respondió ella sin apenas mirarle. Le dio la espalda y voceó—: ¡Audrey!

Blake dedujo que llamaba a la mujer que había saltado desde el otro lado del vehículo. Si se había quedado atrapada bajo la lona de la carreta... O peor: si se había desplazado bajo el agua y salía cerca de los caballos encabritados, corría el peligro de que la pisotearan. Saltó inmediatamente de la montura y recuperó su primer objetivo. Debía calmar a los animales asustados. Desde pequeño había tratado con caballos en el rancho familiar, sabía cómo hacerlo.

Un tanto preocupado por la tal Audrey (qué casualidad que una de las turistas se llamara igual que su vecina en Reno), se apresuró a dominar a las agitadas criaturas.

Oyó a aquella mujer llamar de nuevo a la otra:

—¡Audrey! ¿Dónde estás? —Y al poco...—. ¡Ah, ya te veo! ¡¿Estás bien?!

Blake no pudo oír la respuesta, pero sí la risa de la chica del sombrerito, lo que indicaba que Audrey, fuera quien fuese, no había sufrido daños y se hallaba en algún lugar a su izquierda por detrás de él. Ya no había motivo de preocupación.

El guía corpulento se le acercó y le dio las gracias por su ayuda, igual que el conductor de la carreta.

—¿Todo el mundo está bien? —se interesó Blake.

—Sí, algunos bastante empapados, pero bien.

Blake también lo estaba, el agua le llegaba hasta la cintura. Recordó la pregunta de Justin y quiso salir de dudas.

—¿Esto ha sido un accidente o lo tenían previsto?

—¿Acaso importa?

Sin más aclaración, el guía trepó hasta el lateral del vehículo volcado y reclamó la atención de los viajeros. La cacofonía cesó.

—A ver, señores, voy a necesitar su colaboración para que la caravana cruce el río. Pido tres voluntarios que me ayuden a vaciar la carreta y llevar el equipaje hasta la orilla.

Se alzaron varios brazos. El guía eligió a tres hombres y continuó:

—Después, los vaqueros más fuertes ayudarán a mi compañero —señaló al otro guía, un tipo espigado— a enderezar la carreta y él la conducirá para sacarla del agua. Será mejor que siga vacía hasta entonces. La lona mojada ya pesa bastante y no quiero arriesgarme a embarrancar, si añadimos más peso.

La chica del sombrerito, que se lo había quitado y Blake vio que era rubia y tenía los ojos azules, levantó la mano como si estuviera en la escuela y preguntó:

—¿Y cómo cruzamos nosotras el río? ¿A pie?

—A eso iba, señorita. Pueden cruzar a pie, claro, pero no se lo aconsejo. Y estoy convencido de que no les faltarán ofertas de los hombres para llevarlas en su montura. Las tres son muy guapas. ¿Verdad, muchachos?

Varias voces masculinas corroboraron la opinión del guía y se oyeron silbidos y algunas risas. Blake no había podido ver a las otras dos mujeres, pero la rubia era mona, sí. No le importaría hacerle un hueco en la silla de montar. Buscó su mirada y vio que Ryan se le había adelantado. Qué cabrón, se dijo, sonriendo. Su hermano pequeño no perdía el tiempo.

Tampoco los que iban a vaciar la carreta, que ya se habían puesto manos a la obra. Él aguardó su turno. Se sumaría a los que la colocaran de nuevo sobre las cuatro ruedas.

Permaneció junto a los caballos, todavía inquietos por tanto movimiento a su alrededor, y conversó unos minutos con aquel conductor inexperto y la señora sentada a su lado, a la que le presentó como su esposa.

Enderezar la carreta costó lo suyo. Blake acabó sudando a mares, como el resto de vaqueros que participaron en la tarea y entre los que también estaban Justin y Ryan.

Al terminar, los tres fueron a por los caballos que les habían asignado en la Frontera del Tiempo y que iban a ser suyos durante toda la semana. Detenidos en el agua, los custodiaba un chico que acababa de cumplir los dieciocho y viajaba con sus padres y su hermana, según les dijo el guía espigado cuando le adjudicó al chaval ese cometido.

Blake se acercó al *mustang* de pelaje castaño y crin negra con el que ya se entendía a la perfección. Era un ejemplar magnífico de metro y medio de alto, rápido y robusto, y el caballo cabeceó como si ya reconociera a su dueño temporal.

Ryan localizó a la rubia, que conversaba con dos tipos cuyos pantalones secos indicaban que no habían desmontado para nada.

—Voy a por mi chica. Siento que os quedéis sin —dijo sin sentirlo en absoluto—. Aunque hay una que todavía no está pillada.

—¿Cómo lo sabes? —inquirió Blake.

—Porque está cruzando a pie —respondió al tiempo que señalaba con la cabeza hacia el centro del río.

Blake distinguió a una mujer a la altura de los caballos que tiraban de la primera carreta. Avanzaba con dificultad y las faldas arremangadas. Y más despacio que el vehículo, claro. La lona la ocultó a sus ojos enseguida, pero le pareció que era la que había visto saltar de la carreta justo antes de que volcara. Debía de ser la que se llamaba Audrey.

—¿Nadie se ha ofrecido a llevarla?

Ryan se había ido ya a por la rubia y fue Justin quien informó a Blake.

—Creo que sí, pero me ha parecido oír que prefería cruzar andando. A lo mejor, no le ha gustado el tío que se le ha ofrecido. ¿Quieres probarlo tú?

—Estoy sudando como un cerdo. Seguro que tampoco querrá montar conmigo. Te la dejo a ti.

—Gracias, pero no. Bastante tengo con manejar esta yegua.

—Ya te advertí que tres clases de equitación no eran suficientes para venir aquí —le recordó Blake, tras montar en el *mustang* con agilidad—. Pero, tranquilo, iré a tu lado, por si acaso.

Arrancaron y, al poco, Ryan se les unió. Iba solo en su montura.

—La rubia me ha dado plantón. Me ha dicho que un compañero de trabajo insistía en llevarla y que no quería quedar mal con él. Iba a pedírselo a la morena, pero Dana me ha advertido...

—¿Quién es Dana? —lo interrumpió Justin.

—Ah, la rubia. Nos hemos presentado. Muy simpática, por cierto —añadió—. Pues me ha advertido que a su amiga Audrey, que es la morena que cruza a pie, no le gustan los caballos, así que he pasado de ofrecerme a ayudarla.

Blake se preguntó por qué alguien a quien no le gustaban los caballos se aventuraba a viajar al Salvaje Oeste, pues era obvio que los habría por todas partes. Solamente en la caravana había veintiséis, contando los que tiraban de las carretas. Esa chica no iba a disfrutar mucho de aquel viaje en el tiempo, dedujo, y volvió la cabeza para ver cuánto había avanzado a pie. Ellos estaban ya a pocos metros de la orilla.

Como no la localizaba, azuzó a su montura y salió del agua. Se desplazó unos pasos hasta que distinguió unas piernas largas enfundadas en unas medias que las cubrían hasta la mitad del muslo. Se esforzaban a cada paso por vencer la resistencia el agua, que le llegaba a las rodillas, y parecían ligeramente musculadas. Audrey debía de practicar algún deporte para tener esas piernas tan estupendas, pensó. La chica había hecho un gurruño con la falda mojada y se la había echado al hombro. Muy lista: toda esa tela tenía que pesar bastante, y más estando empapada, lo que le dificultaría el avance.

Alzó la vista para enfocar el rostro de aquella persona a la que no le gustaban los caballos y, por un instante, creyó que sufría alucinaciones, porque era clavada a su vecina protestona. A...

Audrey.

El mismo nombre.

Las mismas facciones.

Los mismos ojazos: marrones con un halo verde. De lejos no distinguía bien el color, pero estaba seguro de que aquellos ojos que miraban inquietos a su alrededor eran los que lo habían mirado a él con dureza varias veces. Otras, con desprecio.

Blake se caló el sombrero aún más para que la sombra del ala le ocultara el rostro y regresó con Ryan y Justin. Cuanto más tardara su vecina en darse cuenta de que él estaba allí, de camino al Salvaje Oeste, igual que ella, mucho mejor. Audrey todavía no le había reconocido, eso era evidente, o le habría saludado. Porque educada sí era, la chica. Protestona y estirada, pero muy educada.

—Eh, Blake, ¿qué mirabas con tanto interés? —curioseó Justin.

—Luego os lo cuento. Ese guía espigado nos hace señas para que sigamos adelante.

—¿No esperamos a que carguen la carreta que ha volcado?

La primera había cruzado ya el río, y el tiro de la vacía alcanzaba la orilla. Esa era la carreta en la que montaría su vecina. Blake, que prefería demorar el encuentro lo máximo posible, insistió:

—El guía dice que sigamos, ¿no? Pues, venga, en marcha.

Espoleó a su *mustang* y echó una última mirada atrás para asegurarse de que Audrey continuaba en pie y con fuerzas. Las iba a necesitar cuando tuviera que subir la pendiente de la orilla; aunque no era muy pronunciada, el suelo estaba algo blando y resbaladizo. Los caballos subían con facilidad, pero una mujer...

La vio hablando con el guía corpulento, los dos parados y con el agua por debajo de las rodillas. Parecían discutir. De pronto, el hombre la agarró de la cintura y la alzó hasta sentarla en su caballo. La chica soltó un chillido a la vez que el guía montaba tras ella con rapidez y la rodeaba con un brazo, tomando las riendas con el otro para reemprender el avance. Blake se compadeció de aquel hombre que, sin duda, tendría que aguantar las quejas de Audrey. Sin embargo, le tranquilizó saber que su vecina no iba a tener problemas para salir del río. Se obligó a apartar la vista de aquellas piernas largas y torneadas que ahora podía ver en su totalidad y se preguntó qué sentiría si las tuviera abrazando su cuerpo, desnudas...

¡No! Joder, ¿cómo se le ocurría pensar en eso? Había emprendido aquel viaje en el tiempo con el objetivo de quitarse de encima el estrés que llevaba acumulando desde hacía meses, no para buscar un rollete de una semana. Y mucho menos con la protestona de su vecina. Por suerte, la vestimenta de la época a la que se dirigían le impediría volver a ver aquellas piernas tan tentadoras, porque evitarla a ella iba a ser imposible. Rogó por que el lugar al que iban fuese lo bastante grande como para no tener que cruzársela a menudo y siguió adelante, ansioso por llegar al alojamiento y desconectar por completo del siglo XXI.

5

A Audrey todavía le temblaban las piernas cuando la carreta en la que volvía a ir sentada llegó a aquel pueblo del Salvaje Oeste. ¡Qué mal lo había pasado sobre el caballo de ese guía, por Dios! Aunque tenía que admitir que apenas le quedaban fuerzas cuando el hombre se detuvo a su lado y se empecinó en llevarla hasta la orilla de aquel condenado río.

—¡Qué pasada! —exclamó Dana cuando la caravana enfiló la calle principal—. Es auténtico, ¿verdad? Mira esas casas de madera. Y toda esta gente...

Audrey miraba poco a su alrededor, pero era cierto que ese lugar parecía real. Tenía la sensación de haber traspasado una pantalla y haberse metido de lleno en una de aquellas películas del Oeste que había visto. La calle, con esas típicas aceras de madera elevadas sobre el suelo de tierra, estaba concurrida, pero se respiraba una cierta paz. No percibió nada que se pudiera calificar de salvaje. Pensó que hasta podría llegar a gustarle, si no fuese por los caballos.

Y por la ropa que seguía mojada. La blusa se le había secado durante el resto del trayecto, pero lo demás no.

—¡Audrey, mira! La Casa de Baños que te decía.

—No me hables de baños, por favor. Lo único que quiero ahora es llegar al hotel y ponerme ropa seca.

—Pues lo acabamos de pasar.

—Habrá otro —dedujo ella, viendo que la tercera carreta sí se detenía frente a ese hotel—. Ahí no cabemos todos, el edificio es pequeño y solo tiene tres plantas.

El guía corpulento se les acercó.

—¿Todo bien, señoritas?

—¡Genial! —respondió Dana.

—Su alojamiento está casi al final de la calle principal, llegaremos enseguida. ¿Ya está más tranquila, señorita Cox?

Audrey no contestó hasta que su amiga le susurró que se lo preguntaba a ella.

—Ah, perdón. Es que nadie me llama así. Y sí, estoy más tranquila, pero estaré mejor cuando llegue a mi habitación de hotel.

—A ustedes les corresponde casa.

—¿Una casa para nosotras dos? —quiso confirmar Audrey.

—Sí, son afortunadas. Dispondrán de más espacio: un salón con cocina y su propio porche.

A Dana le entusiasmó.

—¡Uala! Ya tengo ganas de verla.

—Pues ahí está: su casa para una semana. Encontrarán dos llaves dentro. ¡Hasta la vista, señoritas!

La carreta se detuvo frente a una pequeña construcción de madera oscura flanqueada por otras dos muy similares. Dana se apeó al instante, subió el par de escalones del porche y apremió a Audrey:

—¡Venga, ven! ¿A qué esperas?

Audrey esperaba un imposible: que los tres caballos atados a la barandilla del porche contiguo al de ellas desaparecieran. Como eso no iba a ocurrir, bajó sigilosamente de la carreta para no alterarlos, caminó despacio hasta la puerta de la casa y entró. Solo entonces pudo volver a respirar. Su amiga le dio unas palmaditas en la espalda.

—En dos días te habrás acostumbrado, ya lo verás.

—Lo dudo —discrepó ella mientras procedía a desatarse los botines. Estaban encharcados y ya no aguantaba más tanta humedad.

Dos jóvenes vaqueros les dejaron el equipaje en la entrada: un baúl para cada una. Nada más. Audrey se apresuró a sacar ropa seca del baúl que llevaba su nombre, quejándose de las pocas mudas que les habían dado, y se metió en la única habitación que encontró.

De tamaño aceptable, se le antojó acogedora, a pesar del escaso y austero mobiliario: dos camas individuales separadas por una mesilla, un armario en la pared opuesta junto a una rústica cajonera, una silla y un aguamanil en un rincón. Había cortinas de ganchillo en la ventana, una lámpara de aceite sobre la cómoda y un velón en la mesilla.

Cogió una de las toallas que había sobre cada cama y se tomó su tiempo en secarse y cambiarse de ropa. Cuando volvió a la sala, encontró a su amiga despidiéndose de un hombre en la puerta.

—Era de la organización. Dice que dentro de una hora tenemos que estar en el hotel. Hay una cena a las siete con sesión informativa.

—Vale. Oye, no veo dónde está el cuarto de baño.

—Porque no hay. Tenemos que hacer nuestras necesidades en la letrina de ahí fuera.

—¿Perdona?

Dana rio y le recordó:

—Esto es el Salvaje Oeste, Audrey.

—Ya, pero...

—Ven, te acompañaré. Yo acabo de ir y no está tan mal.

Salieron por la puerta de atrás de la casa a un descampado en el que se veían tres casetas de madera equidistantes y otras tantas cabinas con cortinas que parecían probadores aislados de una tienda de ropa. Dana señaló el par que les correspondía a su alojamiento.

—Nuestro cuarto de baño: letrina y ducha. Las otras son de las casas que tenemos a cada lado.

Audrey se quedó muda y con la vista fija en lo que su amiga había llamado «ducha». Luego, la miró a ella con cara de espanto y sin comprender por qué le sonreía y le chispeaban los ojos, como si estuviera supercontenta. Y lo estaba, por lo que le dijo:

—¡Es auténtico! Una ducha a base de cubos que se acciona con una polea. Y no tienes que usarla, si no quieres. Puedes ir a la Casa de Baños.

—Desde luego que iré a esa casa. Seré cliente fija. No pienso ducharme ahí.

—Pues yo la probaré. Puede ser divertido.

—No sé dónde ves tú la diversión en echarse cubos de agua por encima —discrepó Audrey, y resopló con fastidio—. Bueno, voy al... A esa cosa.

No había dado un paso cuando, de la letrina a varios metros de la suya, salió un hombre en dirección a la casa vecina. Al llegar a la altura de ellas, les sonrió y se tocó el ala del *stetson* a modo de saludo vaquero.

—Señoritas...

—Buenas tardes —correspondió Dana.

Audrey, con la vejiga a reventar, se limitó a un «hola» y se encaminó, resignada, hacia aquella deprimente caseta.

El interior la deprimió más: una especie de banco de madera con un agujero en el centro. Jamás iba a acostumbrarse a eso. Batalló con las faldas, gruñó, maldijo y, ya aliviada, se dio cuenta de que no había papel higiénico. Claro. ¿Cómo iba a haberlo? Podía suplirlo con una toallita en el caso de las necesidades menores, pero ¿y las mayores?

De nuevo en la casa, se quejó a Dana de aquella importante carencia para la que su amiga ya tenía solución:

—Conseguiremos papel de periódico, sirve igual.

—Dios, esto va a ser un calvario.

—Un poco engorroso sí será para ciertas cosas, pero... —La periodista compuso una expresión traviesa—. Hemos tenido una suerte bárbara con los vecinos.

—Al menos con uno, sí —convino Audrey—. Nos ha saludado educadamente, no como otros que yo me sé.

—Bah, olvídate ya de Blake. Aquí al lado hay tres tíos que nos van a alegrar la vista y, a lo mejor, algo más.

—¿Cómo sabes que son tres?

—Por los caballos que había en su porche. Y porque el que nos ha saludado es uno de los que encabezaba la caravana, uno de los que va con Ryan —concretó—, el tío con melenita que se ha ofrecido a llevarme para cruzar el río.

—Y tú ya le has echado el ojo.

—Ryan no está mal, pero creo que me gusta más el rubio con barba que acabamos de conocer. La barba, al menos, era rubia. Y me falta ver bien al otro, que tiene un cuerpazo... ¿No te has fijado?

—No me he fijado en ninguno de los que han bajado del autobús que ha llegado después del nuestro ni en los que iban delante de nuestra carreta. Me preocupaban más otras cosas.

—Pues ya los verás durante la cena en el hotel. ¿Nos vamos ya para allá?

—Aún es pronto, ¿no? —observó Audrey al tiempo que se miraba la muñeca... vacía—. Agh, no me acordaba de que no llevo reloj.

Dana señaló el único mueble que había en el salón, además de un sofá con pinta de ser incómodo, un sillón y una mesa con cuatro sillas. En uno de los estantes del mueble que servía también de alacena, había un reloj de sobremesa. Audrey se extrañó al ver la hora que marcaba.

—¿Ya son las seis y media?

—Me alegro de que el tiempo se te haya pasado rápido. Significa que esto te gusta más de lo que pretendes hacerme creer.

—Oh, sí, me encanta —ironizó ella—. Sobre todo, el cuarto de baño.

Dana soltó una carcajada que hizo sonreír a Audrey, y la instó a salir ya de la casa, pero ella aún no se había mentalizado para enfrentarse de nuevo a los caballos.

—Sigo pensando que es pronto. El hotel no está tan lejos.

—Prefiero llegar con tiempo. Con suerte, nuestros vecinos ya estarán allí y podré acercarme a Ryan para saludarle y que nos presente a sus amigos. Así rompemos el hielo.

—No es mala idea —aprobó ella, que empezaba a contagiarse del entusiasmo de su amiga—. Ya tengo ganas de conocer a esos *cowboys* que nos van a alegrar la vista.

6

En el comedor del hotel estaba todo preparado para recibir a los primeros turistas del tiempo. Había varias mesas ocupadas cuando Audrey y Dana entraron en aquella espaciosa sala que podía albergar hasta ochenta comensales. Lámparas de aceite ya encendidas, pese a que aún llegaba luz del exterior, colgaban de las paredes tapizadas junto a cabezas de venados y pinturas de paisajes áridos y montañosos. Manteles de lino blanco vestían las mesas, dispuestas para dos o cuatro personas.

En ninguna había tres hombres.

—Todavía no han llegado —observó Dana mientras las conducían a una mesa ubicada en primera fila, frente a un púlpito colocado allí para la ocasión—. Vigilaré la puerta y te aviso cuando los vea entrar.

—Vale. Oye, aquí tiene que haber lavabos normales —supuso Audrey, que no podía quitarse de la cabeza aquella letrina—. Voy a preguntar. Disculpe...

Un camarero que servía bebidas le indicó dónde encontrar los servicios y ella salió del comedor.

Cuando volvió, contenta por haber vaciado la vejiga en un inodoro de porcelana, no le importó hacer cola para entrar de nuevo en el comedor. Reconoció a la parejita joven tras la que le tocó colocarse, pero se abstuvo de saludarles para no interrumpir su besuqueo y optó por observar el techo y las paredes de aquel pasillo.

Unas voces masculinas que se aproximaban le llamaron la atención. Se giró con la esperanza de que pertenecieran a aquel periodista conocido de Dana y a su amigo, así tendría a alguien con quien charlar mientras la cola avanzaba despacio. Y no se sentiría tan incómoda ante los arrumacos de la parejita que la precedía.

La esperanza se esfumó al reconocer al hombre de la barba rubia que las había saludado al salir de la letrina. Iba con otros dos, por lo que era indudable que se trataba de sus nuevos vecinos. El más alto llevaba el sombrero tan encasquetado que resultaba difícil verle la cara, pero sí distinguió la mitad inferior.

Un estremecimiento le recorrió la espina dorsal. Ese mentón redondeado, los labios finos pero bien dibujados, la nariz pequeña... Se parecía tanto a su ruidoso vecino que...

—¡Qué casualidad!

El tono de agradable sorpresa la hizo apartar la vista del rostro que no había abierto la boca y fijarla en el del chico de pelo largo que le sonreía y volvía a hablarle.

—Tú eres la amiga de Dana, ¿verdad? ¿Dónde está?

—Dentro. Yo he salido un momento a... —Los ojos se le iban hacia el alto. No podía ser él. Imposible.

—Hola, Audrey.

Pues lo era. El saludo frío y esa voz cavernosa resultaban inconfundibles para ella. Muda de asombro, no fue capaz de corresponder al saludo y agradeció la nueva intervención del de la melena. ¿Se llamaba Ryan?

—Creo que ya conoces a mi hermano Blake. Dice que eres su vecina en Reno. Eso sí que es casualidad, porque también lo vas a ser aquí. Os hemos visto entrar en la casa que hay al lado de la nuestra. Parece que no puedes librarte de él ni siquiera una semana.

—Eso parece —logró ella articular, con un hilo de voz y las pupilas clavadas en el ala del sombrero vaquero de Blake, cuya sombra continuaba ocultándole los ojos.

—Pues ya que mi hermano no nos presenta... Soy Ryan. Encantado.

Le dio dos besos en las mejillas de los que Audrey ni se enteró. En cambio, sí se enteró de que la cola avanzaba porque fue Blake quien la avisó. Ella siguió a la parejita, todavía sin poder creer que él estuviera allí. Luego, se le presentó el rubio, también con dos besos. Se llamaba Justin y dijo ser un buen amigo de los hermanos.

Por suerte para Audrey, Ryan era hablador, por lo que ella pudo ignorar a Blake y mantener una conversación mínimamente digna, a pesar de que sus procesos neuronales se habían detenido al constatar que su antipático vecino estaba allí, en el último lugar en el que esperaba encontrarlo. Cuando el hermano le preguntó si era una de las premiadas en el sorteo, Audrey consiguió responder sin atropellarse.

—Yo no. Dana.

—¿Tu amiga estuvo en la inauguración? Qué privilegio.

—Es periodista. Tenía un pase de prensa.

—Así que me plantó en el río por otro periodista —dedujo Ryan.

—Sí, pero tranquilos —incluyó al rubio, ya que era el que a Dana le había gustado más—. No se lleva bien con él.

—¿Como tú con mi hermano?

—Ah...

Tampoco se esperaba ese comentario, y su cerebro volvió a bloquearse. Echó una mirada a Blake, que se mantenía en un discreto segundo plano, detrás de Ryan y Justin, y más atento a la cola que a la conversación. Podía hacerlo gracias a su estatura: sobrepasaba en un palmo la de sus dos acompañantes. Y Audrey tuvo suerte otra vez, porque le tocó el turno de entrar.

—Pues nada, encantada de haberos conocido. Ya nos iremos viendo por ahí.

—Eso seguro —afirmó Ryan.

—Hasta luego —se despidió Justin.

Blake se limitó a un movimiento de cabeza al tiempo que se llevaba la mano al ala del sombrero.

Muy vaquero, sí, pero también muy parco.

Estúpido.

Audrey se dirigió a su mesa sin mirar atrás. Su amiga estaba boquiabierta.

—¡Los tenías detrás en la cola! A nuestros vecinos. Acaban de entrar.

—Lo sé. Nos hemos presentado.

—¡Bien! Cuenta, cuenta.

Y ella se lo contó, empezando por la noticia principal que la había dejado en estado de shock. A Dana, en cambio, aquella impensable coincidencia le resultó sumamente divertida, y apodó a Blake como «El Eterno vecino». Audrey despotricó y se lamentó durante toda la cena mientras su amiga le buscaba el lado positivo y trataba de animarla con sugerencias que consiguieron hacerla reír.

—Puedes dispararle, imaginando que te lo cargas.

—Pues, mira, para eso sí que empuñaría un revólver.

—No nos han dado ninguno, pero lo compraremos. ¿Y qué tal si le atrancamos la puerta de la letrina cuando vaya a mear?

—¡Hecho! Mañana compramos también tablones y clavos. ¿Tendrán en esa tienda de suministros que hemos visto?

—No sé si estará abierta en domingo —dudó la periodista.

Y Audrey, ya lanzada, propuso:

—Podría acusarle de algo para que el sheriff lo meta en la cárcel toda la semana.

—Ay, pobre. Eso sería muy cruel, ¿no?

—De pobre, nada. Si ha podido pagarse este viaje...

—¡Es verdad! Debe de tener pasta —dedujo Dana, mirando con descaro la mesa de los tres hombres. Ryan le sonrió y le guiñó un ojo—. Quizá te convenga más tratarlo bien. A lo mejor, hasta resulta ser un buen partido.

—No sé yo... Con tanta salida nocturna es probable que el dinero lo gane traficando con droga o algo así.

—O en los casinos. En Reno hay muchos. Aunque no me cuadra que sea rico y viva en el mismo edificio que tú.

—Tienes razón. Ah, puede que el millonario sea el rubio con barba que te gusta a ti.

—¡Guau! Eso sería estupendo. Mi vida solucionada —afirmó Dana con una expresión soñadora que mutó rápido en determinación—. Primero tendré que ligármelo, claro, pero no lo haré si a ti te fastidia.

—¿A mí? ¿Por qué?

—Porque implicaría relacionarnos con nuestros vecinos, con los tres —recalcó su amiga—. Y no quiero amargarte las vacaciones. Y menos, por una tontería. Justin me atrae, pero no lo conozco de nada. Ni siquiera sé si me va a caer bien. Puedo pasar de él y de sus amigos sin ningún problema. Hay más vaqueros guapos por aquí.

Audrey meditó unos segundos al tiempo que observaba con disimulo la mesa de los vecinos: la espalda de Blake, el perfil de Justin, el rostro de Ryan... El hermano simpático debía de estar hablando de ellas, porque lanzaba miraditas en su dirección.

—El problema, Dana, es que tengo la sensación de que ellos no van a pasar de nosotras. Ryan parece muy interesado en ti.

—Bueno, tampoco está mal —sonrió la periodista—. Si se me pone a tiro...

—Una expresión muy apropiada para el Salvaje Oeste —observó Audrey.

Un hombre vestido de negro y algo entrado en quilos subió al púlpito y pidió silencio. Las charlas que llenaban el ambiente del comedor se redujeron a murmullos y el hombre comenzó:

—Quiero dar la bienvenida a los que han llegado hoy aquí, a Lodge Town. Soy el alcalde de este pueblo y dueño del hotel en el que están ahora, forasteros, lugar donde me encontrarán si tienen algún problema durante su estancia. También pueden acudir al sheriff... —Un tipo alto de una mesa de primera fila se puso en pie. La estrella metálica de seis puntas brillaba en su chaleco de cuero marrón—. O al médico, en caso de que resulten heridos o se sientan enfermos.

Audrey, alarmada, le susurró a Dana:

—¿Heridos?

—No creo que se refiera a heridas de bala.

Un hombre canoso con cara de bonachón que se había levantado en otra mesa saludó a la concurrencia, y el alcalde retomó su discurso:

—Pero también han llegado a 1878 y, tal como les habrán informado ya, les ofrecemos la oportunidad de volver por donde han venido, si así lo desean. Una única oportunidad —enfatizó con el índice—. Así pues, tienen hasta las tres de la tarde de mañana domingo para decidir quedarse o abandonar Lodge Town.

La expresión de Audrey se relajó y Dana intuyó el motivo.

—No estarás pensando en marcharte, ¿no?

—¿Cómo lo has adivinado?

7

Mientras el alcalde informaba de las actividades previstas para la semana (marcar el ganado, una feria, otra cena el viernes siguiente...), Blake pensaba en cómo escabullirse tras el discurso. Su hermano y Justin pretendían hacer el camino de regreso al alojamiento junto con las vecinas, y a él no le apetecía la compañía de Audrey. Bueno, sí, en realidad sí le apetecía. ¡Qué guapa era la condenada! Y esas piernas... Pero el carácter arisco de la chica no compensaba la atracción física que pudiera sentir por ella. Sin contar con que sabía de sobra que a ella tampoco le apetecía la compañía de él. Dado que Ryan y Justin coincidían en gustos cuando se trataba de mujeres y ya estaban apostando cuál de los dos se ligaría a la periodista, Blake tenía claro a quién le iba a tocar caminar junto a Audrey y darle conversación: a él.

Iba a ser muy incómodo para los dos, así que, mejor evitarlo. Pero ¿con qué pretexto? La búsqueda desesperada se vio interrumpida por un codazo de su hermano.

—¿Lo has oído, Blake? Clases de baile *western*, tío. Para poder bailar en la feria del jueves.

—Yo miraré cómo bailáis vosotros —aseguró él.

—Podrías intentarlo.

—Ni borracho. Y me juego lo que quieras a que tú tampoco irás a esas clases.

—Puede que sí. Por probar, a ver qué tal se me da. Debe de ser parecido al *country*, ¿no?

Justin les mandó callar. El alcalde estaba advirtiendo que no se aventuraran hacia el norte, más allá del límite del pueblo, ya que era una zona peligrosa. Blake sintió una curiosidad inmediata por saber qué peligros había allí. La zona norte de Lodge Town era precisamente donde se ubicaba la casa que les habían adjudicado. Podría salir a explorar en cualquier momento. Se llevaría los dos revólveres que le habían dado en aquellos vestuarios y se enfrentaría a lo que fuera y a quien fuera. Su nivel de estrés era alto y necesitaba acción y aventura.

—Y ya para terminar —anunció el alcalde—, les recomiendo que cojan uno de los folletos en encontrarán en el vestíbulo del hotel y que contienen información detallada sobre las actividades que he mencionado y los horarios de los establecimientos. ¡Disfruten de su semana en el Salvaje Oeste, forasteros!

Sonaron algunos aplausos entre las voces de los presentes, las cuales aumentaron de volumen a medida que la gente se levantaba y abandonaba las mesas. La algarabía que se formó en el comedor aturdió a Blake momentáneamente y, como aún no había encontrado un pretexto para escabullirse, les dijo a Ryan y a Justin:

—Id tirando, ya os alcanzaré por el camino.

—¿Seguro? —receló su hermano—. Podemos esperarte. Ellas siguen en la mesa.

Justin se ofreció a acercarse a Dana y a Audrey para proponerles regresar juntos, y Blake vio que no tenía escapatoria. Despacio, se puso en pie y se caló el sombrero mientras Ryan lo animaba:

—Venga, hombre, tu vecina protestona no me ha parecido tan rancia.

Entonces, la voz impostada del sheriff se elevó por encima de las demás:

—¡Señores! En la primera planta hay un salón privado donde jugar a las cartas o a los dados. Las apuestas son altas y sé que los recién llegados aún no tienen dinero, pero les fiarán hasta el lunes, cuando abra el banco. Los que quieran apuntarse, vengan conmigo. Solo hombres —especificó el al ver que una mujer se le aproximaba.

Otras protestaron, por lo que el sheriff les recordó que se hallaban en 1878, en un pequeño pueblo del Oeste americano. Y advirtió, de paso, que tampoco se admitían mujeres en el *saloon*, salvo a prostitutas y bailarinas.

Algunas risas se mezclaron con abucheos y exclamaciones de alegría, y Blake se habría sumado a estas últimas, pero se contuvo. Estaba en contra de cualquier clase de discriminación y no iba a cambiar sus convicciones, aunque se hallara en un siglo y en un lugar donde resultarían extrañas; sin embargo, esa discriminación en concreto le daba una vía de escape fabulosa sin necesidad de inventar excusas.

—Me voy a ese salón privado a echar unas partidas. No me esperéis despiertos.

Y se unió al grupo que rodeaba al sheriff, sin mirar atrás ni hacia la mesa de su vecina.

Una hora después, ya con poco crédito para seguir jugando al póquer y convencido de que el jugador frente a él estaba desplumando al resto con malas artes, lo acusó de tramposo.

—Demuéstralo —le exigió el acusado, con una sonrisa socarrona.

Y Blake lo hizo: la baraja tenía cartas marcadas.

El tipo se levantó lentamente y, fulminándolo con la mirada, rodeó la mesa.

—Muy bien, forastero. Me has descubierto. Y ahora, ¿qué? ¿Qué piensas hacer?

—Yo, nada. Tú nos vas a devolver el dinero que nos has ganado con tu juego sucio y así, estaremos en paz —expuso Blake sin acoquinarse.

El tramposo lo agarró del cuello de la camisa, lo alzó de la silla y se encaró con él.

—No voy a devolver ni un centavo. Y menos, a un mamarracho como tú que acaba de llegar al pueblo. Aquí jugamos así y, si no te gusta, te largas. ¿Entendido?

Soltó a su presa de golpe y con fuerza suficiente para tumbarla, pero Blake topó con la mesa a su espalda y no llegó a caer al suelo. Furioso, se enderezó con rapidez y se enfrentó a aquel tipo que debía de formar parte del plantel de actores del parque y estaba interpretando un papel. Intrigado por ver hasta dónde llegaba aquel montaje, le provocó:

—¿Estás buscando pelea, hijo de puta?

—Si es así como quieres resolver esto, adelante.

Y Blake le arreó. Le dio un puñetazo en la mandíbula que el tramposo le devolvió al instante.

Joder. No se lo esperaba.

La mesa volvió a salvarlo de una bochornosa caída, pero algunos de los *cowboys* que observaban la disputa se rieron igualmente, lo que a él le sentó como un tiro.

Tan mal como la expresión prepotente y satisfecha de aquel actor.

Blake quiso borrársela de la cara lanzando otra vez el puño contra el hombre, y eso bastó para desatar una pelea en toda regla. Y no solo entre ellos dos. Mientras él daba y recibía, veía hombres golpeándose unos a otros y oía jalear a los que se mantenían al margen, calentando más el ambiente.

Volaron dos sillas.

El tramposo volcó la mesa: las cartas se desparramaron, los vasos se rompieron y el whisky que contenían dejó el suelo pegajoso.

Y de repente, sonó un disparo y la voz del sheriff:

—¡Basta!

Todos se detuvieron. Blake, que acababa de tumbar a su contrincante aprovechando la distracción del desastre de la mesa, vio que al tipo le sangraba la nariz y lo miraba con cierta admiración. Él no se sentía orgulloso en absoluto de esa pelea, aunque hubiera resultado vencedor, y le tendió la mano al tramposo en son de paz y a fin de ayudarle a levantarse. El tipo la rechazó y su expresión volvió a adquirir aires de superioridad.

—No creas que has ganado, forastero. ¿Verdad, sheriff?

Un destello metálico atrajo la mirada de Blake. Frente a él, el sheriff le mostraba unas esposas.

—Tengo que arrestarte, muchacho. Tú has empezado la pelea.

Blake iba a protestar, pero pensó que no valía la pena. Si aquello era un montaje para tener la cárcel ocupada con algún turista y hacer que el Salvaje Oeste pareciera más real, nada le libraría de pasar una noche entre rejas. Así pues, tendió las muñecas y hasta sonrió mientras lo esposaban. Ryan y Justin se iban a partir de risa cuando, mañana por la mañana, les contara la que había liado en la sala de juegos y dónde había dormido.

Y todo, por evitar volver al alojamiento con su arisca vecina.

8

Audrey reprimió un bostezo al salir de la iglesia de Lodge Town el domingo por la mañana. Aparte de que le había costado conciliar el sueño aún más que en su amplia y confortable cama de Reno (y porque le habían confiscado la melatonina en el vestuario), el sermón del predicador sobre el amor al prójimo le había resultado soporífero. Menos mal que no pasaría otro domingo allí.

Ni ningún otro día, si lograba convencer a Dana de que iba a estar mejor sin ella.

Se despejó de repente al ver que el hermano de Blake y el amigo se acercaban con sendas sonrisas. Una mirada rápida entre la gente a su alrededor le confirmó que el maleducado de su vecino no iba con ellos. Seguro que todavía dormía, después de una noche de cartas y alcohol. No le había oído llegar mientras intentaba relajarse a fin de que se le cerraran los ojos, y no se le habían cerrado hasta las cinco de la madrugada.

Intercambiaron saludos y Dana les preguntó por qué no habían ido a la iglesia. Se suponía que la asistencia era obligatoria.

—Estábamos en la comisaría o como le llamen aquí —justificó Ryan—, negociando con el sheriff. Anoche arrestó a mi hermano.

Audrey se sorprendió tanto como su amiga, pero dejó que hablara ella.

—¿Blake está en la cárcel?

Los dos asintieron y ellas cruzaron una mirada con un gran interrogante. Ambas recordaban que, durante la cena, Audrey había sugerido acusar de algo a su vecino para que lo encerraran toda la semana. Al parecer, no había hecho falta ninguna acusación. Él solito se las había apañado para acabar en una celda, según contaba Justin: había provocado una pelea en la sala de juegos del hotel.

Audrey no sintió ni una pizca de lástima por él. Maleducado, noctámbulo, mujeriego, jugador (tal vez ludópata) y encima, violento.

Dana, en cambio, sí se apiadó de Blake:

—Ay, pobre. ¿Está herido?

—El sheriff no nos ha dejado verle —respondió Justin—, pero dice que no tiene nada roto, solo magulladuras.

—¿Y cuándo lo va a soltar?

—Eso es lo que negociábamos. Además de una fianza como garantía de que no volverá a pelearse, nos exige que paguemos los destrozos que hubo en la sala por su culpa. Parece que no fue el único que se lio a puñetazos después de que empezara él.

—¿Y es mucho dinero?

Ryan alzó un hombro, como restándole importancia.

—La cantidad no es el problema, pagaríamos con gusto lo que nos pide. El problema es que el banco no abre hasta mañana y no hay otra forma de conseguir dinero en este pueblo.

Justin lo confirmó, negando con la cabeza, y añadió:

—El único que nos lo podría prestar es el alcalde, pero ya nos ha dicho el sheriff que no lo hará. Como también es el propietario del hotel, está muy cabreado con Blake.

Audrey concluyó rápido que no volvería a ver a su ruidoso vecino hasta que él regresara a Reno. Ella tenía claro que, a las tres de la tarde, abandonaría Lodge Town. A punto estuvo de sonreír, pero se frenó por consideración a Ryan y Justin, que le caían bien, y trató de simular un poco de pena.

—Siento mucho que Blake tenga que pasar otra noche en la cárcel. Si pudiéramos ayudar de alguna manera…

Los dos chicos intercambiaron una mirada de complicidad al tiempo que Dana les preguntaba si creían que el alcalde les prestaría a ellas el dinero necesario. Justin respondió que no, que el hombre adivinaría para qué querían tal cantidad y no soltaría ni un centavo.

Entonces, Ryan les sonrió con una inocencia sospechosa y dijo:

—Pero hay otro modo de liberar a mi hermano. Y ya que os ofrecéis a ayudar...

Dana se apresuró a confirmarlo.

—¡Claro que sí! ¿Qué podemos hacer?

—Resulta que el sheriff es muy goloso, le gustan especialmente las tartas de moras, y nos ha insinuado que una de esas tartas bastaría para soltar a Blake.

Justin añadió:

—No compensaría los desperfectos de la sala de juegos, que los podríamos pagar el lunes, pero sí la fianza. La cuestión es que ni Ryan ni yo sabemos cómo se prepara esa tarta y hemos pensado que quizá vosotras...

Dana no lo dudó ni un segundo.

—¡Hecho! Yo tampoco sé prepararla, pero Audrey me ayudará. Tiene buena mano para cocinar.

Ella volvió a simular desencanto.

—Lástima que no tangamos los ingredientes necesarios. Ni dinero para comprarlos en la tienda. Que estará cerrada, supongo. Es domingo.

—Está abierta —indicó Justin—. Hemos pasado por allí y el tendero nos ha dicho que hoy fía a los recién llegados.

—¡Estupendo! —exclamó Dana—. Pues no perdamos más tiempo. Vamos a comprar.

—Vosotras sí que sois estupendas —manifestó Ryan, y los cuatro se encaminaron hacia la tienda de suministros—. Gracias por ayudarnos, de verdad. Os debemos una. ¿Cuánto tardaréis en tener lista la tarta?

Eso estaba calculando Audrey, precisamente. Era ya mediodía y, entre comprar, preparar la masa y hornear, darían las dos de la tarde. Vale, podía hacerla, aunque le repateara el estómago. Y a las tres estaría en la puerta del hotel para abandonar el Salvaje Oeste. Dana había encontrado ya compañía para pasar la semana, no se quedaría sola. Iba a tener a sus pies a tres hombres, uno de los cuales le gustaba mucho. Audrey no percibía reciprocidad por parte de Justin, pero eso no era problema suyo, sino de su amiga.

Sus cálculos empezaron pronto a descuadrarse. La tienda estaba repleta y nadie tenía prisa. Los turistas que se alojaban en casas llenaban cestos de esparto con toda clase de alimentos para abastecer sus respectivas cocinas, que debían de estar casi vacías como la de ellas; para desayunar, solo habían podido preparar unas gachas de maíz que no acabaron en la basura porque las dos tenían un hambre de perros. Y, a la cantidad de gente, había que sumarle el hecho de que allí todo se vendía a granel: pesar cada producto llevaba su tiempo. Cuando les tocó que las atendieran, había transcurrido una hora.

Al salir de la tienda, Audrey avisó a su amiga:

—Dejaré la tarta en el horno y me marcharé.

—¡Anda ya! No puedes irte. ¿En serio te vas a perder una experiencia como esta? ¿Solo porque no soportas a tu vecino?

—No es solo por él. —Y no mentía—. Aquí me siento fuera de lugar, estoy incómoda. La ropa, la letrina, la cama, los caballos… Esta época no va conmigo, Dana.

—Vale, como quieras.

La expresión desolada de su amiga la afectó, aunque no tanto como para replantearse su decisión.

Los vecinos, que les llevaban la compra, la dejaron en la cocina y se fueron a informar al sheriff de que tendría una tarta de moras antes de las tres de la tarde. Sin embargo, otro fallo en los cálculos de Audrey le indicó que tardaría algo más. No había contado con que el horno era de leña, y ellas jamás habían encendido ni siquiera una chimenea o una barbacoa. Dana, que se desvivió por colaborar en la preparación de la tarta, tardó casi otra hora en conseguir que aquel rústico aparato calentara sin riesgo a que la masa se carbonizara. Audrey metió el molde en el horno.

—¡Por fin! Creía que no llegaría a tiempo.

Su amiga le sonreía tristona.

—Pues nada, ya puedes irte. Ya me espabilo yo con la tarta.

—Cuarenta minutos y la pinchas para comprobar si está cocida.

—Vale.

—Dana, lo siento, no...

Y era cierto. Audrey se sentía fatal. No se estaba comportando como una buena amiga. En cambio, Dana sí.

—Vete tranquila, no me enfado. Y date prisa, o no llegarás.

Dana respetaba su decisión y no le echaba en cara que fuese una comodona y una cobardica. Y Audrey supo lo que tenía que hacer. Aunque lo expresó con exagerado fastidio:

—¡Oh, está bien! Tú ganas. Me quedo.

El chillido de su amiga la ensordeció, pero el abrazo que le dio y el bailecito que se marcó la hicieron reír.

A veces, envidiaba la espontaneidad de aquella periodista. Era una envidia sana, más bien una admiración mezclada con el anhelo de ser como nunca había sido. Ella jamás se dejaba llevar por las emociones con tanta efusividad. Ni por ese optimismo permanente que Dana mostraba al mundo y que manifestó después de otro abrazo:

—Te prometo que Blake no te molestará para nada en toda la semana. Ya me encargo yo de eso. Además, seguro que va a estar tan agradecido de que lo saquemos de la cárcel que pasará de puntillas por tu lado para no hacer el más mínimo ruido.

Audrey soltó una carcajada.

—Imposible imaginar a ese pedazo de tío caminando de puntillas como un bailarín. Y menos, con botas de *cowboy*.

—No lo decía en sentido literal, me refería a que procurará ser amable contigo. Ya verás como lo primero que hace al salir de la celda es venir aquí a darte las gracias por la tarta.

—Pues tendrá que dártelas a ti, porque yo no estaré.

Dana perdió la sonrisa.

—Pero si has dicho que no te ibas.

—Y no me voy de Lodge Town, solo iré a la Casa de Baños. En cuanto la tarta esté lista, pienso darme un baño como Dios manda.

9

—Necesito un baño ya —dijo Blake en cuanto salió de la oficina del sheriff con Ryan y Justin—. Huelo fatal.

—No te lo vamos a discutir —convino su hermano—, pero ¿no te basta con una ducha?

—¿A base de cubos? ¿Y me los vais a llenar vosotros? Porque a mí me duele todo y, en esa casa, el agua no sale del grifo. Hay que bombearla.

—Es un coñazo, sí —reconoció Justin.

Su amigo también le indicó que iba a necesitar ropa limpia, y Blake se negó a cruzar todo el pueblo hasta el alojamiento, apestando a sudor y con el cuerpo dolorido, más por haber dormido en el suelo de la celda que por la pelea de la noche anterior. Y lo de dormir era un decir, porque apenas había pegado ojo.

—Compraré ropa en la tienda de suministros. Supongo que tendrán, es la única tienda que hay aquí.

—Algo hemos visto esta mañana, ¿verdad Justin?

—Sí, venden de todo. Aunque hay poco surtido para elegir.

—Me conformo con que haya un pantalón, una camisa y calzoncillos —detalló Blake, que ya veía la tienda, y hacia allí se dirigió—. No hace falta que me esperéis. Volved con las vecinas y decidles que luego me pasaré a darles las gracias por su ayuda.

—¿Solo las gracias? —cuestionó Ryan—. Habría que invitarlas a cenar, por lo menos.

Blake miró a su hermano con una sonrisa burlona.

—¿Dónde, listillo? Dudo que me dejen volver a pisar el hotel hasta que les pague lo que les debo, y no hay más restaurantes en el pueblo.

—Podrías cocinar tú, no se te da mal.

—En mi cocina de Reno, con la vitrocerámica y siguiendo los tutoriales de los canales de Youtube. Aquí, y después de haber visto y olido la tarta que han preparado ellas, prefiero no tocar un cazo. Oiría las quejas de Audrey durante toda la cena, y con razón.

—Si se sienta a tu izquierda en la mesa, no la oirás —señaló Ryan, con lo que se ganó una mirada asesina de Blake—. Era broma, tío.

—Pues no me ha hecho gracia. —Entró en la tienda—. Nos vemos en la casa.

Ahora, además de dolorido estaba cabreado. Su hermano no solía bromear sobre la sordera que padecía en el oído izquierdo, sabía que a él le sentaba mal. Solo su familia y un reducido círculo de amistades, en el que se encontraba Justin, conocían esa discapacidad invisible que Blake jamás mencionaba porque le avergonzaba. La había ocultado muy bien durante años, dejándose el pelo largo para cubrir el audífono. El último modelo que se había comprado era ya tan discreto que se había permitido prescindir de aquellas melenas que había llegado a odiar y con las que se veía feo. No es que ahora se viera guapo cuando se miraba al espejo, pero ese corte a cepillo al estilo militar le sentaba mejor y le daba un aspecto más pulcro. Sin contar con que ya no andaba todo el día preocupado por recolocarse el pelo sobre la oreja izquierda para tapar el aparato.

Sin embargo, en el vestuario de Odissey Park había añorado aquellas melenas. El hombre que supervisaba que no llevaran nada que estuviera fuera de lugar en el Salvaje Oeste de 1878 había detectado el audífono y se lo había hecho quitar. El intento de

Blake de que comprendiera que lo necesitaba había resultado inútil: o prescindía de él o renunciaba al viaje, no había más opciones. Y Blake no iba a renunciar a un viaje que necesitaba y que, además, le hacía tanta ilusión.

Mientras le daba su nombre al tendero para que anotara el importe total de lo que acababa de comprar, se dijo que no era tan grave oír solo a medias. Y podía leer los labios, aunque no tuviera mucha práctica en eso, pero ya se las arreglaría para que nadie descubriera su tara.

Al ver a lo lejos la cola que había para entrar en la Casa de Baños, se planteó salir de Lodge Town y bañarse en la poza que divisó la tarde anterior, poco antes de llegar al pueblo; pero no tenía toalla ni jabón, por lo que descartó esa idea.

Sin embargo, la recuperó cuando ya llegaba al extremo de la cola y se percató de que la última persona era su arisca vecina.

Y él, oliendo a rayos. Joder. No podía acercarse a ella.

Se detuvo en medio de la calle principal y esperó unos minutos, por si la suerte le sonreía y alguien se colocaba detrás de Audrey; le ahorraría tener que saludarla, ya que podría fingir que no la veía.

No le sonrió nadie, ni siquiera la vecina cuando él se añadió a la fila, harto de soportar su propio olor. La chica se volvió con una mueca de asco y abrió los ojos como platos al reconocerle. Él se apresuró a justificar su estado:

—No he podido lavarme en la cárcel, lo siento. Ya me aparto.

Retrocedió un paso y ella le habló, pero entre la distancia y que solo le veía el perfil, Blake no captó lo que le decía. Miró al suelo para despistar.

Entonces, pensó que quizá no era tan mala suerte haberse encontrado a Audrey allí. Podía aprovechar para darle las gracias por la tarta y así, no tendría que llamar luego a su puerta. La amiga también estaría en la casa y a él le costaría más mantener una conversación con dos personas que con una sola.

Un hombre le preguntó si era el último y Blake asintió. Luego, se situó a la izquierda de su vecina, un poco por delante de ella para verle bien la boca.

—Oye...

—¡Ah! —gritó Audrey—. Me has asustado. ¿Vas de puntillas o qué?

El grito y la pregunta descolocaron a Blake. ¿Que si iba de *putillas*? Miró el edificio de dos plantas con el cartel «Casa de Baños». ¿Acaso allí ofrecían algo más que lo que anunciaban?

—Eh... No, solo a bañarme.

Audrey frunció el ceño.

Él no comprendió a qué venía ese gesto hasta que captó la siguiente pregunta de ella:

—¿Intentas colarte delante de mí?

—No, no. Me he acercado para darte las gracias por la tarta.

—Ah. No hacía falta.

¿Que se acercara o que le diera las gracias?, dudó Blake. Supuso que lo primero.

—Sé que huelo mal, pero solo será un minuto.

—Creo que tardaremos más en llegar a la puerta.

—Sí, es evidente —confirmó él, echando un vistazo a las cinco personas que les precedían. Cuatro: acababa de entrar una—. Me refería a que me apartaré de ti en un minuto.

—Ah. Vale. ¿Qué más querías decirme?

—Que me gustaría devolverte el favor de algún modo.

—No es necesario.

—Pero me gustaría. Mi hermano propone invitaros a cenar a tu amiga y a ti.

Audrey sonrió y Blake se sorprendió tanto que hasta le entraron ganas de besar esa boca de labios carnosos que volvían a moverse para hablar.

—Si Dana estuviera aquí, aceptaría encantada.

—¿Significa eso que tú no? —inquirió él, aunque ya intuyera la respuesta.

—No tengo ningún interés en cenar con vosotros.

Exacto. Y Blake también sabía el motivo.

—Si es por mí, no te cortes. Podéis ir los cuatro y ya me pasaría yo después a pagar la cuenta.

—Oye, déjalo, ¿vale? Está claro que a ti tampoco te apetece esa cena —replicó ella, y se remitió a lo dicho por él—: «Mi hermano propone...», «podéis ir los cuatro...». Y no entiendo por qué sigues aquí, hablando conmigo, cuando normalmente ni me saludas. Y hace un momento, ni siquiera te has dignado a contestarme.

Blake dedujo a qué momento se refería y mintió para justificarse.

—Estaba distraído, supongo. No me he dado cuenta de que me preguntabas algo.

—Pues sí.

—¿Y qué me has preguntado?

—Que cómo estabas. De los golpes. Pero ya veo que bien. Al menos, en la cara no tienes marcas.

—No, solo me llevé unos cuantos puñetazos en el estómago y en los costados. Y ese tramposo no pegaba muy fuerte. Imagino que al ser un montaje se contenía, porque planta sí tenía, el tío.

—¿Fue un montaje? —se extrañó Audrey.

—Estoy seguro. Aquí, la mayoría son actores y actrices. La función de ayer debía de ser montar una pelea en aquella sala, y creo que la habrían liado igualmente aunque yo no hubiera intervenido —manifestó Blake mientras la cola avanzaba otro paso—. Alguno de los cinco turistas que subimos a jugar habría acabado en la cárcel.

Audrey observó a su alrededor y expresó:

—Pues espero que no haya otra función parecida aquí y ahora. O dentro de la Casa de Baños.

—Si la hay, no te preocupes, me mantendré al margen para que no vuelvan a arrestarme.

—Más te vale, porque no pienso preparar otra tarta para el sheriff —afirmó ella con rotundidad.

—Ni yo te la pediría. Ya te debo un favor.

—No me debes nada —rechazó ella, arisca.

—Yo creo que sí —insistió Blake, que empezaba a notar los efectos de tanto mirar la tentadora boca de su vecina. Tenía que poner fin a esa conversación lo antes posible o se le notaría el bulto en los pantalones—. Y ya que la cena no te convence, propón tú algo.

El sonido de un galope le robó la atención de Audrey, que se volvió, dándole la espalda por completo. Él siguió la dirección de su mirada: dos jinetes se aproximaban a toda velocidad. La gente de la cola se apiñó para dejarles paso, pero la chica no se movía. Blake la agarró del brazo y tiró de ella para que no perdiera su puesto en la fila ni quedara cubierta del polvo que levantaban los cascos de los caballos.

Y de repente, se acordó: a su vecina no le gustaban los caballos.

Pensó que tal vez hubiera tenido una mala experiencia con ellos, y de ahí que los mirara tan fijamente y sus mejillas hubieran perdido el color; o quizá era solo porque no los había tratado lo suficiente. En cualquier caso, él podía ayudarla.

En cuanto la fila se recolocó, tanteó a la vecina:

—¿Has montado a caballo alguna vez?

—Ni en sueños.

Así que no se trataba de una mala experiencia, concluyó Blake, y comentó:

—Pues aquí te sería muy útil saber montar. Yo podría enseñarte. —La expresión de Audrey, que lo miraba como si se hubiera vuelto loco, resultaba cómica—: No es tan difícil. Y sería una manera de devolverte el favor.

—Sería una manera de fastidiarme, no de devolverme el favor. Favor que no quiero que me devuelvas, ya te lo he dicho —reiteró, al tiempo que la mujer que la precedía entraba en la Casa de Baños—. ¡Ah, mira! Es mi turno. Que tengas un buen baño.

—Igualmente —le deseó él—. Y ve pensando en qué puedo hacer por ti.

—Aquí, nada. Pero en Reno te agradecería que fueras menos ruidoso cuando llegas de tus juergas nocturnas.

¿Juergas nocturnas?, se preguntó Blake, pero ella ya había desaparecido tras la puerta de aquella casa y no pudo pedirle que especificara.

Bueno, tenía cinco días para averiguarlo. Su vecina no parecía tan protestona ni altiva allí, en Lodge Town. Hablar con ella había sido incluso agradable. Salvo por un pequeño inconveniente: tanto mirarle los labios lo había puesto cachondo.

10

La idea que Audrey tenía de lo que era una Casa de Baños distaba mucho de lo que vio al entrar en la de Lodge Town. Y, aunque ya había supuesto que aquella pequeña construcción de madera de dos plantas no albergaría unas termas al estilo de las de la antigua Roma ni un moderno *spa*, no esperaba que las bañeras fueran como barriles partidos por la mitad en los que solo cabías si encogías mucho las piernas. Y había seis en una misma estancia.

Intimidad cero.

Que el vestuario también fuera compartido no le importó, estaba acostumbrada a los de las academias de baile y a los de algunos teatros donde había actuado. Sin embargo, el de aquella casa era el más austero que había visto en su vida: un simple banco de madera, unos ganchos en la pared y un espejo pequeño colgado junto a la puerta en el que solo podía verse la cara.

Como no era vanidosa, el tamaño del espejo fue lo que menos le importó. Le bastaba con que hubiera uno. Necesitaba saber si tenía algún resto de comida entre los dientes o algo raro en la boca, porque su vecino no había dejado de mirársela en todo el rato que habían estado hablando en la cola.

No vio nada, ni siquiera los labios cortados o resecos.

Cuando regresó al alojamiento dos horas después, ya se había olvidado de aquel interés desmesurado de Blake por mirarle la boca. El baño, a pesar de las incomodidades, le había sentado bien.

Agua limpia y templada, un poco de charla banal con otras mujeres que se bañaban y un camino de vuelta tranquilo por aquellas aceras de tablones, cubiertas como si fueran largos porches encadenados donde ya no daba el sol, la habían relajado por completo. Y el par de piropos que le echaron unos vaqueros desconocidos y bastante apuestos le había levantado el ánimo. Dado que no solía recibirlos, le gustaba que le cayera alguno de vez en cuando si no era de los groseros. No se sentía degradada ni acosada. Teniendo en cuenta el lugar y el año en que se hallaba, aquello era de lo más normal.

Omitiendo mencionar aquella extraña fijación de su vecino por su boca, le contó a Dana la conversación con él mientras cenaban unas tortitas con huevos fritos que habían preparado entre las dos.

—Así que ya no te cae tan mal —dedujo su amiga.

—Yo no he dicho eso. Ha hablado conmigo para librarse de cenar con nosotras, lo que significa que la antipatía es mutua.

—Si lo fuera, no se habría ofrecido a enseñarte a montar a caballo.

—Lo habrá hecho para poder reírse un rato de mí. Seguro que me vio cruzar el río a pie, igual que debe de haber visto que me he quedado blanca cuando esos caballos han pasado a toda leche por mi lado.

—Pues yo creo que su intención es buena. Y tiene razón en que te sería útil saber montar. Si no quieres que te enseñe él, podemos preguntar mañana si hay alguien que pueda darte clases.

—No, gracias. Iré la mar de bien en carreta o a pie. Lo pasé fatal cuando aquel guía me obligó a subir a su caballo para salir del río. Y dejemos ya ese tema, por favor —le pidió Audrey, sacudida por un estremecimiento al recordar el miedo a caerse que la había poseído durante aquellos interminables minutos—. A ver, ¿qué actividades hay mañana?

—Tenemos que ir al banco para sacar dinero, como todos. Y... —Dana fue a por el folleto que cogieron en el vestíbulo del hotel—. A las doce empiezan las clases de baile.

—Ah, eso me va a gustar —se alegró Audrey.

—Y por la tarde hay un recorrido por los alrededores de Lodge Town. Incluye una visita al rancho en el que el martes podremos ver cómo marcan el ganado.

Ella hizo una mueca de dolor.

—Ni harta de vino iré el martes a ver eso. Como ya tendré dinero, me dedicaré a gastarlo en la tienda, en la Casa de Baños o donde sea.

Sin embargo, su plan se frustró a la mañana siguiente, cuando aguardaba con Dana su turno en la cola del banco y sonó un disparo. Audrey chilló y volvió a quedarse blanca al ver a los tipos que irrumpían voceando:

—¡Esto es un atraco!

—¡Todos contra la pared! ¡Vamos!

—¡Y las manos en alto! Si alguien saca un arma le agujereo, ¿entendido?

Tres hombres en plan bandido, con pañuelos negros cubriéndoles medio rostro y el sombrero calado hasta las cejas, apuntaban con rifles y pistolas a los asombrados turistas. Un cuarto atracador se quedó en la puerta mientras el jefe de la banda encañonaba al cajero del banco y le exigía que metiera todo el dinero en un saco que depositó sobre el mostrador. El asustado cajero obedeció, pero tan despacio que el jefe se impacientó y le disparó en un brazo.

Gritos y murmullos siguieron a la detonación y aumentaron de volumen cuando una mancha roja tiñó la manga de la camisa blanca de aquel cajero.

Audrey, paralizada, le preguntó a Dana:

—¿Eso es sangre?

—No creo. Será tomate o pintura.

—¡Silencio! —ordenó uno de los bandidos—. Y sí es sangre, señorita.

De pronto, sonó otro disparo que provocó más gritos, pero ninguno de los atracadores había disparado. El que vigilaba el exterior se dobló con un gesto de dolor y otro de los malosos apuntó hacia la puerta. Audrey pensó que quizá el sheriff venía a impedir el atraco. Sin embargo, el hombre que entró en el banco con un revólver en cada mano y seguido de dos tipos también armados, aunque no por partida doble, no era el sheriff. Los tres llevaban la cara descubierta y Dana emitió un gritito de entusiasmo al reconocerlos:

—¡Son nuestros vecinos!

Boquiabierta, Audrey miró a Blake y las dos armas que empuñaba. Avanzaba, implacable, hacia el jefe, que alzó su rifle y le amenazó:

—¡Alto o te vuelo la cabeza!

Él no se amilanó.

—Ese dinero no es tuyo. Lárgate de aquí o te la vuelo yo.

El bandido soltó una carcajada y disparó al aire. Al instante, el resto de la banda se movilizó: uno golpeó a Justin, otro apartó a Ryan de un empujón y el tercero comenzó a pegar tiros a ciegas mientras todos huían, incluido el herido de la puerta. El revuelo distrajo a Blake unos segundos y el jefe aprovechó para agarrar el saco medio lleno de billetes y escapar a la carrera.

Los turistas estallaron en vítores y aplausos mientras Audrey, que seguía estupefacta y algo ensordecida por tanto disparo, veía a su ruidoso vecino enfundar las pistolas y salir corriendo tras el bandido jefe.

11

El subidón de adrenalina que le había dado a Blake al entrar en el banco en plan justiciero le sirvió para perseguir a los atracadores hasta el límite del pueblo, aun sabiendo que no podría atraparlos. Ellos iban a caballo y él no consiguió uno hasta después de haber corrido un buen tramo. Y se lo había robado a alguien, así que tenía que devolverlo antes de que ese alguien lo denunciara al sheriff. El robo de caballos en el Salvaje Oeste se castigaba con la horca y, aunque tenía claro que en Lodge Town no lo colgarían de un árbol, era probable que el sheriff lo encarcelara otra vez.

Se detuvo junto al cartel que daba la bienvenida al pueblo y desmontó. Palmeó el anca del caballo para que regresara sin jinete a fin de que su dueño lo pudiera recuperar, y él volvió a pie.

Le quedaba un tramo de calle para llegar al banco cuando distinguió a su hermano junto a la puerta. Hablaba con Justin, Audrey y la periodista.

Blake sabía que ellas estaban dentro durante el atraco, pero había albergado la esperanza de que se hubieran marchado ya. No se hallaba en condiciones de mantener una conversación con cuatro personas. Y no solo por no llevar el audífono, sino porque se sentía frustrado.

Había una calleja a su izquierda, podía escabullirse por allí y dar un rodeo antes de reunirse con Justin y Ryan. A lo mejor, se estaban despidiendo ya de las vecinas y ellas se habrían ido cuando él llegara al banco.

No tuvo tiempo de girar en la esquina, la periodista agitaba una mano en el aire.

—¡Eh, Blake, estamos aquí!

Resignado a unirse al grupo, ralentizó el paso y estudió el corrillo que se abría para dejarle espacio. Entre Justin y la rubia. No era un mal sitio: tendría a la más habladora a la derecha (la oiría bien) y a Audrey enfrente (leería sus labios).

Oyó más que bien a la periodista cuando la chica exclamó, entusiasmada:

—¡Nuestro héroe ha llegado!

—Y no parece muy contento —observó su hermano.

—No he podido alcanzarlos —informó él—. Se han llevado el dinero.

—Todo no —puntualizó Dana—. Y el banquero ha repartido el que quedaba equitativamente, así que, tranquilo. Entre los cinco podemos reunir lo suficiente para pagar los desperfectos del hotel. Justin nos ha dicho que por eso has salido zumbando detrás de la banda.

Cierto. Quería saldar su deuda lo antes posible. Pero no con dinero prestado.

—Ya os debo un favor por la tarta, no voy a añadir otro.

Audrey puso los ojos en blanco.

—No nos debes nada, ya te lo dije ayer. Y habéis evitado que vaciaran la caja, así que mi tarta queda más que pagada.

Su amiga lo confirmó y agregó:

—Tu hermano nos ha contado que ha sido idea tuya entrar a saco y plantar cara a los atracadores.

Eso también era cierto.

Habían visto a los bandidos desmontar delante del banco y cargar los rifles, y Blake supo que aquello era otro montaje para impresionar a los turistas y hacerles sentir que se hallaban de verdad en un pueblo del Salvaje Oeste. Como ellos habían estado probando las armas en la casa antes de ir a sacar el dinero que necesitaban, propuso chafar el plan de los organizadores del parque. Con suerte, y si había justicia en Lodge Town, el banco les recompensaría por haber impedido el atraco.

Pero solo lo habían logrado a medias, así que Blake ya no esperaba ninguna recompensa. De todos modos, había liberado algo de estrés y, dejando aparte la frustración, se había divertido.

Igual que la periodista, por lo que estaba diciendo:

—Ha sido impresionante. He flipado cuando os he reconocido. Y he llegado a pensar que formabais parte del montaje. Que, por cierto, está muy bien. Lo han cuidado hasta el detalle. Audrey se ha quedado blanca al ver la sangre en el brazo del cajero.

—Parecía de verdad —justificó la vecina.

Ryan intervino:

—Ya le hemos explicado que es artificial. Que las balas llevan una capsulita que revienta al impactar en un cuerpo sólido y que el impacto puede doler, depende de dónde te dé. Nosotros lo hemos sufrido esta mañana. —Incluyó a Justin, que se abrió el chaleco de cuero para mostrar la mancha roja que le había quedado en la camisa—. Cuando practicábamos puntería. —Y se dirigió a las chicas—. Era como jugar al *paintball*, y mi hermano es muy bueno en eso. Donde pone el ojo, pone la bala. Yo he tenido que cambiarme toda la ropa. Y nos han dado poca, así que... o me compro más o busco a alguien que me la lave.

Dana se echó a reír y Audrey parecía escandalizada y perpleja a la vez.

—No estarás insinuando que te la lavemos nosotras.

—Bueno, eran las mujeres las que hacían la colada en el Lejano Oeste —arguyó Ryan con una sonrisa de satisfacción—. Si buscáis inmersión total en la época...

—Yo no —replicó Audrey de inmediato—, te lo puedo asegurar. Además, hay otras formas de sentirse inmerso en la época, como por ejemplo las clases de baile *western* que deben de estar a punto de empezar y no quiero perderme. Dana, ¿nos vamos?

—¿Ya son las doce?

Justin sacó su reloj de bolsillo.

—Faltan diez minutos.

—Pues nos vamos pitando —confirmó la periodista—. ¿Iréis esta tarde al recorrido por la zona?

Ryan respondió que sí y las chicas se marcharon. Blake reprendió a su hermano.

—Qué morro tienes. ¿Cómo se te ocurre pedirles que te laven la ropa?

—No perdía nada por intentarlo, pero está claro que voy a tener que ir a la tienda. Hoy paso del baile, ¿y vosotros?

Blake no lo dudó ni una fracción de segundo. Aunque le gustara mucho la música, bailar no iba con él.

Justin, en cambio, sí quería probar esas clases.

—Para no hacer el ridículo el jueves en la feria que organizan. Habrá baile y chicas. Y, entre ellas, cierta rubia que se acaba de marchar —mencionó para picar a Ryan.

Blake sonrió. Esos dos siempre andaban compitiendo por las mujeres, tenían los mismos gustos. Menos mal que no coincidían con los de él, se dijo mirando cómo se alejaba Audrey junto a su amiga. Lástima que a su vecina de Reno no le gustaran los caballos.

Ni él, eso era evidente.

Lástima, sí, porque había vuelto a sentir el deseo de besar esa boca protestona que lo tentaba más a cada minuto que pasaba mirándola.

12

Audrey se aburrió en la clase de baile. Pilló los pasos enseguida y se hartó de repetirlos una y otra vez. La profesora lo notó y le dijo que, al día siguiente, intentaría formar un grupo de nivel avanzado.

Comieron en el restaurante del hotel, pero el presupuesto solamente les dio para un plato de alubias. Algunos turistas se quejaron de la falta de dinero (Audrey también) por culpa de los atracadores, y el alcalde y dueño de aquel negocio, que se paseaba por el comedor haciendo relaciones públicas, prometió solucionar el problema en un par de días. Mientras tanto, tenían que apañarse como pudieran. Los robos de bancos eran comunes en esos tiempos y en pueblos como aquel, alegó, y todos debían asumir las consecuencias. Cuando Dana mencionó la heroicidad de tres turistas muy concretos, el hombre dijo que había oído rumores y que, en cuanto los confirmara, les expresaría personalmente su agradecimiento.

Al poco de llegar a la casa, se presentó un muchacho con un carro pequeño tirado por una mula y les comunicó que podían usarlo toda la semana. También les aconsejó que lo llevaran esa misma tarde al recorrido por los alrededores, ya que era largo para hacerlo a pie y no había carretas grandes disponibles.

Audrey, desde la puerta, observaba la mula y el rústico vehículo y le preguntó a su amiga:

—¿Sabes cómo se conduce eso?

—No, pero aprenderé. ¿Lo probamos?

—Qué remedio —accedió ella.

Media hora después, Dana manejaba más o menos el tiro y se unían al grupo de turistas que partía de la entrada a Lodge Town. Otros tres carros y varias monturas siguieron al guía, que los llevó al rancho ganadero.

Durante buena parte del trayecto, Ryan y Justin avanzaron junto a ellas, al lado de Dana, y les dieron conversación. Audrey apenas participó, intentaba distraerse observando el árido paisaje para ignorar a los caballos que la rodeaban y las sacudidas que daba el carro por aquel camino de tierra lleno de socavones. Comenzaba a dolerle el trasero. Y las piernas. El tosco asiento de madera era tan estrecho que tenía que afianzar bien los pies en la base para no deslizarse y salirse de él.

Y a aquella tortura se le sumaba que se sentía observada. Se resistía a volver la cabeza para comprobarlo, pero sabía que Blake iba detrás del carro. Lo había mencionado su hermano cuando Dana preguntó por él.

¿Por qué se quedaba ahí? ¿Para no tener que hablar con ella? Seguramente, concluyó Audrey, mirando el espacio a su derecha: había el suficiente para dos caballos. Si su vecino no lo ocupaba era porque no quería, estaba clarísimo, lo que le confirmó que Blake no tenía ningún interés en llevarse bien con ella.

Estúpido.

Que hubiera insistido en devolverle el favor debía de ser por orgullo de machito.

Otro socavón. Mierda. Pero ya divisaba el rancho. ¡Por fin!

En cuanto la mula se detuvo, Audrey saltó del carro tan rápido que se le enganchó la falda en una rueda. Como no se había puesto enaguas, le quedaron las piernas al aire. Mientras desenganchaba la tela, oyó la voz cavernosa de su vecino:

—Si montaras a caballo no te pasaría eso.

—Si pudiera llevar pantalones, tampoco —replicó ella, recuperando la falda.

—¿Quién te lo impide?

—Las recomendaciones del parque. No sería apropiado para una señorita —dijo con tonillo repelente.

—En la tienda venden faldas-pantalón —informó él, y recalcó—: Para las mujeres que montan a horcajadas.

Audrey tuvo una fugaz visión de ella misma montada a horcajadas, pero no sobre un caballo, sino sobre su vecino desnudo.

¡Dios! ¿A qué venía eso? Sacudió la cabeza para expulsar esa extraña visión de su mente y carraspeó para poder hablar con naturalidad.

—¿Ah, sí? No me fijé. Pues mañana me compraré una.

—¿Has decidido aprender a montar?

—¡No! —respondió ella, maldiciendo a Dana, que se alejaba con Ryan y Justin. Echó a andar hacia ellos con Blake a su lado, que le hizo una pregunta que no esperaba.

—¿A qué te referías ayer cuando me pediste que hiciera menos ruido al volver de mis juergas nocturnas? No he organizado más fiestas en casa desde que te quejaste la segunda vez.

—Y te lo agradezco, porque ponías la música tan alta que no entiendo que no se quejara nadie más. Ni que fueras sordo —le soltó ella, y apresuró el paso para alcanzar a Dana y al resto del grupo—. Y me refería a que das portazos cuando llegas de madrugada. Y me despiertan.

Omitió mencionar los otros ruidos, especialmente el de la ducha, por si a Blake se le ocurría pensar lo que Dana dedujo que imaginaba al oír aquel sonido inconfundible.

Y porque él ya no caminaba a su lado. Se quedaba rezagado, como si ya no le interesara saber más de aquellos ruidos. ¿Se había ofendido? O quizá le parecía una tontería que ella se quejara de unos portazos y prefería callar e ignorarla en lugar de disculparse y decirle que intentaría ser más silencioso. En cualquier caso, su actitud era muy poco conciliadora. ¡Pues allá él!, se dijo Audrey, que ya alcanzaba al grupo.

Visitaron la vivienda de los rancheros y la cabaña de los empleados. Les mostraron el lugar donde marcarían a los terneros a la mañana siguiente y, por último, los establos. Fue Audrey entonces la que se quedó rezagada. Aguardó junto al cercado circular, observando a distancia a los cuatro turistas que tampoco sabían montar a caballo pero que, a diferencia de ella, se habían animado a probar.

Aquel padre que viajaba con su hija fue otro de los que no se animó, y Audrey se acercó a él para charlar mientras esperaba y de ese modo, no pensar en el ofendido (o desdeñoso) Blake ni en el camino de vuelta en aquel puñetero carro.

Cuando terminó la visita, la hija se les unió, y los tres regresaron juntos a la entrada del rancho. Dana iba parloteando con Justin, y Audrey no quiso meterse en medio. Tampoco entre los dos hermanos, que andaban por delante de ellos.

Al llegar al carro, su amiga parecía muy contenta.

—Audrey, ¿sabes qué? Blake me presta su caballo para volver al pueblo. No te importa, ¿verdad?

—¡Por supuesto que no! Con las ganas que tenías de volver a montar...

Entonces, cayó en la cuenta de que, si Dana iba en la montura de Blake, él tendría que ir en el carro. Buf... No le apetecía nada estar a su lado tanto rato, pero lo bueno era que la libraría de conducir aquel rudimentario vehículo.

En cuanto se hubo sentado, supo que no sería tan bueno. La incomodidad del trayecto de ida se duplicaría en el de vuelta, pues la poca anchura del carro la obligaba a pegarse al hombre a su lado. Cadera con cadera, brazo con brazo... Y el cuerpo masculino irradiaba calor, un calor que aumentaba con cada bache en el camino y que a Audrey le estaba provocando una indeseada e inesperada excitación. Y él parecía tan incómodo como ella. Conducía en silencio y mirando al frente.

Audrey se agobió y pensó que conversar la distraería y mitigaría esa sensación de hormigueo en la parte baja del vientre, así que se tragó el orgullo.

—Perdona, si te he ofendido antes.

La cabeza de su vecino se volvió de golpe, como si lo hubiera asustado.

—¿Con qué?

—Con lo de los portazos.

—Ah, eso. No. Procuraré no darlos para no despertarte.

La buena intención sorprendió a Audrey, que trató de mostrarse comprensiva.

—Supongo que llegas tan cansado a casa que no te das cuenta.

—Llego cansado, sí, pero no porque haya estado de juerga, como tú crees. Trabajo de noche. Desde las ocho hasta las cinco de la madrugada

Audrey no sabía qué decir. Lo había tachado de fiestero cuando lo que hacía su vecino era ir a trabajar. Mierda. Ahora tendría que disculparse de verdad.

—Lo siento, no sabía... Me refiero a que siento haberme quejado, no que trabajes de noche —puntualizó, nerviosa y abochornada—. Aunque debe de ser duro. Ese horario...

—Estoy acostumbrado. Y cuando el trabajo te gusta, no te importa el horario.

—Eso es verdad —convino ella, recordando su época de bailarina profesional—. ¿Y en qué trabajas?

—En un casino. De supervisor de sala.

Dana había acertado. No en el cargo, pero sí en el motivo de las salidas nocturnas del vecino. Audrey quiso abofetearse por no haberse tomado en serio a su amiga, por no haberse planteado siquiera que Blake pudiera ser un hombre honrado y con un empleo de responsabilidad. El que desempeñaba tenía que serlo.

—Solo he estado una vez en un casino. Hace tres años, al poco de instalarme en Reno y conocer a Dana. Perdí cien dólares y no he vuelto a arriesgarme —le explicó—. ¿Qué hace un supervisor de sala?

—Básicamente, observar las mesas de juego para garantizar que nadie se salte las reglas, ni jugadores ni crupieres. También tiene que mediar en disputas que pueda haber, controlar a su equipo de trabajo, procurar que el cliente se sienta a gusto... En fin, que es responsable de que todo funcione bien en su sala.

—Debe de ser agotador —comentó Audrey, viendo con alivio que ya llegaban a la casa.

—Hay noches que sí. Sobre todo, los fines de semana, cuando el casino se llena.

—Claro.

Blake detuvo el carro frente al porche. En el contiguo estaban ya los tres caballos atados, pero ni rastro de Dana y los vecinos. Audrey se apeó y oteó la calle principal. ¿Dónde se habían metido?

—Si buscas a tu amiga, creo que está en nuestra casa. Han dejado la puerta abierta —indicó él, otra vez a su lado—. ¿Quieres entrar tú también?

—No, da igual, ya vendrá. Voy a descansar un rato, estoy molida. Ese carro es muy incómodo.

—Mucho. No me extraña que Dana haya preferido ir a caballo. Y monta bien. ¿Por qué no pidió uno para ella a la organización del parque?

—Por mí —admitió Audrey, compungida—. Pero le diré que lo pida mañana. Supongo que seré capaz de conducir el carro.

—Tan capaz como de aprender a montar.

—No, eso sí que no —descartó ella de pleno.

—¿Por qué no?

—Me caería a la primera de cambio —alegó, reticente a confesar su miedo a aquellos imponentes animales.

—No te caíste del caballo del guía.

—Porque él me sujetaba, pero no me subiría sola ahí arriba por nada del mundo —declaró al tiempo que señalaba con el mentón la silla de montar frente a ella. Era la de Blake—. Creo que ni siquiera sería capaz de subir.

—Pues si ese es el mayor problema...

Y, de repente, Audrey tenía los pies en el aire y las manos de su vecino en la cintura.

—¡Blake! ¡¿Qué...?! Ay, Dios... —murmuró cuando su trasero aterrizó en la silla de cuero.

—Ya has subido —sonrió él.

—Bájame.

—Tranquila, no te dejaré sola ahí arriba.

Y el ruidoso vecino montó tras ella.

13

Era la primera vez que Blake llevaba a una mujer en la silla de montar. Le había parecido una buena idea cuando tuvo el impulso de subir a su vecina al caballo con el fin de demostrarle que no había nada que temer. En varias ocasiones había llevado a sus sobrinos sin tener ningún problema, pero los críos iban a horcadas. Audrey, en cambio, no podía ir ni siquiera a mujeriegas porque ni sabía ni la silla era la adecuada, de modo que Blake tuvo que acomodarla como buenamente pudo: de lado entre sus piernas. Las de ella quedaron sobre su muslo izquierdo, parte del trasero le rozaba el derecho y tenía la cadera femenina en contacto permanente con su pene.

Era un delicioso tormento.

Cuando arrancó el paso y la chica, tiesa como un palo, buscó donde agarrarse y le aferró un brazo, él le repitió que no se iba a caer.

—Vale, pero para. Quiero bajar.

—Daremos una vuelta por aquí, nada más. Apóyate en mí y relájate.

Ella le clavó los dedos en el brazo.

—No puedo.

Blake sujetó las riendas con una mano y le rodeó la cintura, acercándola más a él.

—¿Mejor así?

—No. Bájame, por favor.

Y a punto estuvo de hacer lo que le pedía, porque él tampoco estaba mejor. Tener el cuerpo femenino tan pegado al suyo lo excitaba de un modo que no había previsto. Ya no solo deseaba besar esos labios apretados, como la tarde anterior, ahora quería desnudar a su vecina y saborearla entera. Sin embargo, el empeño en que se acostumbrara al caballo y en que confiara en él se impuso sobre el deseo carnal.

—Blake, por favor...

—Solo intento que pierdas el miedo. Si no lo consigo en diez minutos, pararé.

—Diez son muchos.

Muchos: esa palabra dio forma de beso a aquellos labios que Blake no dejaba de mirar y tuvo que tragar saliva para poder hablar.

—O pocos, si dentro de cinco empiezas a sentirte cómoda. Olvídate de dónde estás y mira hacia adelante —le aconsejó, por el bien de ambos. Esa boca era una tentación irresistible—. Disfruta del paisaje.

—Eso es fácil decirlo —replicó ella, pero siguió su consejo.

Llegaban al límite del pueblo y el sol se ponía por el horizonte a su izquierda. Blake cayó en la cuenta de que iba en dirección norte, la supuesta zona peligrosa en la que no debían adentrarse, así que dio un amplio rodeo y regresó a la calle principal. Tomar el camino paralelo que discurría por detrás de los edificios no le pareció oportuno: las letrinas y las duchas no eran un paisaje del que se pudiera disfrutar.

Notó que el cuerpo que sujetaba perdía algo de rigidez (¿quizá también el miedo?) y oyó la voz de Audrey, pero había movimiento en la calle y gente hablando, por lo que no distinguió lo que decía. Al poco, percibió un resoplido y ella giró la cabeza hacia él.

—Te he preguntado si ya han pasado los diez minutos.

—No lo sé, no llevo reloj.

—¿Quééé? ¿Y cómo pensabas cronometrarlos?

Sonaba enfadada, y su expresión tampoco era muy amigable, pero Blake le respondió con calma y sinceridad.

—Suponía que no tardarías más en relajarte del todo.

—Pues te has equivocado. Y aquí está mi casa, ya puedes parar.

—Vale —accedió sin dudarlo. El deseo lo consumía y le estaba costando mantener la serenidad y la mano quieta en la cadera de la chica—. Por hoy es suficiente.

—¿Por hoy?

Blake desmontó y bajó a su vecina, despacio, para prolongar el contacto. Y, sin quitar las manos de aquella cintura, propuso:

—Mañana puedo darte la primera clase.

—No.

—En el cercado del rancho, cuando termine lo de marcar el ganado. Voy a participar.

Ella hizo una mueca de aprensión y se zafó de él.

—No pienso ir a ver eso. Y ya es la hora de cenar, Dana me estará esperando. Adiós.

Blake se quedó junto al porche hasta que la puerta de la casa vecina se cerró. Cuando fue a entrar en la suya no pudo: estaba cerrada con llave y él no tenía ninguna de las dos que daba la organización. Maldijo a Justin y a Ryan por habérselas llevado. ¿Adónde habían ido? Muy lejos no, sus caballos estaban allí, pero no iba a patearse medio pueblo para encontrarlos. Aunque todo se concentrara en la calle principal, era probable que tardara un buen rato en dar con ellos, y él necesitaba una ducha fría ya. La cercanía de Audrey lo había puesto duro a más no poder.

Fue hacia la parte de atrás de la casa, por si habían dejado abierta esa puerta. Saltó la valla de madera que delimitaba el espacio del alojamiento y probó.

Tampoco. La madre que los...

Miró aquella rudimentaria ducha y se dijo que podía usarla igualmente, no necesitaba cambiarse de ropa, solo una toalla. Quizá su vecina le prestara una.

Iba a saltar la valla otra vez cuando la vio salir de la letrina.

—¡Audrey!

Traía cara de pocos amigos, lo que era habitual en ella, y no tardó en comunicarle el motivo:

—Se han ido.

—¿Dana también?

—Sí. A cenar al hotel. Me ha dejado una nota.

Blake supuso que habría otra para él en la casa, pero como no podía entrar ni cenar en el hotel antes de haber saldado su deuda, le dio igual.

—Oye, antes de irte para allá, ¿podrías prestarme una toalla? En cuanto vuelvan, te doy una de las mías.

—¿Te han dejado fuera?

—Tal cual.

—Vaya. Espera.

En unos minutos, Audrey volvía con la toalla.

—Gracias. Y, cuando veas a Ryan y a Justin, diles de mi parte que son unos cabrones —le pidió, medio en broma.

—Los verás tú antes que yo. No voy a ir al hotel.

—¿Por qué? —se extrañó él.

—No tengo ganas de caminar hasta allí, todavía me tiemblan las piernas del paseo de esta tarde. El *saloon* está más cerca, pero como no admiten mujeres... —gruñó—. Cenaré cualquier cosa aquí.

—Veo que no solo te quejas de mí —sonrió Blake con alivio. Anímico, porque el físico... Su pene seguía erguido. De no ser por las dos vallas y el metro de distancia entre ambas, estaría besando a su vecina protestona—. Bueno, me voy a duchar. Hasta mañana.

A medio camino le pareció oír su nombre, pero no hizo caso. ¿Para qué iba ella a llamarle?

—¡Blake!

Pues sí lo llamaba, ahora lo había oído claramente.

—¿Sí?

—¿Quieres cenar conmigo?

Blake dudó de haberla entendido hasta que ella añadió:

—Si te vale con unos huevos revueltos, los iré preparando.

—Huevos... revueltos. Me... me vale, sí —aceptó, desconcertado.

Recordaba muy bien su conversación en la cola de la Casa de Baños.

«No tengo ningún interés en cenar con vosotros».

Y estaba convencido de que ella se había enfadado con él por haberla obligado a dar ese corto paseo a caballo; sin embargo, lo invitaba a cenar en su mesa y se ofrecía a prepararle la cena. No se cuestionó por qué. Necesitaba la ducha fría con urgencia, ahora más que antes.

Y probablemente le haría falta otra después de cenar, pero tenía hambre y muchas ganas de conocer más a fondo a su arisca vecina de Reno.

14

Audrey lamentó haber invitado a Blake en cuanto vio su expresión alelada y que tardaba en contestar, pero no podía echarse atrás. Porque sería ridículo y porque el motivo de la invitación seguía ante sus ojos: la casa de él vacía y cerrada, sus compañeros de viaje lo habían dejado tirado. Dana también a ella, aunque no en la calle, y Audrey había tenido un impulso solidario.

Esperaba más alegría por parte de su vecino, no que hubiera aceptado como por obligación, pero se dijo que mejor así. Cenarían rápido, él podría marcharse enseguida y esperar a su hermano y a su amigo en el porche de su casa, tranquilamente sentado en una de las mecedoras.

Y ella tendría, por fin, un rato para relajarse. Entre el atraco, el baile, el recorrido y el paseíto a caballo tenía los nervios de punta y todos los músculos en tensión.

Aunque debía admitir que Blake había conseguido que se olvidara durante unos minutos de que iba sobre una silla de montar. Primero, por aquella mirada que se clavaba en su boca —otra vez— y que la inquietaba; después, cuando ella fijó la vista al frente, por las sensaciones que le provocaba el cuerpo de ese hombre arrimado al suyo: ardor, deseo, seguridad.

Ya no temía caerse del caballo, sino mojar esos pololos cortos que hacían la función de bragas. La prisa por desmontar le había entrado más por alejarse del hombre que del animal.

Del hombre que se estaba duchando ahí fuera, recordó mientras ponía la mesa. Ya tenía todo a punto para cuando él llegara: la mezcla de huevos y unas lonchas de panceta, así que fue a la habitación a arreglarse un poco.

Tenía la ventana abierta de par en par y se asomó para ver si Blake aún estaba en la ducha, así podría calcular el tiempo del que disponía.

Vio la ropa y la toalla colgadas de los ganchos que había en un lateral de la cabina y se le fueron los ojos hacia la parte inferior de la cortina, a dos palmos del suelo. A esa distancia no podría distinguir si su vecino tenía los pies bonitos, pero forzó la vista para intentarlo.

Acostumbrada a los pies deformados o supermusculados de los bailarines profesionales, admiraba unos pies estilizados y sin callosidades ni juanetes, tanto en hombres como en mujeres.

Y, mientras observaba los de Blake, la cortina se abrió.

Audrey se apartó de inmediato de la ventana, se moriría de vergüenza si él la pillaba mirándolo, pero se quedó a un lado, por si Dana había acertado cuando comentó que esa ducha podía alegrarles la vista.

¡Madre del amor hermoso! Había acertado de pleno.

Su vecino, completamente desnudo, era escultural. Espalda ancha, cadera estrecha, pectorales musculados sin parecer hinchados y ¡hasta tenía tableta! Algo de vello entre las tetillas que se afinaba hacia el ombligo como una punta de flecha y… ¡Ains! Se había dado la vuelta y ya no podía verle los genitales. Aunque ese trasero firme también era interesante. Y ver cómo se secaba y se vestía le resultó hipnótico.

Cuando él volvió a girarse y se sentó en un tocón para ponerse los calcetines y las botas, Audrey salió del trance y se dio cuenta de que ya no tenía tiempo para arreglarse. Y llevaba el pelo hecho un desastre.

Se deshizo el moño bajo que le habían aconsejado llevar allí, en el Oeste —y que ya estaba medio deshecho—, y se peinó todo lo rápido que pudo. Pero tenía el cabello fino y se le enredaba con facilidad, a pesar de aquellos odiosos sombreritos que lo protegían del aire y del polvo de tierra (o quizá por culpa de ellos), y tardó más de lo que pensaba en dejarlo liso y sin nudos. Cuando iba a recogérselo otra vez, Blake ya llamaba a la puerta. Audrey dejó el cepillo y fue a abrir.

—Llevas el pelo suelto.

Fue lo primero que dijo su vecino, antes que un «hola» o un «gracias por invitarme». Y lo segundo:

—Nunca te había visto con el pelo suelto. Siempre llevas coleta o moño.

—Por comodidad —alegó ella—. Pasa. Me lo recojo en un momento.

—Te queda mejor así. No pareces tan...

Nerviosa por cómo la miraba (aunque esta vez no se centraba en la boca, gracias a Dios), lo apremió:

—¿Tan qué?

—Severa.

—¿Parezco severa? —se ofendió ella, pero al instante lo comprendió—. Vale, sí, sé que he llamado dos veces a tu puerta para quejarme del escándalo que montabas con tus fiestas, y otra más por los martillazos y ese ruido insoportable de la sierra eléctrica, pero no soy tan severa —afirmó con una determinación que incluso a ella le sonó severa. Confusa, suavizó el tono—. La cena estará lista en cinco minutos.

Fue directa a la cocina, olvidándose del pelo, y puso un cazo a calentar. Él la siguió y se quedó a su lado, el trasero apoyado en la encimera y los brazos cruzados, y le recordó:

—Te invité a unirte a la fiesta la primera vez que te quejaste, y me dijiste, superseria, que tú no ibas a fiestas de desconocidos.

—Porque es verdad. Y menos si son desconocidos que no se cortan ni un pelo y me toman por una cualquiera.

—¿Hice eso? —se extrañó él.

—¿Ya has olvidado cómo intentaste convencerme de que entrara en tu casa? Me soltaste en plan chulito: «Ya no seré un desconocido —lo imitó, con voz hombruna—, si entras y pasas un rato conmigo». No te escupí a la cara porque soy educada. Y porque no sé escupir —admitió, ensañándose con los huevos que empezaban a cuajar.

Blake se extrañó aún más.

—¿Creíste que te proponía sexo?

—¿Qué, si no?

—Charlar, tomar una copa, presentarte a mis amigos... Nada más. No te había visto en mi vida, ¿cómo iba a proponerte sexo? Y con el apartamento lleno de gente.

—Pues a mí me sonó a eso.

—Vale, entonces, entiendo que te ofendiera. ¿Y la segunda vez? ¿Te negaste a entrar porque seguías ofendida? ¿Después de un mes?

Audrey alzó un hombro para no responder que sí, que seguía muy ofendida, y arguyó:

—Era tu fiesta de cumpleaños, ¿qué pintaba yo ahí? Con tu familia, tus amigos... Tampoco conocía a nadie. —Emplató los huevos y puso al fuego una sartén con manteca de cerdo—. Cuando abriste la puerta pusiste cara de mártir y dijiste que ya imaginabas a qué venía. Y sí, fui para pedirte que bajaras la música y que no hablarais tan alto, porque no podía dormir y tenía que madrugar al día siguiente.

—Y yo te invité a entrar y a una copa de champán. Y creo que también a tarta, pero lo rechazaste todo.

—Era evidente que me lo ofrecías por compromiso y para que no me quejara más. Y yo nunca entro en casas donde sé que no soy bienvenida. —Echó las lonchas de panceta en la sartén y la grasa salpicó. Audrey se apartó de un salto—. Mierda.

—¿Te has quemado?

—No. —Y era cierto. Solo minúsculas gotitas le habían alcanzado el dorso de una mano. Se lo frotó con la otra y sopló para refrescarlo—. Siéntate, esto estará listo en un minuto.

—Ya termino de hacerlo yo.

—¡No! Siéntate. Me pone nerviosa tenerte tan cerca.

Blake, que iba a coger las pinzas de hierro, se quedó con la mano en el aire. La bajó despacio y clavó las pupilas en las de ella.

—A mí tampoco me gusta estar donde no soy bienvenido. Si prefieres que me marche, dímelo.

¿Tanto se le notaba?, se alarmó Audrey. Cierto era que no había derrochado simpatía desde que él entrara en la casa, pero no esperaba que sacara a relucir sus quejas pasadas.

No, el tema lo había sacado ella, admitió a su pesar, y le resultaba embarazoso. Igual que verle allí, aguardando en silencio su decisión mientras la panceta chisporroteaba...

¡La panceta! Tomó las pinzas y le dio la vuelta a las lonchas al tiempo que repetía, sin severidad alguna:

—Siéntate, por favor. Y perdona, es que no he tenido un buen día. Ni ayer ni... —Inspiró hondo y soltó el aire despacio—. Todo esto me supera. Echo de menos mi ropa, mi cama, un cuarto de baño decente, un frigorífico, mi móvil... —Sacó la panceta y la llevó a la mesa. Él seguía en pie—. No logro adaptarme a esta época. Es todo tan distinto...

—Salvo tu vecino.

Audrey esbozó una sonrisa y asintió con la cabeza. Luego, se sentó y, mientras él tomaba asiento frente a ella, le preguntó:

—¿Cómo se te ocurrió hacer este viaje?

—Por mi abuelo. Era un fan de las películas del Oeste y nos las ponía a mi hermano y a mí casi a diario cuando éramos pequeños.

Nos contagió la afición y pasábamos horas jugando a indios y vaqueros. De mayor, seguí enganchado al *western* y, a veces, me imaginaba que viajaba en el tiempo y que era como Wyatt Earp, el incorruptible sheriff de Tombstone. Han hecho varias películas sobre él. ¿Has visto alguna?

—No. El Salvaje Oeste no me atrae demasiado.

—Ya me he dado cuenta. Supongo que tú estás aquí por Dana.

—Es la única amiga que tengo en Reno. Su madre trabaja conmigo en el ayuntamiento, ella me la presentó.

—¿Eres funcionaria?

—Desde hace cinco años —respondió ella con desidia.

—Parece que no te gusta mucho tu trabajo.

—Tiene un buen horario. Y un sueldo aceptable.

—Son razones válidas para conservar un empleo —aprobó Blake, y tomó el último bocado de su plato—, pero no las más importantes. ¿En qué te gustaría trabajar?

—No puedo trabajar en lo que me gustaría.

Volvía a sonar severa, Audrey lo supo. El resentimiento afloraba cada vez que recordaba lo que tuvo que dejar atrás, y rogó que su vecino no le hiciera más preguntas sobre eso. Sin embargo, él hizo una muy simple y lógica:

—¿Por qué?

El tono suave y prudente de Blake la alentó a contestar, aunque le doliera.

—Por una lesión que me lo impide. Era bailarina.

—¿En serio? Wyatt Earp salió con una bailarina. No llegaron a casarse, pero vivieron juntos durante años.

Audrey frunció el ceño.

—¿A qué viene eso?

—Solo era un comentario. Ya me imagino que no eres el mismo tipo de bailarina que aquella mujer, tú debes de bailar clásico o contemporáneo o... Espera —Blake entrecerró los ojos, suspicaz—. ¿Creías que también era una propuesta? Indirecta. Para salir contigo.

—¡No! Es que me ha extrañado que dijeras eso en lugar de preguntarme cómo me lesioné o qué me pasó. Es lo que pregunta todo el mundo.

—Me ha dado la impresión de que no te apetecía hablar de ello, pero si tú quieres, por mí, vale.

No, no quería exponer sus penas ante nadie, y su vecino no era una excepción, así que buscó con rapidez otro tema de conversación. Confusa como estaba, no se le ocurría ninguno y retomó el de las quejas. Aunque tampoco le agradara, le intrigaba algo muy concreto.

—¿Qué estabas haciendo aquella tarde con la sierra eléctrica y el martillo? ¿Algún mueble? ¿Te dedicas al bricolaje en tu tiempo libre?

—De vez en cuando. En Reno, muy poco. No hay espacio en el apartamento, pero uno de mis sobrinos quería un pony para su cumpleaños, que fue el sábado pasado, y como mi hermana se negó en redondo, me ofrecí a construirle un caballo de madera. Eso hacía aquella tarde de hace dos semanas.

—Un caballo de madera —repitió Audrey. Un regalo para un crío. Y ella le había pedido que parara porque le molestaba el ruido. Se sintió como una bruja malvada—. ¿Y pudiste terminarlo?

—En un par de mañanas, cuanto tú no estás en casa. Dormí poco esos días, pero valió la pena —sonrió Blake, ufano—. A mi sobrino le gustó mucho.

—Siento haberme quejado. Si llego a saber que…

—No importa —la cortó él, recostándose en la silla—. Así me quedó claro que no eran solo las fiestas nocturnas lo que te molestaba. Creía que tenías algún problema con las fiestas o que te costaba dormir por las noches.

Audrey se abstuvo de confesarle que había acertado con la segunda opción y, a fin de no seguir por el camino de los problemas personales, volvió al menos comprometido de la familia.

—¿Cuántos años cumplía tu sobrino?

—Tres. Le falta uno para subirse a un pony. Será el regalo de su cuarto cumpleaños.

—Y también serás tú quien le enseñe a montar —dedujo ella.

Él compuso una expresión mezcla de asombro y contento.

—¿Ese «también» significa que mañana empezamos las clases?

Audrey alzó la vista al techo. ¡Qué insistente, por Dios! Se levantó y llevó los platos al barreño con agua mientras respondía:

—No. Significa que, además de comprarle el pony, le darás clases. —Se arremangó al tiempo que mascullaba, de espaldas a Blake—: No sé por qué te empeñas tanto en darme clases. No quiero aprender. No voy a montar.

—¿Te encuentras mal?

Él volvía a estar a su lado, pegadito a ella.

—¿Qué...? —Confusa, Audrey se apartó un poco—. ¿Yo? ¿Si me encuentro mal?

—Me ha parecido oírte decir «voy a potar». ¿Te ha sentado mal la cena?

Ella casi se echó a reír. Casi. Porque entonces, la mirada de él se clavó otra vez en su boca. Totalmente desconcertada y bastante nerviosa, no pudo evitar el tono severo al contestar:

—No, no me ha sentado mal la cena, pero es posible que me acabe sentado mal si no dejas de mirarme la boca.

Él alzó la vista al instante, fijándola en los ojos de ella. Parecía asustado.

—Pensaba que no lo notarías.

—Pues lo he notado, y varias veces.

—¿Y te molesta?

—Me inquieta. Y me extraña. No entiendo por qué lo haces.

Y aquellas pupilas regresaron a su lugar favorito.

—Lo hago porque... me gusta.

—¿Mi boca? —se sorprendió ella.

—Mucho.

Audrey se sorprendió aún más al ver que su vecino se inclinaba hacia ella como si fuera a besarla.

15

Un beso. Con uno le bastaría. La boca entreabierta de su vecina era una invitación irrechazable. La atrapó con la suya, invadiéndola con la lengua, ansioso por probarla y por calmar el deseo que llevaba horas conteniendo.

Deliciosa.

Suave.

Cálida.

Enlazó la cintura de la mujer para retenerla junto a él mientras se deleitaba en una lenta exploración de aquella boca dulce y blanda, abandonada al beso, igual que el cuerpo que ceñía. Las manos de ella se habían posado en sus hombros y Blake quiso sentirlas en su piel, acariciando, descubriendo, provocando.

Y supo que un beso no sería suficiente. Su deseo crecía en lugar de calmarse.

Alzó la mano libre y la ahuecó en el estilizado cuello femenino, bajo aquella lacia cortina de cabello castaño oscuro, y profundizó la exploración, acicateando aquella lengua que bailaba con la suya pasivamente.

Demasiado pasivamente para su gusto.

Fue entonces cuando se dio cuenta de que Audrey apenas participaba del beso. El abandono que él había interpretado como lánguido placer debía de ser simple conformismo.

Desolado y avergonzado, puso fin al beso de inmediato. Soltó a la mujer y retrocedió un paso, mirando al suelo. Temía ver de nuevo aquel desdén que su vecina solía mostrarle. Carraspeó y se pasó una mano por el pelo al tiempo que decía:

—Será mejor que me vaya. Gracias por la cena.

Y se encaminó hacia la puerta, envuelto en un frustrante silencio que solo el sonido de sus botas sobre el piso de madera rompía.

Tap… Tap… Tap… Tap…

Ya en la calle, la oscuridad lo arropó. Subió los escalones de su porche como si los pies le pesaran una tonelada y se sentó en una de las mecedoras, pero se levantó a los dos segundos, inquieto y con el cuerpo tenso por el deseo insatisfecho.

Se dirigió a la parte de atrás de la casa y comenzó a bombear agua, mascullando tacos y fustigándose por lo que acababa de hacer.

—La has cagado, joder. Por no decirle que lees los labios… Eres imbécil. Un completo idiota. Podrías haberte inventado cualquier cosa. Que lo haces porque te sirve en el trabajo, para detectar tramposos o algo así. Se lo habría creído, ella nunca va al casino. —Cubo lleno. Cogió otro—. No habría preguntado más. Y le habrías ahorrado… tener que aguantar que le comías la boca como… como si estuvieras desesperado. Mierda. Y ni siquiera se ha quejado. ¿Por qué no se ha quejado? Nunca se corta cuando algo le molesta.

Paró de bombear y rememoró el momento, buscando algún detalle que explicara la pasividad de Audrey, pero solo recordaba el sabor de sus labios, de su lengua, el tacto sedoso que lo había enardecido y el calor del cuerpo que había abrazado para sentirlo pegado al suyo.

Tal vez no le hubiera molestado que la besara, o no tanto como para protestar.

A lo mejor, solo le había resultado indiferente.

Insulso. Aburrido.

Sería igualmente desolador, porque a él le había gustado mucho, incluso más de lo que esperaba, pero al menos no sería mezquino. Pensar en la posibilidad de que ella se hubiera dejado besar porque no podía impedirlo le revolvía el estómago.

Llenó otro cubo más y, cuando iba por el cuarto y último que tenían en la casa, llegaron Ryan y Justin.

—¡Blake! ¿Dónde has cenado? —le preguntó su hermano—. Te hemos estado esperando. Audrey tampoco ha aparecido.

—¿No se os ha ocurrido pensar que aún no puedo entrar en ese hotel?

—Sí puedes. Hemos ido allí precisamente para pagar tu deuda. Ya está saldada. Faltaba tu parte, pero hemos reivindicado nuestro derecho a una recompensa por echar a los atracadores antes de que vaciaran el banco y ya no le debemos nada al dueño del hotel. Solo a nuestras vecinas.

Blake les dio las gracias, pensando que a Audrey le debía algo más que dinero: le debía una disculpa. En privado. No iba a contarle a esos dos que la había besado. Ya buscaría un momento al día siguiente para hablar a solas con ella.

Sí les contó que había cenado con Audrey y que tenía una toalla suya.

También le debía una toalla. Limpia.

—Puedes llevársela ahora —sugirió Justin—. Hay luz en su casa, aún están despiertas.

—Es muy tarde —objetó él.

Y muy pronto para volver a verla, añadió para sí. El beso permanecía en su boca, en su cuerpo...

Y en su mente. Y allí continuó durante horas, impidiéndole dormir.

Se levantó al amanecer y, con sigilo, llevó una de sus toallas a la casa vecina. La dejó en el banco del porche, volvió a su alojamiento y escribió una nota para Ryan y Justin:

Nos vemos en la marca del ganado.

Luego, ensilló su *mustang* y salió a cabalgar. Tenía varias horas por delante para quitarse aquel beso de la cabeza y mentalizarse de que no la había cagado tanto. Solo así podría disculparse con Audrey sin parecer un idiota.

16

—¿Te besó? ¿Cuándo?

—Al salir del lavabo del hotel —respondió Dana, untando mermelada de melocotón en una tortita—. Casi chocamos, porque él salía del de hombres, y entonces me agarró y ¡pam!, me dio un morreo de los buenos.

—O sea que te gustó.

—Bastante. No fue de los mejores, pero besa bien.

—¿Y dónde estaba el hermano de Blake?

—Acababa de entrar en el lavabo. Solo hay uno, como en el de mujeres.

Con uno en la casa que fuera de porcelana bastaría, pensó Audrey, y preguntó, intrigada:

—¿Os pilló al salir?

—No. Ni siquiera nos pilló agarrados. Es más, Justin me suplicó que disimulara, como si no hubiera pasado nada. Y en el camino de vuelta no pude hablar con él a solas. Lo intentaré hoy, cuando acaben de marcar el ganado, y ya te contaré. ¿De verdad no quieres venir? Habrá comida gratis en el rancho, y no nos queda mucho dinero.

—Prefiero comer aquí tranquilamente que rodeada de vaqueros crueles que apestarán a piel quemada de ternero —manifestó Audrey, y miró el pedazo de tortita que le quedaba en el plato—. No me entra nada más. Si te apetece…

—¿Te encuentras bien?

—Sí. ¿Por qué?

—No sé, te noto un poco rara desde anoche. ¿Pasó algo con Blake que no me hayas contado?

Audrey se lo había contado todo, excepto el beso. Y no lo haría hasta que le encontrara un sentido, así que sonrió y, para no mentir a su amiga, le respondió:

—¿No te parece que aguantarle más de una hora es suficiente para que esté rara?

—Será eso —aceptó Dana, agenciándose la media tortita—. ¿Te costó mucho dormirte?

—Menos de lo normal —admitió ella—. Aquí hay silencio absoluto por la noche. Y como llevo cansancio acumulado, todo ayuda.

Y el beso, añadió para sí mientras recogía la mesa. Aunque le fastidiara reconocerlo, aquel beso sin sentido había funcionado como un somnífero. Y no porque le hubiera resultado aburrido, ¡para nada! Había sido delicioso. Y sorprendente. Tan sorprendentemente delicioso que la había convertido, durante varios minutos, en una de aquellas frágiles damiselas a las que les tiemblan las piernas cuando un hombre las besa por primera vez. Incapaz de reaccionar, se había rendido al beso y deseado que no terminada nunca. Pero terminó, obviamente, y ella se había quedado obnubilada, sin poder pronunciar ni una palabra mientras él se despedía y se marchaba. Así, de repente, como si a aquel pedazo de hombre le hubiera dado un ataque de timidez o se arrepintiera de haberla besado.

Probablemente se trataba de lo segundo, se dijo Audrey, porque su vecino no parecía tímido. Fiestas, mujeres, un trabajo que implicaba relaciones sociales... Y se había enfrentado a un fullero y a una banda de atracadores. No, Blake no era tímido en absoluto.

Dana se iba y Audrey apartó a Blake Lewis de sus pensamientos para despedirse de su amiga y repetirle que se encontraba bien.

Pero el vecino duró poco fuera de su cabeza. Al abrir la puerta, vio una toalla en el banco del porche y supo por qué él no se la había devuelto en mano: para dejarle claro que no tenía ganas de hablar del beso y que no habría más. Y Audrey podía aceptar que a Blake no le hubiera gustado, pero se negó permitirle que se escaqueara de darle una explicación.

«¿Creías que te proponía sexo?».

«¿Creías que también era una propuesta? Indirecta. Para salir contigo».

Dos veces la había acusado de malinterpretar sus intenciones y casi se había reído de ella. En cambio, luego le decía que le gustaba mucho su boca y se lanzaba a probarla como haría un goloso ante cualquier dulce. ¿Qué sentido tenía? Solo Blake sabía la respuesta a esa pregunta, así que Audrey decidió que lo abordaría en cuanto surgiera una ocasión, porque ella también necesitaba saber la respuesta.

Metió algo de dinero en un saquito de tela que encontró en el baúl del equipaje y que debía de ser un bolso de la época, añadió un pañuelo de algodón (¿cuántos años hacía que no usaba uno de esos?) y no se le ocurrió qué más poner, aparte de la llave de la casa.

Echó realmente de menos su móvil por primera vez desde que había llegado a Lodge Town. Más que nada para comunicarse con Dana, si lo necesitaba, ya que no lo usaba para mucho más que para llamadas y wasaps. Entraba de uvas a peras en las redes sociales y prefería el ordenador cuando navegaba por internet o escribía *e-mails*. Tenía poco tiempo libre y lo dedicaba a leer cualquier novela que cayera en sus manos o a ver videos de ballet en la tele como terapia de choque; una terapia inútil, pero no perdía la esperanza de llegar a asimilar algún día que jamás volvería a bailar en un escenario. Ni a recibir los aplausos del público ni los enormes ramos de flores que le entregaban al final de cada estreno.

Un relincho y un ¡arre! que se colaron por la ventana abierta la devolvieron la presente. Mejor dicho, al pasado, a ese extraño pasado decimonónico, espartano y algo salvaje al que no lograba adaptarse. Tal vez hoy, ir de compras la ayudara.

Caminó por la calle principal a buen paso y arrimada a los edificios, procurando no fijarse en los caballos que circulaban. Había poca gente, la mayoría debían de estar en el rancho, y pudo entretenerse en la tienda de suministros. Compró una falda-pantalón y se atrevió a tocar las pistolas. A Dana le encantaría tener una, pensó.

—¿Le gustaría probarla? —preguntó una voz masculina impostada.

Audrey se giró y vio la estrella metálica ante su nariz. El sheriff era muy alto y de mediana edad, aunque tal vez ese bigote de herradura le hiciera parecer mayor de lo que era.

—No, no, solo miraba.

—¿Nunca ha disparado un arma?

—¡No, por Dios! —se escandalizó ella.

—Pues es útil saber disparar en un pueblo como este. Por si necesita defenderse de alguien. No tiene por qué matarlo, ni siquiera herirlo, pero un disparo puede ahuyentar a un indeseable.

Quizá debería aprender para ahuyentar a Blake, se planteó.

—Gracias por el consejo, sheriff.

El hombre se quitó el *stetson.*

—Wyatt Earth, para servirla, señorita...

—Audrey. Audrey Cox —se presentó ella, y frunció el ceño—. ¿Se llama casi igual que el famoso Wyatt Earp?

El hombre sonrió con orgullo.

—Así es. Y tuve el honor de conocerle el año pasado, cuando le nombraron sheriff de Dodge City. ¿Le conoce usted?

—No, pero un amigo me habló de él. —¿Acababa de llamar «amigo» a su ruidoso vecino?, se extrañó Audrey—. Por cierto, ¿le gustó la tarta de moras?

Las cejas del sheriff se elevaron en un gesto de sorpresa.

—No me diga que fue usted quien la preparó.

—Mi amiga Dana me ayudó un poco.

—Pue la felicito, señorita Cox. Era la mejor tarta de moras que he probado en toda mi vida. Espero que participe en el concurso del jueves, estoy convencido de que se llevará alguno de los premios.

—¿Qué concurso?

—El que habrá durante la feria. ¿No ha leído el programa de actividades?

No, Audrey no lo había leído, y el sheriff la informó de que, además del concurso, habría una comida al aire libre, casetas con entretenimientos varios, un mercadillo, carreras de barriles y un baile al anochecer.

—Sabía lo del baile, pero lo demás no.

—Asiste a las clases, supongo.

—Ayer aprendí todos los pasos. Fui bailarina.

—¿Y ya no lo es?

Audrey volvió a sentir aquel nudo en el estómago que la angustiaba y decidió terminar la conversación con el sheriff.

—¿Sabe qué? Voy a comprar ese revólver para mi amiga. Y los ingredientes para la tarta del concurso. Ha sido un placer conocerle, señor Earth.

—El placer ha sido mío, señorita Cox. Y me sentiría afortunado si me reservara un baile el jueves.

—Me encantará bailar con un caballero como usted, sheriff.

No como cierto vecino que la besaba sin ton ni son y luego desparecía como si no hubiera ocurrido nada.

Tras abonar la compra, el tendero le indicó dónde podía aprender a disparar, por si le interesaba: en la herrería daban clases de tiro. Audrey se pasó por allí a fin de poder informar después a Dana. Seguro que se apuntaba a esas clases.

Cuando salió de la herrería, se encaminó hacia el alojamiento para dejar el cesto con lo que había comprado y, al pasar por delante del *saloon*, sintió curiosidad por ese lugar en el que no se admitían mujeres.

Asomó la cabeza por encima de las puertas batientes y escudriñó el oscuro interior. Distinguió una barra de bar y varias mesas, tres de las cuales estaban ocupadas por *cowboys* que jugaban a las cartas. Por la escalera que conducía a la planta superior bajaban dos mujeres con llamativos vestidos que dejaban a la vista buena parte de los senos y las largas piernas. Una se acercó a la puerta con una sonrisa maquinadora y le preguntó a Audrey si buscaba trabajo.

—No, no, solo miraba —respondió ella por segunda vez esa mañana.

—Lástima. Siempre hacen falta chicas por aquí. Sobre todo, de noche, cuanto esto se llena.

—¿Eres una de las bailarinas?

—También.

No hacía falta que le aclarara cuál era su otra ocupación en el *saloon*, aunque no fuera real. Entonces, le entró la duda.

—Pero vosotras sois actrices, ¿no? ¿Qué haces si un turista te toma por una prostituta de verdad y quiere acostarse contigo?

—¿Actrices? No sé de qué hablas, bonita.

—Vale, no puedes salirte del papel. Lo entiendo. Y perdona por la pregunta, solo era curiosidad.

—¿Nunca has oído eso de que la curiosidad mató al gato? —repuso la mujer con expresión de mofa.

—Me estoy metiendo donde no me llaman —comprendió Audrey.

—Exacto. Pero me has caído bien, y te diré que yo decido con quién me acuesto y con quién no.

—Ah, gracias por la información.

—De nada, bonita. Me llamo Lila. Si puedo ayudarte en algo mientras estés en Lodge Town, ya sabes dónde encontrarme.

La mujer dio media vuelta y Audrey echó un último vistazo al *saloon* antes de retomar el camino a la casa. Pudo ver un viejo piano y un pequeño escenario.

El gusanillo del estómago atacó de nuevo y ella se obligó a ignorarlo.

Horas después, Dana regresaba del rancho con un plan para la tarde:

—He quedado con nuestros vecinos en la poza que hay antes de llegar al pueblo. Uno de los rancheros nos ha dicho que el agua está muy limpia y que se puede nadar. ¿Te vienes? Ellos han ido directamente para allá.

—No tenemos biquinis ni bañadores —señaló Audrey.

—Claro, no existían en el Salvaje Oeste. La gente se bañaba desnuda o en ropa interior.

—¿Vas a bañarte desnuda delante de los vecinos? —se alarmó ella.

Dana puso cara de traviesa, pero solo unos segundos.

—Mejor no. Solo me interesa desnudarme para uno de los tres.

—Pues avísame con tiempo cuando vayas a hacerlo, por si decido sacarme el colchón al porche.

—También podrías dormir en la cama que Justin deje libre.

—¿En la misma casa que Blake? Creo que te ha dado una insolación en el rancho.

Su amiga rio y la instó a ir ya hacia la poza. Audrey no la hizo esperar, le gustaba el plan. Por el baño y por la posibilidad que le ofrecía de hablar con Blake a solas en algún momento.

Durante el trayecto en el carro, Dana le resumió cómo se marcaba el ganado con una varilla de hierro al rojo vivo.

—Calla, por favor —le rogó Audrey con una mueca de aprensión—. Solo pensarlo me da escalofríos.

—Tendrías que haber visto a Justin y a Blake sujetando a los terneros. ¡Qué espectáculo de músculos!

—Un espectáculo muy cruel, Dana.

—Si fuera real, sí, pero no lo era. La zona de piel donde ponían la marca estaba protegida. Los animales no han sufrido.

—Aun así, me parece cruel que los utilicen para divertir a los turistas.

—Algunos no se han divertido tanto, por lo que comentaban durante la comida. Y han terminado con la ropa echa un asco: sudada y oliendo a vaca y a quemado.

—Qué comida más agradable —ironizó Audrey, deseando llegar a esa poza. Volvía a dolerle el culo por el asiento del carro.

—Olores aparte, ha estado muy bien. Una mesa larga, toda la carne que quisieras, un montón de gente...

Y un montón de gente vio Audrey cuando llegaron a aquel paraje idílico que le recordó a la piscina natural de Hamilton, en Texas. Solo la había visto en fotos, pero tenía la misma forma circular, una parte cubierta por un saliente de roca, una pequeña cascada y el agua de color turquesa.

Localizó a Blake junto a la cascada. Extendía una camisa sobre las rocas, al sol. No llevaba nada más que unos calzoncillos largos de un blanco cachumbo que se le ceñían a las piernas como las mallas de un bailarín. Audrey no pudo evitar recordar el cuerpo totalmente desnudo de su vecino cuando lo había observado la tarde anterior. Y de nuevo lamentó no poder verle los pies, ya que los tenía sumergidos en el agua.

Dana también había localizado a Justin y a Ryan, y comenzó a desvestirse. Audrey hizo lo mismo. Sería más fácil llegar hasta Blake por el agua que por las rocas, Y ahora estaba solo. Era el momento de hablar con él.

17

Por fin había encontrado un espacio donde poner la ropa a secar sin riesgo a que la pisotearan, se alegró Blake tras dejar la camisa enjuagada en una roca lisa junto a la cascada. Cuando llegaron a la poza, todos se habían apresurado a desvestirse y a meterse en aquella especie de piscina natural. Él también, pero había salido rápido al perder de vista su ropa; alguien la había apartado de su camino, dejándola enterrada bajo pantalones y chalecos de cuero de otros vaqueros, por lo que había ido a recuperarla.

Sacó del agua el pantalón y lo sacudió. Ya no olía a chimenea ni tenía tierra pegada. Bien. Lo dejó extendido al lado de la camisa, tratando de aislarse de las voces y risas que flotaban en el aire y se mezclaban con el sonido del agua que caía, como una fina lluvia, del saliente rocoso a su izquierda. Entre aquellas voces, le pareció oír una que pronunciaba su nombre, pero era demasiado aguda para ser la de su hermano o la de Justin. De todos modos, se volvió hacia el centro de la poza, donde estaban ellos y la mayoría de turistas que se había apuntado al baño, por si alguien le había llamado.

No. Nadie le prestaba la más mínima atención. Un grupito jugaba a salpicarse unos a otros, aquella pareja que andaba siempre achuchándose se besaba y el resto disfrutaba del momento refrescante. Blake retomó su tarea, extendiendo los calcetines, y echó una mirada hacia el lugar donde había dejado sus botas.

Seguían allí, no hacía falta ir a buscarlas.

Más risas, más barullo. Joder, cuando llegara Audrey sería imposible hablar con ella a solas. Tendría que esperar a la vuelta. Podía ofrecerle a Dana el *mustang* y así, él iría en el carro con…

Audrey.

Ya estaba allí, quieta en el agua, cerca de la orilla y a varios metros de él. Lo miraba fijamente y con esa expresión suya de indignación. Y lo peor: solo llevaba una camisola y unos pololos que le cubrían medio muslo. El sol incidía en ella de un modo que su silueta quedaba recortada bajo la tela blanca como en una foto a contraluz.

Blake se quedó tan quieto como ella; salvo su pene, que dio un salto de alegría bajo los calzones mojados. Mierda. Si ya se le marcaba el bulto estando en reposo, acabaría pareciendo que llevara coquilla.

Tenía que dejar de mirar ese cuerpo incitador antes de que la alegría aumentara.

Se adentró en la poza, se zambulló en el agua y nadó hacia la zona bajo el saliente rocoso. Allí no daba el sol y el agua estaba más fría. Y la necesitaba muy fría.

Atónita, además de indignada, Audrey observaba cómo Blake se alejaba de ella. Y no por timidez, ya que la había mirado de frente durante varios segundos y con bastante descaro.

Cobarde.

Si se arrepentía de haberla besado, debería pedirle disculpas y decirle eso tan típico de «no volverá a ocurrir».

El hermano simpático apareció a su lado.

—Eh, Audrey, ¿no te bañas?

Ella respondió sin apartar la vista del cobarde.

—Desde luego que me voy a bañar. No pienso perder más tiempo con… —Miró a Ryan y no pudo morderse la lengua—:

¿Tu hermano es imbécil o qué? Le he llamado dos veces y ni puto caso. Ha pasado soberanamente de mí.

—No te habrá oído.

—Oh, te aseguro que sí —afirmó Audrey, sonriendo sin ganas—: Se han girado dos personas que estaban más lejos que él y que no se llaman Blake. Se ha hecho el sordo. Con todo su morro.

—Blake no se hace el sordo, lo es.

—¿Qué?

—Del oído izquierdo. Como una tapia. Agh... Joder —masculló Ryan, cerrando los ojos un momento—. No tenía que habértelo dicho. Por favor, no le digas a Blake que te lo he dicho. Me matará.

Audrey se había quedado pasmada y solo fue capaz de balbucear:

—Vale, no... no se lo diré. ¿Cómo...?

—Ya he hablado demasiado. Lo siento, Audrey, pero si te cuento más y él se entera, no se conformará con matarme. Me descuartizará vivo.

—¿Por qué?

—Porque le da mucha vergüenza que la gente lo sepa. Y con el audífono oye bien, así que nadie se da cuenta.

—¿Y ahora no lo lleva?

Ryan alzó las cejas y sonrió, indulgente.

—¿Audífonos en 1878?

—Ya. No. Claro —comprendió Audrey, que aún estaba asimilando aquella inesperada información. Y de pronto se le encendió una luz, una que podía explicar la reciente manía de Blake de mirarle la boca—. ¿Tu hermano sabe leer los labios?

—Un poco, pero es mejor que te pongas a su derecha cuando le hables. O de frente. Si estás a su izquierda, no te oirá o confundirá las palabras. Y si hay barullo a su alrededor, como aquí, se aturde porque no distingue de dónde le llegan las voces.

La memoria de Audrey retrocedió a la tarde anterior cuando le llamó, también dos veces, para invitarle a cenar y él parecía alelado.

Cuando se puso tan cerca de ella mientras cocinaba.

Cuando confundió «montar» con «potar».

Cuando la besó porque le gustaba mucho su boca.

Sí, ese fue el motivo que alegó, pero le había mentido. Blake le mintió para no tener que revelarle que le miraba la boca para leerle los labios.

Ahora tenía sentido aquel beso. Y que él se marchara agobiado y sin decir ni mu. Incluso tenía sentido que huyera de ella en la poza; aunque no la hubiera oído, la había visto perfectamente y se había alejado en lugar de acercársele. Blake debía de temer que ella quisiera hablar del beso o de su repentina marcha —lo que era cierto—, y aquel no era un lugar donde él pudiera mantener una conversación embarazosa cómodamente, sin interferencias. Había mucho follón. Tanto como en el patio de un colegio, solo que las voces eran de adultos.

A pesar del bullicio, Audrey oyó a Ryan pronunciar en tono de guasa:

—Qué cabrón.

—¿Tu hermano? Sí, un poco, la verdad —aseveró ella, mirando a Blake, que nadaba tranquilamente bajo esa especie de techo de roca.

—Me refería a Justin. Ha ganado la apuesta.

—¿Qué apuesta? —inquirió Audrey, y se volvió hacia donde estaba el aludido. Con Dana. Y se daban un morreo en toda regla.

—Eh… nada. Oye, ¿qué tal la cena de ayer?

Ella sonrió ante el escaqueo evidente de Ryan y no quiso dejarlo pasar.

—Bien. Entretenida. ¿Habíais apostado a ver quién se ligaba a mi amiga? —El hermano de Blake se encogió de hombros con expresión inocente—. Sois todos unos cabrones. Los tres. Y, para que lo sepas, Justin ya te ganó la apuesta ayer.

—¿Cuándo? No los dejé a solas en ningún momento.

—En uno sí.

Ryan hizo memoria y lo descubrió.

—Hostia, sí. Cuando fui a mear.

—Exacto.

—La madre que lo parió.

—Da gusto oírte, Ryan. Qué vocabulario tan refinado.

—¿No te van los *cowboys* machotes, nena? —replicó él, agravando la voz y sacando pecho.

Audrey comparó aquel pectoral con el de Blake. Ganó Blake, de calle. Sonrió al hermano.

—Depende, pero lo que no me va nada es ser segundo plato de nadie, así que... no esperes que te consuele por haber perdido la apuesta.

—Era broma, Audrey. No iba con segundas.

—Vale, perdona. Bueno, voy a remojarme antes de que tengamos que irnos.

Avanzó hacia el centro de la poza y se sumergió por completo.

Sordo. Del oído izquierdo.

Jamás lo habría sospechado.

Emergió del agua y echó la cabeza hacia atrás, dejando que el sol del atardecer le calentara la piel. Por dentro, sentía un frío extraño, como si la sangre le circulara muy despacio, con tiento, temerosa de llegar con fluidez al cerebro y despertar más recuerdos que no le iban a gustar.

Y despertó uno. De la mañana anterior, cuando llegaron al rancho:

«Ponías la música tan alta que no entiendo que no se quejaran los demás. Ni que fueras sordo».

¡Oh, no! Seguro que a Blake le sentó fatal.

Pero ella no podía disculparse por algo que se suponía que no sabía, se dijo. La única opción era encontrar el modo de que su vecino le confesara aquel secreto que tanto le avergonzaba.

18

Dana aceptó encantada regresar a Lodge Town en el *mustang*, y Blake pudo ocupar el sitio de la periodista en el carro. A fin de dar tiempo a los demás a que se adelantaran, le preguntó a Audrey qué tal le había ido la mañana. Ella le contó su encuentro con el sheriff y lo que había comprado en la tienda, pero especificó que la falda-pantalón no era para aprender a montar.

—No conseguiré que cambies de opinión, ¿verdad?

Silencio. Blake percibió la mirada de Audrey clavada en él, pero resistió el impulso de volver la cabeza y corresponder a la observación. Ver los ojazos de su vecina tan de cerca y aquella boca que había besado sería una tortura para su cuerpo, que ya notaba el efecto del roce continuo con el de ella. Sin embargo, cuando oyó...

—Puede que sí.

...cedió al impulso un instante. Perplejo, y de nuevo con la vista fija en el camino, quiso confirmar:

—¿Sí? ¿Cómo?

—Aceptaré una clase, una —recalcó—, si me dices la verdad sobre lo que pasó anoche. ¿Por qué me besaste, Blake?

—Ya te dije la verdad. —Y, en parte, no mentía—. Y lo siento. Siento haberte besado. Te prometo que no volverá a ocurrir.

Bien. Misión cumplida: ya se había disculpado. Ya podía relajarse, se dijo Blake.

—El problema es que no le veo ninguna lógica. Dos veces me dejaste claro que no querías nada conmigo y luego, vas y me sueltas que te gusta mucho mi boca.

Mal. Aún no podía relajarse.

—Y me gusta, pero eso no significa que quiera salir contigo. Fue una tontería.

—En eso, estamos de acuerdo.

Sonaba mosqueada y Blake buscó más razones creíbles para aquel beso mientras volvía a disculparse.

—Perdóname, si te molestó. Sé que me pasé, y apenas he dormido esta noche, pensando en...

«En ti, en lo bien que sabes, en cómo tu cuerpo se amolda al mío, en...».

No, no podía confesarle eso ni la otra verdad, por lo que recurrió a una tercera:

—Mira, Audrey, llevo cuatro meses sin tocar a una mujer y tú estabas ahí, tan cerca que... no pude contenerme.

—¡Ja! ¿Cuatro meses? ¿Me tomas el pelo?

—No. ¿Por qué te extraña tanto?

—Entre tu salón y el mío hay una pared muy fina, Blake, y cada sábado oigo las risas de una mujer. No digo que sea tu novia, pero algo habrá entre vosotros para veros con tanta regularidad.

Blake sonrió. Ahora sí podía relajarse.

—Algo hay, sí. Es una de mis hermanas. —La información dejó a su vecina totalmente cortada—. Tengo cuatro, y dos viven en Reno. Linda, la que viene a verme los sábados, es enfermera de noche en un hospital que está de camino al casino donde trabajo yo. Ella entra media hora más tarde, pero no conduce y prefiere que la lleve en mi coche a ir en autobús. Por el tráfico y porque, en sábado, pasan con menos frecuencia.

—Ah. ¿Es la madre del niño del pony?

—No, esa es Cinthia. ¿Tú tienes hermanos?

—Uno. Ocho años menor que yo. A mi madre le costaba quedarse embarazada, fue una alegría para todos cuando él nació. Ahora está en la universidad de Pensilvania, estudiando biotecnología. Es el orgullo de la familia.

¿Y ella no?, se preguntó Blake. Debió de serlo en su época de bailarina, seguro, pero omitió mencionarlo. Recordaba la expresión de dolor de Audrey cuando se refirió a la lesión que le impedía bailar, y la comprendía. Igual que él no podía hablar de su sordera, ella debía de evitar el tema que había truncado su carrera.

—¿Por qué en Pensilvania?

—Somos de allí. De Filadelfia.

—Eso está muy lejos de Reno. ¿No había plazas de funcionaria en Filadelfia?

—No lo sé. Yo vivía en Nueva York cuando aprobé las oposiciones. Trabajé un año allí, pero... no me iba demasiado bien y pedí el traslado. Reno me pareció un buen lugar para empezar de cero.

¿Después de la lesión? Blake quería saber más de aquella mujer a la que no podría volver a besar. Se lo había prometido.

Qué idiota.

Si no hubiera pronunciado ese verbo que obligaba a cumplir con lo dicho, tendría opción a otra oportunidad. Ahora, debía conformarse con mirarla, con aquellos roces accidentales que le calentaban la sangre y la enviaban directamente a su entrepierna, con unas cuantas conversaciones que...

—¿Dónde vivías tú, antes de ser mi vecino?

Blake encerró su lamento en un rincón de su cerebro y, viendo con alivio que ya llegaban al alojamiento, respondió:

—En Las Vegas.

—¿Las Vegas? ¿En serio? Pero si allí hay un montón de casinos. ¿Por qué te mudaste a Reno?

Una pregunta razonable que, por suerte, no le daba tiempo a contestar. Sin embargo, consideró útil y conveniente revelarle uno de los motivos de aquel cambio de ciudad.

—Necesitaba alejarme de mi ex.

—¿Estás casado? —se sorprendió ella, y rectificó—: Estabas.

—Exnovia —le aclaró él—. Tres años juntos. Íbamos a casarnos después del verano.

—Ah. Vaya. Lo siento. O no. No lo sé. ¿Lo sientes tú?

Blake rio. La duda de Audrey le parecía encantadora. Respondió con sinceridad:

—Menos, a cada día que pasa.

—Me alegro. Por ti.

—Yo también —musitó él, ya serio. La puntualización de su vecina era innecesaria. Sabía de sobra que solo pretendía ser amable, que no tenía un interés especial en que superara la traición de su ex.

Ella se apeó, alzó una mano para despedirse y entró en la casa. Blake permaneció unos minutos en aquel incómodo asiento, concentrado en lograr que su pene se ablandara. Iba a tener que poner remedio a eso cuanto antes, porque tanta erección en tan pocos días debía de ser una señal de que necesitaba sexo. Con una mujer, y no en la más absoluta soledad, como hacía en Reno. Y no había ninguna privacidad en esa pequeña casa del Salvaje Oeste: compartía habitación con su hermano y ni siquiera disponían de un cuarto de baño.

El problema era que la única mujer con la que le apetecía tener sexo era Audrey, y a ella no podía ni robarle un beso.

Concluyó que la solución menos engorrosa la hallaría en el *saloon*, y hacia allí se dirigió después de avisar a Justin y a Ryan de que no cenaría con ellos esa noche.

Tal vez ni cenara, si lo que ofrecía aquel local lo dejaba satisfecho. Con que la calma le durara dos o tres días, tendría suficiente.

A medio camino, su hermano se plantó a su lado.

—Te has ido tan rápido que no me has dado tiempo a reaccionar, tío. ¿Qué te pasa? ¿Estás cabreado conmigo por algo?

—¿Tengo algún motivo para estarlo? —receló Blake.

—¡Qué va! Ninguno, que yo sepa. Pero me ha extrañado que quisieras cenar solo. ¿Va en serio? ¿O es que has quedado con alguien y no quieres que nos enteremos?

—No he quedado con nadie, Ryan. Voy al *saloon*, a ver qué hay por ahí.

—Pues te acompaño, no vaya a ser que te metas en otra pelea. Te noto un poco tenso.

—Lo estoy. Por todas partes.

—¿Por todas...? ¡Ah! —Ryan soltó una estruendosa carcajada—. Ya sé para qué vas al *saloon*. Me cuesta creerlo, pero, oye, me gusta el plan. Ya que Justin me ha levantado a la chica... Y con tu vecina no hay nada que hacer.

—No, con Audrey no hay nada que hacer —repitió Blake, resignado, y apretó el paso para llegar cuanto antes al local donde podría desfogarse.

Y también para evitar que su hermano siguiera hablando de Audrey y adivinara que ella era precisamente la causa de que necesitara desfogarse.

19

Lo primero que hizo Audrey al entrar en la casa fue contarle a Dana lo que Ryan le había revelado sobre Blake.

—Ay, pobre —se compadeció su amiga—. Debe de estar pasándolo fatal aquí, sin el audífono.

—Y no es tan grave ser sordo de un oído. Si me lo dijera, no lo pasaría tan mal.

—Ya, pero eso es decisión suya, Audrey. Tú no puedes obligarle a que te cuente lo que no quiere que sepa nadie.

—Lo sé, pero me gustaría que me lo contara.

—Oh-oh. ¿Detecto un cierto interés por tu vecino ruidoso? —sonrió Dana, picarona.

—Ninguno en el sentido en que estás pensando. Es solo un interés práctico. Me conviene llevarme bien con él. Así, cuando volvamos a Reno, me molestará menos.

—No te molestaba adrede, Audrey. No sé qué va a cambiar el que te lleves bien con él, pero me alegra que hayas decidido intentarlo. Significa que ya no te parece un estúpido.

—No tanto —reconoció ella, a pesar de que seguía mosqueada por aquel beso tapadera del que no quería hablarle a Dana. Y, como temía que se le escapara, abordó otro beso—: Y tú con Justin, ¿qué? Todos os hemos visto en la poza.

—Mm... Si hubiéramos estado solos...

—¿Te gusta de verdad o es solo sexo?

—De momento, solo sexo. ¿Por?

Y Audrey le habló de la apuesta entre Ryan y Justin. Dana se lo tomó a risa, y ella envidió de nuevo a su amiga. Esta vez, por no tener ningún reparo en enrollarse con tíos por puro placer. Deseó ser menos romántica y más atrevida en ese aspecto, y pasó media noche despierta (lo habitual, vamos) dando vueltas en la cama y tratando de imaginar que se liaba con Ryan, aunque sus pectorales no fueran tan perfectos como los del hermano. Solo por probar. Quizá se estaba perdiendo algo bueno. Ryan era simpático, divertido y bastante guapo.

Y, a lo mejor, también besaba como los ángeles, igual que Blake.

Igual de ruidoso sí era, por lo que pudo comprobar a las dos de la madrugada. ¿De dónde volvían tan tarde? Audrey había oído los cascos de los caballos, sus voces, una carcajada de Ryan, las puertas de la casa y la de la letrina. Si Justin iba con ellos, no se hizo notar.

¿Qué quedaba abierto a esas horas en Lodge Town? Tal vez el hotel o el *saloon*. Cuando se levantara a la mañana siguiente miraría aquel programa de actividades, se dijo, allí pondría los horarios de los locales.

Y eso hizo en cuanto Dana se marchó al rancho a por un caballo. Audrey había tenido que insistirle para que lo pidiera, su buena amiga no quería dejarla sola en el carro cuando tuvieran que desplazarse, y ese fue el argumento que ella utilizó para convencerla.

—Prefiero ir sola que con Blake. Casi no cabemos en ese asiento y se le nota que va incómodo. Aprenderé a conducir, no te preocupes. Esa mula es bastante dócil.

—¡Gracias, gracias, gracias! —la abrazó Dana, feliz—. Me hace mucha ilusión tener mi propio caballo, aunque solo sea por cuatro días. ¿Nos vemos en la clase de baile? Hoy es la última. Y algunas chicas tienen ya un nivel... No te aburrirás tanto.

—Creo que me quedaré aquí y empezaré a preparar la tarta para el concurso de mañana. He pensado en hacer dos y darle una al sheriff. Fue muy amable conmigo.

—Pues, ya que te pones, haz otra para Blake. Igual le tocas la fibra y te confiesa su gran trauma.

—¿Con una tarta? —rio ella—. Lo dudo mucho.

—Ya, yo también. Te sería más fácil arrancarle una confesión si le tocaras otra cosa.

—¿Qué...? ¡Oh! ¡Dana! —la reprendió Audrey a la vez que se aguantaba la risa.

—Cuatro meses sin una mujer es mucho para un tío que rebosa testosterona como él. ¿Y no te fijaste ayer en el bulto que le marcaban esos calzoncillos largos?

—No, no me fijé —respondió ella con rotundidad, pero sí recordaba el trasero desnudo de Blake, su espalda, sus piernas, aquella tableta tan sexi... Se ruborizó—. Anda, vete ya o no llegarás a la clase de baile.

Una hora después, Audrey machacaba, en lugar de amasar, aquella mezcla compacta destinada a ser la base de las tartas. No podía quitarse a Blake de la cabeza.

¿Había echado sal a la mezcla? No lo recordaba. Y el saquito de levadura seguía cerrado. Mierda. Había olvidado añadir la levadura. La masa ya no tenía arreglo. Al menos, en ese momento. No estaba concentrada en cocinar. La envolvió en un paño y la dejó en un rincón de la encimera, por si más tarde se le ocurría cómo aprovecharla. Tendría que preparar otra, claro, pero no ahora.

Necesitaba distraerse de algún modo. Si le sobrara el dinero, iría a la tienda a comprarse cualquier cosa que le gustara, pero el alcalde aún no les había proporcionado más y el banco seguía sin blanca.

Pensó en ir hasta el *saloon*, por si veía a Lila desde la puerta y podía charlar con ella otra vez. Según el programa, aquel era el único local que permanecía abierto hasta las dos de la madrugada, y Audrey quería comprobar si Blake y Ryan habían estado allí la noche anterior.

Y saber qué habían hecho.

Bueno, en realidad, lo que había hecho Blake, porque le importaba un pito que Ryan se fuera de putas. Y aparte de esa actividad física, de jugar a las cartas y beber, no se podía hacer mucho más en un *saloon* del Salvaje Oeste, ¿no?

Pero Audrey había visto a los tres vecinos media hora antes ensillar los caballos y marcharse en dirección sur, hacia el centro del pueblo, y corría el riesgo de encontrárselos por allí. Tal vez, hasta en el *saloon*. Así que decidió ir en dirección contraria. Pasearía un rato, se airearía y procuraría disfrutar de aquel paisaje agreste y rocoso que se divisaba desde la ventana de la cocina, más allá de la última casa del pueblo.

Se puso la falda-pantalón para ir más cómoda y porque tenía ganas de estrenarla. También estrenó la sombrilla; el sol caía de pleno y no había aceras con sombra en el camino que iba a tomar.

Todavía con Blake rondando por su cabeza (cuerpo desnudo glorioso incluido), salió de Lodge Town en dirección norte. Recordó entonces que el alcalde había aconsejado no adentrarse en esa zona porque era peligrosa. Se detuvo unos segundos, no más. Todo aquello era falso, ¿qué peligros reales podía haber? ¿Animales salvajes? ¿Serpientes venenosas? No, imposible. No dejaba de ser una zona accesible a los turistas, seguro que la organización del parque se había encargado de protegerla debidamente para que nadie acabase herido. Y era un lugar solitario, ni siquiera veía un solo caballo.

¡Qué maravilla! Iba a disfrutar mucho de aquel paseo improvisado.

20

Despacho de Alison Cooper, miércoles 30 de junio, 11:00h.

De: Samuel J. Grant
Para: Alison Cooper
Asunto: Último informe
Enviado el: 30 de junio, 10:51

Estimada Srta. Cooper:

No he recibido el informe que debería haberme llegado ayer martes. Supongo que el correo se extravió. ¿Sería tan amable de volver a enviármelo?

Atentamente,

SAMUEL L. GRANT
Director de proyectos

—No lo ha recibido porque no tuve tiempo de redactarlo —murmuró Alison, sola en su despacho—. Un informe diario. ¿Para qué necesita un informe diario?

Cerró aquel correo y abrió el documento que había comenzado a escribir el día anterior pero que tuvo que dejar para ocuparse de asuntos más importantes que ese informe. Añadió unas cuantas líneas más con los datos que su secretaría había recopilado el lunes por la tarde a partir de la información proporcionada por

Gary, y lo dio por terminado. Era breve y no seguía la pauta de los anteriores, que abarcaban veinticuatro horas (de mediodía al mediodía siguiente), pero no disponía de más datos.

Iba a enviárselo al señor Grant con una disculpa por no haber podido entregárselo a tiempo, cuando le sonó el teléfono de la línea interior. La llamada era del Centro de Control: Gary tenía una consulta urgente.

—¿Puedes venir un momento, Alison? Imagino que estás muy ocupada, pero ayer no te pasaste por aquí, y ya te echo de menos —bromeó el coordinador de operaciones.

—Ayer fue un día complicado.

—Lo sé. Me he enterado de que te has quedado sin secretaria. ¿Una apendicitis?

—Sí, la operaron por la tarde. Estará dos semanas de baja.

—¿Y no tienes sustituta?

—En Recursos Humanos están buscando una entre el personal del hotel. Supongo que mañana tendré a alguien. Oye, voy para allá. Necesito salir un rato del despacho.

—¡Genial! Me muero por verte.

Alison rio, colgó y miró el correo en blanco que iba a escribir para el director de proyectos.

¡Qué distinto sería si tuviera que informar al señor Pemberton!

No había conseguido hablar con él ningún día y le preocupaba aquel problema de salud que le impedía mantener el intercambio de *e-mails* con ella. Podría preguntarle al señor Grant, pero los correos de ese hombre, tan fríos y formales, no invitaban a preguntar nada.

Esperaría un par de días más y, si no tenía noticias del accionista, ya pensaría en cómo obtenerlas.

Respondió al correo que le reclamaba el informe de un modo distinto al que iba a hacerlo antes de la llamada de Gary.

De: Alison Cooper
Para: Samuel J. Grant
Asunto: RE: Último informe
Enviado el: 30 de junio, 11:20

Estimado Sr. Grant:

Le enviaré un informe a primera hora de la tarde que incluirá el de ayer. No se extravió ningún correo, ya que no se lo envié. Mis responsabilidades como gerente tienen prioridad sobre unos informes diarios no oficiales.

Agradezco de antemano su paciencia y comprensión.

Cordialmente,

ALISON COOPER
Gerente de Odissey Park

Enviando...

Alison cogió su *smartphone* y se dirigió hacia el Centro de Control.

Veinticinco pantallas mostraban imágenes de distintos puntos de Lodge Town. En la mayoría había mucha actividad, ya que el pueblo se preparaba para la feria del día siguiente. Gary, como siempre, observaba atentamente el panel de pantallas y no se percató de su presencia hasta que ella se situó a su lado y le preguntó:

—¿Cuál es esa consulta urgente?

—Ah, ya estás aquí —sonrió él, y señaló hacia el ángulo superior izquierdo del panel—. Por fin, alguien se ha aventurado en la zona peligrosa.

—¿Una mujer? ¿Y sola?

—Ese es el problema. Dábamos por sentado que serían hombres los primeros en morder el anzuelo que lanza el alcalde en la cena de bienvenida, pero ninguno se ha saltado la advertencia de no ir hacia el norte. Y creo que activar el ataque de los indios es excesivo para una sola mujer. Ni siquiera va armada. El revólver que compró es para su amiga, según informó el herrero. Lo único que podrían hacer los indios es secuestrarla. No habrá batalla, ni persecución... Desperdiciaremos la Escena 4 y lo que tenía de factor sorpresa.

Alison fijó la vista en la mujer que avanzaba tranquilamente por el camino norte, ajena a la vigilancia del nanodrone que la seguía a treinta metros por encima de su cabeza.

—¿Podemos ver quién es?

—Claro. —Gary pidió a uno de los operadores de la sala que hiciera zoom con una cámara oculta en una formación rocosa—. Ahí la tienes.

—Audrey Cox —identificó Alison. Había memorizado el aspecto de todos los turistas, los impresos de solicitud y buena parte de los datos recogidos en el formulario que rellenaron—. Es la amiga de la periodista que se llevó uno de los premios y vecina del millonario de Las Vegas que vive en Reno.

—¿El que nos facilitó la Escena 2, la pelea en la sala de juegos? —quiso confirmar Gary.

—Sí. Se llama Blake Lewis. En el cuestionario de aficiones y preferencias puso que buscaba acción auténtica del Salvaje Oeste, y nos ha demostrado que es cierto.

—Y que lo digas. Nos jodió la Escena 3.

Alison sonrió al recordar las imágenes del atraco al banco que habían quedado grabadas para el archivo del parque, estrenado con las del accidente en el río o Escena 1, como la llamaban en Odissey Park. «Escena» era la palabra que identificaba las actividades que la organización había planeado para sorprender a los turistas y proporcionarles la acción y las emociones que hallarían en un Salvaje Oeste de verdad.

—Yo creo que la mejoró —discrepó Alison—. Enfrentarse al jefe de la banda de esa manera... Y tenemos actores especialistas en improvisación, todo salió bien.

—Más o menos, sí. Bueno, ¿y qué hacemos con la temeraria señorita Cox? —se impacientó Gary.

—No lo sé. Ponme en antecedentes. Los últimos datos que tengo son de la visita al rancho y necesito un resumen de lo ocurrido ayer. Para el puñetero informe diario. Después nos centraremos en Audrey.

—Lo hemos anotado todo. Cuando me enteré de que una ambulancia se había llevado a tu secretaria, deduje que ibas a ir de culo y que no tendrías mucho tiempo para mí. Te envío el documento.

Cogió su *tablet* y, a los pocos segundos, sonó un bip en el móvil de Alison.

—Recibido. Gracias.

—No hay de qué. Y ahora, te cuento sobre la chica: el lunes cenó a solas con el vecino millonario. En la intimidad de su casa.

El rostro de la gerente se iluminó con una mezcla de diversión y emoción.

—¿Hay rollo a la vista?

—A la vista no, no tenemos cámaras en los alojamientos, pero algo hay entre ellos. El que sí hay a la vista es el de la periodista con el amigo del millonario. Hemos grabado dos besazos impresionantes. ¿Quieres verlos?

—¡Sí! No —rectificó al instante—, en otro momento. Voy justa de tiempo. Volvamos a Audrey y a Blake. ¿Qué hicieron ayer? ¿También estuvieron juntos?

—Muy poco. Solamente en aquel carro viejo, cuando regresaban de la poza. Y no te hagas ilusiones, porque ella no está por la labor.

—¿Cómo lo sabes?

—Información de primera mano recibida esta mañana. De Lila —concretó Gary, y pidió a otro operador que le pusiera lo grabado la noche anterior en el *saloon*. En una pantalla aparecieron los hermanos Lewis en una mesa, viendo el espectáculo de cancán—. Iba a terminar mi turno y se me ocurrió pedirle a Lila que averiguara si había algo entre el más alto y cierta turista. Me intrigaba la relación que tienen.

—Supuse que se llevaban bien, por eso los coloqué en casas contiguas. Me pareció que les haría gracia la coincidencia, al ser vecinos en la ciudad donde viven.

—Pues creo que a ella no le ha hecho demasiada. Lila le sonsacó al millonario alto que le gustaba una mujer, pero que lo tenía muy crudo. Por la descripción que le dio, es la tal Audrey, sin duda.

Alison sintió una ligera decepción. Los había imaginado juntos en cuanto vio los formularios de ambos en el suelo de su despacho. Había impreso los de todos los turistas para que los revisaran y firmaran, y a la impresora le había dado por escupir dos cuando la bandeja de salida se llenó. Las dos hojas habían volado delante de sus narices, aterrizando superpuestas de modo que las fotos de carnet quedaban una junto a la otra. Alison Cooper, que no creía en las casualidades, imaginó que aquello había sucedido por algún motivo o con algún fin. Y enseguida emparejó en su mente al hombre y a la mujer de aquellas fotos: Blake Lewis y Audrey Cox, vecinos y amantes.

Sin embargo, según la información de Lila, una *escort* retirada que representaba el papel de la *madame* del *saloon*, parecía que lo segundo no iba a cumplirse. O así lo creía el millonario. ¿Qué debió ocurrir en aquella cena íntima? ¿Se habían peleado?

Alison dejó una parte de su cerebro meditando sobre la posible pareja (se resistía a darla por imposible) y centró la otra en la feria.

—¿Habrá tartas para el concurso, además de las nuestras?

—Yo no voy a preparar ninguna —avisó, muy serio, el coordinador de operaciones.

—Gary... —pronunció ella con hartazgo y una sonrisa a la vez—. Ya me has entendido.

Él le devolvió la sonrisa y le comunicó:

—Seis, si las turistas con las que el sheriff habló ayer no se echan atrás. Y puede que hoy convenza de participar a alguna más.

—¿Y se ha apuntado alguien a la carrera de barriles?

—De momento, cuatro hombres y una mujer. Todos buenos, por lo que he visto. —Señaló otra pantalla. En el cercado dispuesto para la carrera, un jinete rodeaba uno de los barriles de metal, que se tambaleó al contacto con el anca del caballo. El siguiente que intentó sortear se volcó—. Vale, ese que practica ahora no lo es tanto, pero el Lewis de la melenita no ha tirado ninguno. Y la mujer tampoco.

—¿Y Blake? ¿Ha practicado ya?

—Todavía no. Está en la pradera este, colaborando en el montaje de la carpa para el baile de mañana.

Entonces se le ocurrió. Alison visualizó en su mente una opción para la Escena 4 que a Blake Lewis le gustaría. A su vecina no, pero tal vez sirviera para que lo mirara con otros ojos.

—Gary, activa el ataque de los indios. Que vayan a por la chica y le den su merecido por invadir su territorio.

—¿Su merecido? Traduce, por favor, porque no lo pillo. Lo de arrancar cabelleras no lo tenemos perfilado. ¿Qué quieres que hagan?

Ella sonrió, ladina, y expuso su idea.

—Que la aten a un árbol, que le rasguen esa blusa horrible tan recatada y la dejen sexi. Mandaremos a Blake a liberarla.

—¿Un rescate en plan héroe romántico? —dedujo Gary, sin podérselo creer y a punto de echarse a reír—. ¿Va en serio?

—Completamente.

Y Gary se echó a reír.

—Pobre millonario... Se pondrá cachondo y no le quedará otra que volver esta noche al *saloon*. Y no precisamente para hablar con Lila.

El móvil de Alison volvió a emitir un bip. Le acaba de llegar otro correo: una respuesta del director de proyectos.

De: Samuel J. Grant
Para: Alison Cooper
Asunto: Último informe
Enviado el: 30 de junio, 11:45

Srta. Cooper:

A partir de este momento, incluya el informe diario entre sus responsabilidades como gerente. Y si dichas responsabilidades la abruman y desbordan, tal vez debiera plantearse renunciar a su cargo.

Atentamente,

SAMUEL L. GRANT
Director de proyectos

—Pero ¿qué...? —murmuró Alison, y comenzó a teclear frenéticamente.

—¿Algún problema? —le preguntó Gary.

Ella continuó escribiendo su impulsiva respuesta a aquel correo ofensivo, con los dientes apretados y maldiciendo en silencio al señor Grant.

Estoy más que capacitada para mi cargo, aunque incluya exigencias que no corresponden.

Retiro mi agradecimiento por su paciencia y comprensión, ya que carece usted de tales cualidades.

ALISON COOPER
Gerente de Odissey Park

Lo envió tal cual, sin saludo ni despedida, y contestó al hombre a su lado:

—El dichoso informe. Le voy a enviar uno tan largo y detallado que se aburrirá de leerlo.

—Como añadas tu plan de rescate heroico se partirá de risa —comentó Gary, medio en broma. Y en el mismo tono, le preguntó—: ¿Quieres que también amordacemos a la chica?

—Buena idea. Así no podrá gritar y nos aseguramos de que nadie acude en su ayuda antes que Blake.

—¿Y si él pasa de ir?

—Irá. No solo porque Audrey le gusta, sino porque será el sheriff quien se lo pedirá. Contacta con Wyatt y activa ya la Escena 4.

—A la orden, señorita Cooper.

21

En el centro de comunicaciones de Lodge Town, situado en la segunda planta del hotel, recibieron las instrucciones de Gary Butler y enviaron a uno de los empleados a informar a Wyatt Earth.

Casi al mismo tiempo, el grupo de actores que cada mañana se vestía con la indumentaria apache y aguardaba la llamada que les daría luz verde para actuar, se reunía en la sala de la casa oculta donde residían, al norte del pueblo. Había un nuevo plan de ataque.

Lo que les pedía aquella voz que salía del móvil en modo manos libres extrañó a la mayoría y no gustó a algunos, que se negaron a atacar a una mujer. El jefe del grupo respetó la decisión de los actores reacios al plan y consideró que bastaba con cuatro apaches, además de él, para aquella representación.

Su trabajo fue impecable. Los aullidos de guerra asustaron a la mujer, que no opuso resistencia en un principio, cuando la rodearon tras desmontar y chapurrearon que no debería estar allí, en su territorio.

—Lo siento, ya me voy —dijo ella, paseando sus pupilas por los cuerpos semidesnudos de los aquellos indios, y murmuró—: Madre mía, ¿de dónde sacan tantos actores tan bien musculados?

—Tú callar y quitarte ropa —ordenó uno.

Esa orden sorprendió a la mujer, que se envalentonó y replicó con altivez:

—Pues, mire, ya me gustaría, porque me estoy asando de calor, pero no sería apropiado que volviera al pueblo como Dios me trajo al mundo. Así que, no, no me voy a quitar nada. Y si se apartan un poco, me iré por donde he venido.

En lugar de apartarse, los cinco apaches se acercaron más, claro. Ella los miró con cierto recelo, cerró la sombrilla y la empuñó como si de una espada se tratara, manteniéndolos a distancia. Dos se carcajearon de aquella arma inofensiva, pero uno dejó de reír cuando la mujer le atizó en la cabeza con el extremo de la sombrilla.

El jefe se la arrebató al instante.

Ella le exigió que se la devolviera y él la partió en dos.

La chica se quedó boquiabierta, pero sus grandes y expresivos ojos destilaban furia, por lo que el jefe decidió terminar con el juego y cumplir con lo que les habían pedido.

Fue entonces cuando ella se resistió con todas sus fuerzas. Gritó y pataleó al verse agarrada por dos indios mientras el que seguía riendo le quitaba la camisa. Continuó gritando y añadió los puños cuando uno se la cargó al hombro y la llevó hasta el único árbol que allí había y que no era más que un viejo tronco reseco con unas pocas ramas retorcidas en lo alto.

De nuevo entre dos, le ataron las muñecas a la parte de atrás del tronco al tiempo que el jefe la despojaba del sombrerito y la amordazaba, pensando que tendría que haberse llevado a dos actores más. El que se había carcajeado del sombrillazo y trataba de atar los tobillos de la mujer acababa de recibir un puntapié en toda la cara.

Ese era un chulito que se pasaba el día fardando de que la tenía grande, y era cierto, pero aún tenía más grande el ego, por lo que se vengó de la chica rajándole un tirante de la camisola con una navaja que no debería haber llevado encima. Las armas auténticas estaban prohibidas en las representaciones.

Ella se asustó de aquel acto violento que le dejó un pecho al aire y desconcertó a los demás actores (el acto y el pecho), pero el jefe mantuvo su papel de apache —ya abroncaría luego al chulito— y terminó de atar a la mujer con tres vueltas de cuerda alrededor de la cintura.

Observó el resultado: estaba más que sexi. Sin embargo, él no quería dejar a la chica tan expuesta —el chulito se había pasado— y, con cuidado, le recolocó la camisola de modo que le tapara el seno a la vista. Ella gruñó y puede que le insultara, pero la mordaza le dificultaba vocalizar. Y rugió como un león hambriento cuando le puso el sombrerito para evitarle una insolación.

Ya con el objetivo cumplido, el jefe dio la orden de retirada y fueron a por sus monturas. El actor que no había abierto la boca para nada ni recibido ningún golpe se le acercó y le comentó en voz baja:

—No parece que la hayan atacado unos apaches. Cualquiera podría atar a alguien a un árbol.

—¿Y qué quieres que hagamos? Esto es lo nos han pedido.

—Tengo buena puntería. Si me das tu permiso, le lanzo una flecha.

Y el jefe se lo dio. La imagen sexi de la chica quedó un tanto desvirtuada, con una flecha de ventosa pegada en la frente, pero aquel actor tenía razón: ahora sí parecía que la hubieran atacado unos apaches. Más o menos.

22

—¿Que hay baches en la zona norte? —quiso constatar Blake. El sheriff, a su izquierda, le decía algo sobre ayudar a Audrey, pero él no le entendía—. ¿Qué peligro hay en unos baches, si va a pie?

—¡Apaches, señor Lewis! Indios. ¿Sabe lo que es un apache?

—¿Indios apaches? —se extrañó Blake.

—Sí. A-pa-ches —silabeó Wyatt Earth, impaciente—. Y la señorita Cox se ha adentrado en su territorio. Corre un grave peligro.

—No hay apaches en Utah, sheriff. Vivían al este de Arizona, en Texas, Nuevo México… Los indios de Utah eran los shoshones y los ute, de donde proviene el nombre del estado de Utah. Significa gente de las montañas —le explicó él, desplazándose con disimulo para quedar al otro lado de su interlocutor y poder oírle con claridad.

—Admiro sus conocimientos sobre los indígenas de Norteamérica, señor Lewis, pero aquí, en Lodge Town, hay apaches. Y están a punto de atacar a su vecina —articuló el sheriff—. Si no es que la han atacado ya. ¡Suelte ese martillo y venga conmigo! Necesito su ayuda.

Blake dejó la herramienta con la que ayudaba a apuntalar la carpa para el baile de la feria, se caló el sombrero y siguió a aquel hombre autoritario con desconfianza. ¿Qué clase de montaje era aquel? ¿Y qué hacía Audrey en la zona peligrosa? ¡Y a pie! Bueno, eso era lógico: ella no montaba. A caballo. A hombres, seguro que sí. Con aquellas piernas largas y fuertes, perfectas para cabalgar…

Sobre un caballo, se obligó a concretar una vez más.

Pensar en Audrey cabalgando de otro modo y con un tío que no fuera él le encendía la sangre. De una manera distinta a como se la encendía cuando la imaginaba encima de él, por lo que procuraba evitar esa línea de pensamiento.

—¡Dese prisa, señor Lewis! —lo increpó el sheriff.

—¿Y solo vamos nosotros dos? —le preguntó al tiempo que ponía un pie en el estribo de la silla de su *mustang*.

—No hay tiempo para reclutar a más hombres. ¡En marcha!

Wyatt Earth arrancó al galope como si fuera a la caza de los más temidos pistoleros del Oeste. Blake decidió seguirlo, aunque sospechara que le estaba tendiendo una trampa. No se le ocurrían ni el motivo ni la finalidad de esa trampa misteriosa, pero pronto lo averiguaría. Audrey no le preocupaba mucho, nadie le haría daño en Lodge Town.

¿Indios apaches? Buf... Escribiría a Odissey Park cuando regresara a Reno para pedirles que se documentaran un poco mejor.

Veinte minutos después, Blake divisaba una figura femenina atada a un árbol solitario. Joder. Era cierto que Audrey había sufrido un ataque: los falsos apaches le habían dejado su marca en la frente.

Por Dios, aquello era ridículo. La flecha. Que le hubieran destrozado la ropa era imperdonable.

—Hijos de puta —profirió tras tirar de las riendas para frenar al *mustang*—, como le hayan tocado un pelo....

—La cabellera la conserva, por lo que veo.

—No estoy para bromas, sheriff.

—No era broma, señor Lewis. Y tocarla, la habrán tocado para atarla de ese modo.

Furioso con los cabrones que le habían hecho aquello a Audrey, desmontó a varios metros de ella para no dejarle el caballo cerca. Bastante estaba soportando ya la pobre chica, inmovilizada, amordazada y exponiendo parte de su cuerpo bajo aquel sol abrasador. Seguramente exponía mucho más cualquier verano en una playa, pero no era lo mismo. Corrió hasta ella con el sheriff a la zaga.

—Audrey, ¿estás bien?

Aquellos ojazos marrones con un halo verde lo miraron espantados y se cerraron a los dos segundos con una especie de gemido.

No, no era lo mismo en absoluto, se dijo Blake, contemplando la piel marfileña de los hombros femeninos, el generoso escote de la camisola... ¿rota?

Sí, parecía que le habían cortado uno de los tirantes. Y lo constató al momento, cuando la respiración de Audrey se aceleró y una parte de la tela blanca se deslizó, dejándole un pecho al descubierto. ¡Dios! Aquello era una tentación divina.

Obnubilado y con el pulso desbocado por la incitadora visión, apenas oyó al sheriff.

—...mordaza. Usted... *uerda.*

—¿Que muerda? ¿El qué? —preguntó, alelado. Ya no había flecha en la frente de Audrey.

—La cuerda.

—¿Que muerda la cuerda?

—¡Que le desate la cuerda, por el amor de Dios! Yo le quito la mordaza... Si puedo, porque este nudo... Caramba, sí que lo han apretado.

Audrey volvió a gemir. Agachaba la cabeza para facilitarle al sheriff la tarea. Blake logró reaccionar y rodeó el árbol para liberar a su vecina, pero no encontraba ningún nudo.

—Está delante —le indicó el sheriff—. ¿No lo ha visto?

¿Cómo iba a verlo, si no había podido apartar la mirada de aquel pecho colmado que cabría perfectamente en su mano? Volvió a situarse frente a ella, obligándose a fijar las pupilas en la cuerda.

Sí, ahí estaba el nudo, en la cintura de la mujer.

Rezó para que no lo hubieran apretado tanto como el del pañuelo que le tapaba la boca, porque era triple y quedaba a dos dedos por debajo del fruto prohibido, que se elevaba y descendía al ritmo de la respiración agitada de Audrey. La suya también se agitó. Iba a ser inevitable rozar esa teta al deshacer el nudo.

Estaba jodido. Él. Deshacerlo también, aunque no tanto.

—Señor Lewis, tape eso, ¿quiere? Me estoy poniendo nervioso y no atino con el puñetero nudo.

Audrey volvió a gemir. O a gruñir. Blake no sabría decirlo, pero sí tenía claro que aquel sonido era de disgusto o de protesta. Tragó saliva, intentó calmarse y ordenó a su pene que se estuviera quieto, porque ya recibía impulsos de efervescencia. Con rapidez, cogió el medio tirante caído y lo anudó al otro medio, cubriendo así la tentación que ponía nervioso al sheriff y a él, caliente como la pipa de un indio.

Mierda. La comparación era de lo más inoportuna, se dijo, tratando de ignorar el tacto sedoso de aquella piel que ardía bajo el sol. Y puso manos a la obra.

A la cuerda.

Ella dejó de respirar.

—Lo siento, Audrey —musitó Blake, fijando la vista en el nudo que manipulaba—. No tengo más remedio que... tocarte, pero no lo hago adrede. Si prefieres esperar a que el sheriff te quite la mordaza y lo haga él, no me...

—Ya me la ha quitado —lo interrumpió ella, con voz rasposa. Tomó una bocanada de aire que le hinchó los pulmones—. Y con lo que ha tardado por dos nuditos de nada, mejor sigue tú.

Blake no se atrevió a alzar la mirada hasta el rostro de su vecina. El tono de resignada aceptación indicaba lo obvio: que le daba igual que la tocara con tal de que la librara ya de aquellas cuerdas. Incluso trató de facilitarle la tarea volviendo a inhalar profundamente para aguantar la respiración y contraer el estómago a fin de dejarle unos milímetros de espacio para sus dedos.

Sin embargo, la buena intención de Audrey fue contraproducente para Blake. El aire retenido que infló de nuevo los pulmones de la mujer daba más volumen a sus pechos, erguidos bajo la fina tela de la camisola que se amoldaba a aquellas redondeces. Y marcaba dos tentadores picos paralelos que atraerían la mirada de cualquier hombre. La de él se posó inevitablemente en aquellas dos puntas y deseó sentirlas en su boca, lamerlas, mordisquearlas, succionarlas..., embeberse de ellas hasta ponerlas duras como perlas. Tan duras como lo estaba ya su miembro desobediente, que podría servir de perchero para el *stetson*.

Apretó los dientes para no soltar un taco, clavó las pupilas en sus dedos y en los nudos y agachó la cabeza. Por lo menos, que el ala del sombrero le tapara a su vecina la visión del perchero.

23

Audrey no recordaba una situación tan bochornosa en toda su vida. Apretaba los párpados con fuerza para mantenerlos cerrados y poder concentrarse en controlar su cuerpo. Se repetía en silencio que no se había puesto colorada como un pimiento, que no había mil mariposas revoloteando en su estómago, que su vientre no estaba tenso y que su vagina no palpitaba. Bum-bum... bum-bum... bum-bum... Si Blake no acababa pronto de soltar esos nudos, se pondría a chillar. Para no jadear, que era lo que el cuerpo le pedía.

—Blake, ¿te falta mucho?

—Ya casi está, tranquila.

Eso querría ella: estar tranquila y no sentir aquella excitación. El cuidado que ponía su vecino en tocarla lo menos posible era peor que si la estuviera manoseando y diciéndole guarradas. Estuvo tentada de decírselas ella, al oído izquierdo para que no las oyera. Con inclinarse un poco hacia él y colar la cabeza bajo el ala del sombrero vaquero, podría susurrarle que le metiera mano. Eso no era una guarrada, vale, pero nunca había dicho ninguna. Mejor callar y pasar a la acción: le lamería la oreja, le mordería el ángulo de la mandíbula y besaría con ansia devoradora aquel ancho cuello. Por la noche, Blake luciría un chupetón.

¡Madre de Dios! ¿Qué le ocurría? Jamás había deseado hacerle eso a ninguno de los dos novios que había tenido.

—¡Ya está! —exclamó Blake.

El alivio de su vecino fue tan grande como el de ella, que sacudió los brazos para que la sangre le volviera a circular. Continuó apoyada en el tronco del árbol, aunque la corteza le raspara la espalda, porque tanto rato inmovilizada le había agarrotado las piernas y tenía los pies dormidos.

—¿Te encuentras bien? —volvió a preguntarle Blake, con cara de preocupación.

—No. Me muero de sed, me siento desnuda y… —se miró los tobillos— sigo atada.

El sheriff reaccionó al mismo tiempo que su preocupado vecino, pero fue más práctico: se agachó para liberarla de la atadura que le quedaba mientras Blake se quitaba el chaleco de cuero y se lo tendía.

—Ponte esto, te tapará los…

Se señaló el pectoral y Audrey quiso darle una colleja por mirarle los pechos, pero se contuvo y le preguntó:

—¿Por qué tú? ¿Cómo sabías que yo estaba aquí?

—El sheriff me lo ha dicho. Aunque no le he creído hasta que te he visto. ¿Cuántos eran? ¿Te han hecho daño?

—Cinco. Y me ha hecho más daño el árbol que esos indios.

Metió un brazo en el chaleco, pero no acertaba con el otro. Aún los tenía entumecidos, le dolía la espalda y la prenda de cuero pesaba un montón.

—Espera, ya te ayudo —se ofreció Blake, y se situó detrás de ella—. Joder, tienes rasguños. Y uno sangra un poco. Sheriff, ¿lleva algo de alcohol con el que pueda desinfectar una herida?

—Llevo una petaca con whisky —respondió Wyatt Earth, incorporándose tras haber desatado la cuerda de los tobillos.

—Servirá.

Audrey no quería que le echaran whisky en la espalda y le quitó importancia al rasguño.

—Da igual, es de la corteza del árbol, no se va a infectar. Ponme el chaleco, Blake. —O no la oyó o no le hizo caso, así que lo repitió más alto—: ¡Que me pongas el chaleco ya! ¡Quiero irme a casa!

El sheriff destapaba la petaca y se la tendía a Blake.

—Audrey...

—Como me eches una sola gota de eso, te mato.

—Vale, tranquila. Ya te curaré en la casa —accedió él, y le puso la prenda con sumo cuidado.

El sheriff le tendió la petaca a ella.

—Beba un poco. No llevo agua, y ha dicho usted que se moría de sed.

Audrey había probado el whisky una vez y no le gustó, pero tenía la boca seca como el esparto y estaba tan sedienta que echó un trago. Le abrasó la garganta y le dio un ataque de tos. Aquello sabía a rayos y parecía alcohol puro. Su vecino volvió a mostrar preocupación y ella pensó que si le preguntaba una vez si estaba bien, le soltaría un sopapo. Le devolvió la petaca al sheriff y, con voz ahogada, pidió por favor que la llevaran ya al alojamiento.

Entonces se percató de un nuevo problema: tendría que volver a caballo.

Por suerte, había dos para elegir y se había puesto la falda-pantalón.

Dio los primeros pasos despacio, valorando si las piernas le funcionaban con normalidad.

No del todo, pero llegaría hasta las monturas.

Vio su sombrilla en el suelo, partida y sucia de tierra, y se paró a recogerla.

—Qué poco me ha durado. Ese indio le ha roto el mango y ya no tiene arreglo. Con lo bonita que era...

—¿Me la dejas ver? —le pidió Blake, que observó la rotura y llegó a la misma conclusión que ella—: Reclamaremos una indemnización al alcalde y compraremos otra.

—¿Por qué hablas en plural? A ti no te han hecho nada esos apaches. Y si quiero reclamar algo, puedo hacerlo sola. No necesito tu ayuda para eso. Y para volver al pueblo, tampoco. Sheriff, iré con usted en su caballo.

—Me temo que no, señorita Cox. Debo regresar de inmediato para informar al alcalde de lo ocurrido y ver qué hacemos para evitar que vuelva a ocurrir. —Montó con rapidez y se llevó la mano al ala del sombrero—. Hasta mañana, señorita. Espero con ansia su tarta de moras. Señor Lewis, cuide de la chica.

Audrey maldijo a Wyatt Earth por marcharse con tanta prisa y decidió no preparar ninguna tarta para él. Ya no le parecía tan amable. Cerró los ojos un momento, resignada a compartir de nuevo con su vecino aquella rígida silla de montar, y se dispuso a soportar otro calvario.

24

También para Blake estaba siendo un calvario el camino de regreso a Lodge Town. Aunque no era largo —ella no se había alejado mucho, yendo a pie—, tenía que ir despacio por consideración a su vecina: la notaba insegura sobre el *mustang* y temía hacerle daño en la espalda lacerada, si se le arrimaba mucho. Además, ir al paso era mejor que al trote, porque el movimiento hacía botar los pechos de la mujer sobre el brazo con que él la sujetaba. Los pocos metros que avanzaron así habían sido un auténtico suplicio. Por no hablar del constante roce del trasero femenino encajado en su entrepierna. Encajaba igual, si iba al paso, pero el roce era más suave, más soportable. Aun así, se le había puesto dura otra vez y no podía apartar de su mente la imagen de aquel seno al descubierto que jamás podría tocar.

Lo único bueno del trayecto era que Audrey iba más callada que un muerto, y Blake optó por imitarla. De ese modo, se ahorraba tener que aguzar el oído sano para evitar malentendidos y que ella volviera a soltarle, despectivamente, lo que le soltó el lunes al llegar al rancho:

«Ni que fueras sordo».

Lo había dejado mudo y paralizado, con un miedo atroz a que sospechara que lo era a medias, pero ya había comprobado que no sospechaba nada. Tampoco se olía cuánto la deseaba. Había tenido que confesarle que llevaba cuatro meses sin sexo, pero eso no le avergonzaba tanto como admitir su tara física. Y alegaría la misma excusa si la vecina se atrevía a mencionarle que notaba su erección en la parte baja de la espalda.

Blake tuvo un momento de respiro cuando desmontó frente a su alojamiento y la ayudó a ella a bajar de la montura, sin demorarse en retenerla junto a él ni un segundo más de lo preciso.

—Ato al caballo y entro a curarte esa herida.

—No hace falta.

—O lo hago yo o te llevo al médico.

—Solo es un rasguño.

—De la corteza de un árbol seco y polvoriento —puntualizó él, desensillando al *mustang*—. Puede tener tierra o algún bicho. Hay que limpiarla...

—¿Bicho? —lo cortó ella, abriendo mucho los ojos. Enseguida los cerró y negó con la cabeza—. No, imposible. Lo notaría, si tuviera un bicho en la espalda.

—Una larva de garrapata no. Sé de un hombre al que se le enganchó una en la piel, no se dio cuenta hasta varios días después y...

—¡Vale! —volvió a cortarlo—. No me cuentes más. Entra y haz lo que tengas que hacer.

Ella se dirigió con brío hacia la casa y él la siguió.

—Bastará con agua y jabón para limpiarla bien.

Una vez dentro, la vecina le señaló una jarra que había en la mesa de la cocina.

—Agua limpia. —Se sirvió un vaso y se lo bebió sin respirar—. Traeré una pastilla de jabón que tenemos en la habitación. Huele mejor que la que usamos para lavar los platos.

Blake buscó un cuenco y lo llenó con el agua de la jarra. Se fijó en una bola de masa que reposaba en un rincón de la encimera y, cuando ella volvió con el jabón, le preguntó:

—¿Eso es para hacer pan?

—Era para la base de las tartas de moras, pero me ha salido mal —respondió mientras se quitaba el sombrerito y el chaleco de cuero—. Prepararé otra por la tarde.

La mujer le dio la espalda. Él procedió a lavarse las manos y observó que la piel blanquecina de Audrey estaba enrojecida en la zona de los hombros.

—¿Llevabas mucho rato atada cuando hemos llegado?

Ella giró la cabeza.

—No lo sé, a mí me han parecido horas. Limpia ya la herida, por favor. ¿Ves alguna garrapata?

—Aquí hay poca luz para verla, pero no te preocupes. Si la hubiera, se iría al lavar las costras. Tendré cuidado. Si te duele, dímelo.

Blake se enjabonó los dedos y los posó en los puntitos de sangre seca del rasguño. La espalda femenina se tensó al primer contacto. Él se tomó su tiempo, frotando despacio y con delicadeza, para poder tocar más rato aquella piel que no podría tocar de otro modo. La excusa de la larva de garrapata (la probabilidad de que se le hubiera enganchado una era ínfima) había sido una ocurrencia providencial.

Deseó quitarle las horquillas del moño medio deshecho y dejarle el cabello suelto, tal como lo llevaba la noche que cenaron juntos.

La noche que la besó.

El recuerdo del beso se instaló en su mente y en su cuerpo, y su imaginación se activó. Se vio besando el estilizado cuello de Audrey, humedeciéndolo con la lengua mientras deslizaba los tirantes de la camisola por aquellos hombros torneados y enrojecidos por el sol. Lamería la piel irritada y soplaría suavemente para refrescarla. Seguiría bajando los tirantes hasta que la prenda íntima cayera sobre la cintura de la mujer, dejándole los pechos al descubierto. Y, aunque ansiara mirarlos, permanecería detrás de ella y los acunaría en sus manos. Dibujaría las areolas con los pulgares, trazando círculos alrededor de los pezones hasta erizarlos y endurecerlos.

También a él se le pondría dura.

No, ya la notaba dura. ¡Qué idiota! Tenía que frenar esa fantasía o acabaría necesitando huir de Audrey, como la noche en que la besó.

La noche en que la cagó.

Carraspeó para aclararse la garganta y despejar la mente de ilusiones imposibles y se centró en el rasguño enjabonado. Estaba más que limpio. Se enjuagó los dedos y quitó los restos de jabón de aquella herida leve que difícilmente se habría infectado, pero que él había utilizado como pretexto para acariciar a la mujer que deseaba.

A la mujer que se le había puesto la carne de gallina y se abrazaba a sí misma como...

—¿Tienes frío?

—No. Termina ya, Blake.

...como si algo la estremeciera. Y si ese algo no era el frío, tenía que ser él. Su contacto. Que la estuviera tocando del modo en que lo hacía.

Podría ser una buena señal, pero la orden severa de que terminara indicaba todo lo contrario. A Audrey no le estaba gustado que la acariciara.

—Solo falta secarla. ¿Dónde hay un paño limpio?

Ella se dio la vuelta.

—Ya se secará sola. Voy a ponerme una camisa.

—Antes, deberías ponerte algo en los hombros. Se te han quemado por el sol.

—No tanto —repuso la vecina, tras mirarse uno—. Esto es normal en mí. Siempre me pongo roja cuando me da el sol.

—Aun así, creo que...

—Blake —lo cortó ella con expresión de hartazgo—, en esta casa no hay ni un cuarto de baño, ¿cómo va a haber *after-sun*?

—No, claro. Iba a sugerirte una toalla empapada en agua con vinagre. Te calmaría la irritación.

—Solo me faltaría oler a vinagre, después de lo mal que lo he pasado. Voy a vestirme.

Y se fue a la habitación.

También él debería irse, pensó Blake. A su casa. Alejarse de su vecina y olvidar el rechazo que percibía en ella y que le entristecía. Sin embargo, aguardó a que volviera a la salita para preguntarle:

—¿Por qué has ido a la zona peligrosa?

—No me acordaba de que lo era. Y me apetecía pasear. —Miró el reloj de la alacena y resopló—. La clase de baile está a punto de empezar y he quedado allí con Dana. ¡Agh! Odio no tener móvil. Me estará esperando y no puedo avisarla de que no voy a ir. Bueno, da igual, ya lo verá. ¿No vas tú a la de hombres?

—No he ido a ninguna. Soy bastante patoso bailando —confesó, un tanto avergonzado.

—Pues con más razón deberías ir, ¿no?

Blake no opinaba lo mismo, pero captó la indirecta.

—Ya veo que me estás echando.

—No, no, no. Perdona, es que estoy un poco alterada. Todavía no me he recuperado de ese... ataque apache. ¿Quieres tomar algo? Solo tenemos agua y una cerveza asquerosa que, evidentemente, no está fría, pero si te apetece quedarte un rato... Es lo mínimo que puedo hacer para darte las gracias por haberme rescatado.

Blake le daría las gracias por haberse colocado frente a él, porque hablaba tan rápido que le hubiera costado entenderla con un solo oído.

—Tu tarta de moras me libró a mí de la cárcel, así que estamos en paz.

—Vale, me parece bien. Por lo menos, dejarás de insistir en enseñarme a montar. De todos modos, si te apetece beber algo... Yo sigo muerta de sed —sonrió, volvió a llenar el vaso de agua y sacó otro de la alacena—. ¿Qué prefieres?

Preferiría no mortificarse más tiempo mirando aquella boca deseable y deliciosa, pero consideró que sería feo rechazar la invitación.

—Agua, gracias. Luego iré a por más para que no tengas que bombearla tú.

—Ah, lo hace Dana, no te preocupes. Le divierte, aunque no comprendo por qué. Claro que, a ella, le divierte todo lo que hay en este pueblo. Igual que a ti, supongo. —Le sirvió el agua—. Menos la cárcel, por supuesto. Y las clases de baile. No te gusta bailar, pero... sí las bailarinas.

Blake se atragantó con el agua y a punto estuvo de escupirla. Su vecina especificó:

—Las del *saloon*. Me refería a las bailarinas que actúan allí, no a mí. ¡No! —rio, y conservó una sonrisa, aunque un tanto melancólica—. Qué tontería. Además, yo ya no soy bailarina. Lo decía porque anoche estuviste en el *saloon* con tu hermano, ¿verdad? —La melancolía iba mutando en una curiosidad traviesa—. Imagino que fuisteis a ver el espectáculo, a jugar al póquer y... Bueno, como llevas cuatro meses sin una mujer...

Y Blake quiso fundirse allí mismo. Su vecina volvía a preguntarle, indirectamente esta vez, si iba de putillas. Anonadado, él se preguntó por qué no había rechazado la invitación.

25

La cara de alucine que ponía Blake le indicó a Audrey que tendría que haberse mordido la lengua. Y no solo con la insinuación de que había ido al *saloon* en busca de sexo, sino también al decirle que le gustaban las bailarinas. Su Eterno vecino casi se había ahogado con el agua, y el motivo era obvio: debió pensar que le tiraba los tejos o algo así y, claro, se había asustado porque no quería nada de ella salvo una relación amistosa.

Aunque siguiera mirándole la boca. Audrey sabía ya el porqué de aquella fijación.

Y que le hubiera mirado las tetas no era tan raro, también el sheriff les había echado un ojo.

Tampoco era raro que ahora balbuceara.

—Eh... fuimos... al *saloon*, sí. No jugamos, solo... bebimos y... vimos un par de... de números musicales. De cancán. ¿Sabes bailar el cancán?

—Por supuesto. No era mi especialidad, pero sé bailarlo.

—¿Cuál era tu especialidad?

—El clásico. Fui *prima ballerina* en una compañía de Nueva York —dijo con nostalgia—. Dos años. Después de la lesión, ya no me querían en ninguna ni para el coro. Engordé diez quilos durante los ocho meses de recuperación y nunca tuve la voluntad suficiente para perderlos todos.

—¿Y no has vuelto a bailar profesionalmente desde entonces? ¿Cuántos años tenías?

—Veintiuno. Y sí, volví a los escenarios. Lo necesitaba. No solo por los aplausos que te hacen sentir importante y maravillosa, sino por todo lo que conlleva: la disciplina de los ensayos, el formar parte de un grupo, la ilusión que pones en cada obra, la emoción de la noche del estreno, los nervios de las primeras representaciones... —Suspiró—. Eso me daba vida. Y me negué a abandonarlo. Estudié canto y probé con el teatro musical.

—¿Y qué pasó? ¿Por qué lo dejaste?

Audrey volvió a suspirar. Miró a su vecino, sentado frente a ella, y se preguntó por qué le estaba contando todo eso y por qué parecía tan interesado en su pasado.

¿Lo estaba de verdad o simplemente lo fingía para despistarla y que se olvidara de anoche?

De lo que había hecho en el *saloon.*

Seguramente se trataba de esto último, dedujo, lo que significaba que había ido a aquel local en busca de sexo y lo había encontrado.

Sintió una punzada en el vientre al pensar en Blake con una mujer, desnudos en una cama y haciendo el amor.

No. No habría amor en una habitación de un *saloon*, se corrigió, y la punzada remitió. Pero no desapareció.

Extrañada por esa reacción de su cuerpo que olía a celos y no tenía ningún sentido, apartó de sus pensamientos al hombre sin ropa y respondió al que seguía vestido.

—No lograba un puesto fijo en ninguna compañía teatral. La mayoría no tiene un cuerpo de baile propio. Castings y más castings, siempre compitiendo con un montón de bailarinas. Yo era buena, pero las había mejores, sobre todo, en claqué –apostilló–, y solo pasaba uno de cada cuatro castings a los que me presentaba. Y no puedo quejarme, algunas no lograban ni eso. Pero no conseguía llegar al circuito de Broadway, que era mi objetivo. En el Off-Broadway, el trabajo es más irregular, y yo necesitaba un sueldo cada mes. Así que me preparé las oposiciones a funcionaria, pensando que podría hacer las dos cosas a la vez. Lo intenté durante un año y fracasé.

—Trabajabas de día en un sitio y de noche, en el teatro —resumió él.

—Más las tardes de ensayos —añadió Audrey—. Me resentí de la lesión por falta de descanso. Había noches que solo dormía dos o tres horas, y vi que no podía seguir así. —En esa etapa había comenzado su insomnio, del que no quería hablarle a su vecino. Y la mirada de Blake la inquietaba. Aunque no estaba fija en su boca, cuando la miraba a los ojos era casi peor. La calentaba por dentro y la hacía desear otro beso glorioso y mucho más—. Menudo rollo te estoy soltando. Oye, basta de hablar de mí. Cuéntame cómo es el *saloon*. Ayer pude ver un poco desde la puerta, y una de las chicas que trabajan allí se acercó a charlar conmigo. Se llama Lila.

El vecino se sorprendió.

—¿Conoces a Lila?

Era evidente que él también. ¿Se habría acostado con esa actriz, bailarina o… lo que fuera?

—Sí, me cayó muy bien. En realidad, fue mutuo. Me ofreció su ayuda para lo que necesitara y me insinuó que podría trabajar allí. Me dijo que les faltaban chicas. —Audrey forzó una carcajada y redireccionó la conversación—. Me lo tomé a broma, claro. ¿Es verdad que faltan chicas? ¿Tuviste que esperar mucho para conseguir una?

—Estuve con Lila, precisamente.

Pues sí, se había acostado con esa mujer. Ya no le caía tan bien. Audrey se obligó a mostrar alegría.

—¡Qué casualidad!

—Sí —sonrió el vecino—. Y no sé si faltan chicas. A mi hermano no le faltó ni tuvo que esperar turno. No me fijé en los demás, lo siento. Pero puede que sí. Creo que, aparte de las seis bailarinas, había unas cuatro o cinco chicas pululando por ahí. Y muchos más vaqueros, desde luego.

—Qué rabia que no admitan mujeres —expresó Audrey para enmascarar la que le daba el pensar en Lila con Blake—. Me gustaría ver el *saloon* por dentro. Y el espectáculo. ¿Qué tal es? ¿Bailan bien?

—Muy bien. Todo es muy auténtico. El pianista, los vestidos de las bailarinas, el ambiente... Volveremos esta noche para que Justin lo vea. Ayer no quiso apuntarse, la marca del ganado lo dejó molido.

—Ah.

Fue lo único que Audrey pudo decir. Su vecino iba a repetir polvo con Lila. Dos noches seguidas.

Claro, tenía que compensar esos cuatro meses sin tocar a una mujer.

Recordó entonces a todas las que se habían cruzado con ella en el rellano de la tercera planta desde que Blake se mudó al apartamento frente al suyo. Como solo había dos pisos por planta, aquellas mujeres tenían que haber estado en el de él. Audrey había contado cinco en tres meses. Le costaba creer que su atractivo vecino no se hubiera acostado con ninguna de las cinco.

¿Quizá le mintió para no decirle que besarla le había resultado insulso y decepcionante?

Era una posibilidad. Tendría que averiguarlo, pero no en ese momento, con la imagen persistente en su cabeza de la despampanante Lila retozando con el forastero Blake Lewis.

Enfadada consigo misma por envidiar a la chica del *saloon*, volvió a llenar los dos vasos de agua y recurrió al ofrecimiento que antes había rechazado de su vecino.

—Uy, casi no queda agua y no sé cuándo llegará Dana. ¿Podrías traerme un par de cubos?

—Faltaría más —respondió él, que se levantó de inmediato y salió de la casa por la puerta de atrás.

Audrey dedicó esos minutos a solas a calmar sus nervios y la agitación interior que le provocaba la mirada de Blake.

También esa otra agitación incomprensible y característica de los celos.

Aunque deseara más besos de ese hombre o sentir por todo su cuerpo la caricia de aquellos dedos que le habían curado la espalda con una delicadeza estremecedora, no estaba enamorada de él. No debería tener ganas de plantarse delante de Lila y exigirle que se mantuviera lejos del forastero. Podía envidiarla por acostarse con él, sí, pero nada más. Nada que traspasara el límite de lo puramente físico.

Cuando Blake volvió con los cubos de agua, ella se sentía más serena, aunque no por completo.

—Gracias. La necesito para preparar la masa de las tartas. Y, como no empiece ya, no las terminaré a tiempo. Hay que llevarlas a las nueve de la mañana al hotel.

—Si necesitas algo más...

—No, lo tengo todo, gracias.

—Entonces, me marcho. Quiero hablar con el sheriff para saber si podemos encontrar a esos apaches de pacotilla y hacer que paguen por lo que te han hecho.

Audrey no esperaba aquella ansia de venganza que destilaba el tono de su vecino y que se reflejaba también en su expresión.

—Ah... no importa. Si aquí todo es un montaje...

—Por eso —afirmó él—. Creo que se han pasado contigo y no entiendo por qué. Si lo que buscaban es provocar un enfrentamiento con los vaqueros, como en las películas del Oeste, te aseguro que lo tendrán. —Y sonrió con chulería—. Ryan y yo hemos jugado mucho a indios y vaqueros, sabemos cómo ganarles la batalla. Hasta mañana Audrey. Nos vemos en la feria.

Desconcertada, no atinó a despedirse antes de que Blake abriera la puerta. Y aunque podría haberle dicho adiós cuando él salía de la casa, no dijo nada. De espaldas a ella y a distancia, probablemente no la oiría.

También podría haber corrido tras el hombre para intentar detenerlo y evitar así una venganza que lo pondría en peligro.

Si todo aquello fuera real.

Pero no lo era y, por lo tanto, no había riesgo de que acabara herido por una flecha apache. Y mucho menos, muerto. Sin embargo, aun sabiendo que su vecino saldría ileso de aquel enfrentamiento (si lo había), el corazón se le paró un instante y sintió ganas de llorar.

Y eso sí era real. Tan real como el beso embriagador que se había afincado dentro de ella.

Como la excitación de su cuerpo al contacto con el de Blake.

Como la mezcla de emociones que la embargaba en ese momento y que no sabía interpretar.

¿Qué le estaba pasando? ¿Por qué la afectaba tanto que su vecino quisiera vengarla? No lo hacía por ella, sino por diversión, por añoranza de aquellos juegos infantiles. Y para sentirse como un auténtico *cowboy* del Salvaje Oeste. Y, si lo conociera mejor, seguro que hallaría más razones para esa venganza, pero ninguna tendría que ver con un beso conmovedor.

Y lo que ella sentía ahora tampoco. Imposible. ¡Solo le faltaría enamorarse de su vecino en esas dichosas vacaciones!

No, no tenía nada que ver.

¿O sí?

26

—Señor Lewis, olvídese de los apaches hasta el viernes —le ordenó el sheriff esa tarde—. Queda mucho por hacer para la feria de mañana y necesitamos la colaboración de todos. Aún hay que montar unas cuantas casetas y... (bla, bla, bla)

Blake se resignó a aplazar su ajuste de cuentas y se volcó en el trabajo físico de ensamblar maderas para levantar los puestos que albergarían entretenimientos varios y en colgar tiras de banderines de colores en la zona de la calle principal que centralizaría la feria.

Por la noche, trató de distraerse con las piernas de las bailarinas de cancán, pero las comparaba todas con las de cierta bailarina clásica por la que comenzaba a sentir algo más allá del deseo de acostarse con ella. La aflicción que asomaba de vez en cuando en aquellos ojazos lo conmovía y despertaba en su interior un anhelo distinto a la compasión.

Anhelaba saberlo todo de su vecina protestona, penetrar en su mente y en su alma (además de en su cuerpo) y encontrar el modo de borrar esa aflicción cuyo origen debía de ser aquella lesión que le impedía bailar como ella querría.

Y, cuando la mirada triste se volvía dura —lo que sucedía a menudo—, ya no lo impulsaba a retroceder y a guardar una distancia prudencial para no molestar, sino todo lo contrario: quería derribar esa especie de muro invisible para que aflorara la suavidad y la delicadeza que la bailarina parecía haber relegado de su vida al abandonar su profesión. Tal vez hubiera otros motivos, sabía poco de Audrey, pero intuía que era una mujer de gran sensibilidad.

Y a él le atraía como jamás le había atraído ninguna otra.

Era una lástima que la atracción no fuera mutua, lamentó, mientras veía a Lila avanzar hacia él con un provocador contoneo de caderas. Podría desahogarse con ella en una de las habitaciones de la planta superior, pero se negó a utilizarla como sustituta de Audrey. No andaba tan necesitado de sexo puro y duro como para eso. El derroche de energía durante la tarde había reducido el fuego interno que su vecina encendía en él, y podía controlar las brasas que quedaban.

Además, estaba seguro de que no hallaría satisfacción en la cama de un burdel. A diferencia de su hermano, que ya se había apostado en la barra y ligaba con una de las bailarinas.

Justin, en cmabio, seguía en la mesa cuando Lila se sentó en la silla que Ryan había dejado vacía.

—Qué callados y serios estáis, muchachos. ¿Buscáis compañía para alegraros la noche?

—No —respondieron los dos a la vez.

—Vaya. ¿Ni siquiera un rato de charla, Blake? Como ayer.

—Hoy no, Lila. Solo he venido para que mi amigo Justin viera el *saloon*.

—Un placer conocerte, Justin.

—Lo mismo digo.

—¿También tú tienes mal de amores como tu amigo?

Justin alzó las cejas y lo miró, sorprendido.

—¿Mal de amores, Blake? Creía que ya estabas superando lo de... Espera. No se refiere a tu ex, ¿verdad?

Blake apuró el whisky de su vaso. Aunque la amistad que le unía a Justin era de las buenas, tenía un límite en el tema de las mujeres.

Al igual que Ryan, Justin se tomaba ese tema como un juego, como si aún tuvieran veinte años y ninguna responsabilidad, y él ya no. Había dejado atrás esa etapa cuando se enamoró de la chica con la que se habría casado el próximo septiembre. Erróneamente, comprendió después de encontrársela con otro tío en la cama que solían compartir.

El silencio de Blake y su repentino y absurdo interés por la superficie de la mesa, iluminaron a Lila.

—Oh-oh. Creo que me he metido donde no debía. Será mejor que me esfume. Lo siento, Blake, pensaba que tu amigo lo sabía. ¿Te pido otro whisky?

—No, gracias. Voy a echar unas partidas de póquer.

Justin plantó una mano en el hombro de Blake, frenando su intento de levantarse.

—Ni hablar, colega. Ya jugarás luego. Lila, preciosa, eres un encanto. —Le guiñó un ojo a la bailarina, que abandonó la mesa con una sonrisa seductora, y se dirigió a él otra vez—. Me ofende que una desconocida sepa algo de ti que yo no sé. Y más, si se trata de amores. ¿Quién es...?

—Lila no me entendió —lo interrumpió Blake, simulando indiferencia—. Olvida lo que ha dicho.

Confiarle a Justin lo mucho que le gustaba ahora la vecina protestona desataría un cachondeo que duraría semanas. Ryan se enteraría en menos de veinticuatro horas y entonces, vendría la debacle: ninguno de los dos se cortaría delante de Audrey. Antes de regresar a Reno, su vecina sabría que él se había enamorado de ella.

¿Se había enamorado de ella?

No pudo pararse ni un segundo a pensar en ello porque Justin volvió al ataque.

—Eh, tío, no me engañes. Somos amigos, ¿no? ¿Quién es la chica? ¿La conozco?

—¿Qué más da? Es asunto mío.

—Eso significa que la conozco. —Se frotó las palmas de las manos con energía y entusiasmo—. Bien, bien, bien. Esto se pone interesante.

A Blake le cabreó que empezara ya el cachondeo y le costó mantener la indiferencia.

—Déjalo ya, ¿vale? No hay nada ni habrá nada entre ella y yo. Tema cerrado.

—Joder, te ha dado fuerte —expresó Justin, algo sorprendido—. ¿Quién...? ¡Ah! Espera un momento. No. —Ahora estaba perplejo—. No puede ser. Dime que no es la chica en la que estoy pensando.

—No sé en quién estás pensando.

—En la única que conozco de tu gente de Reno y que causalmente también está aquí, en Lodge Town: tu vecina protestona.

La debacle.

—Justin, como se te ocurra decirle una sola palabra de esto o soltar la más mínima insinuación a mi hermano, a Audrey o a Dana, te parto la cara, ¿entendido?

La amenaza surtió efecto. Justin se puso serio y, tras unos segundos de silencio escudriñando en la mirada de Blake, asintió con la cabeza.

—Entendido. Estás muy pillado, ¿no?

—Creo que sí. No sé si es este sitio o qué, pero sí. Si esto fuera de verdad el Salvaje Oeste y yo un rudo vaquero, ya habría metido a Audrey en un establo para seducirla y acabar revolcándonos en el heno.

—Y, como no sería una chica de *saloon*, tendrías que casarte con ella esa misma semana.

—Supongo que lo haría. Una mujer honesta como Audrey no me rechazaría en esa época. En esta —rectificó—. Pero tendríamos un mal matrimonio. Ella no sería feliz, no le gusto, y yo terminaría amargado y frecuentando lugares como este —sonrió Blake con tristeza.

—Por suerte, vivimos en el siglo XXI y puedes tirarte a una chica sin tener que ponerle después un anillo en el dedo.

—Ya, pero no voy a tirarme a Audrey. No es eso lo único que quiero de ella. Y lo tengo crudo para conseguir algo más que un polvo. Incluso para eso pinta mal.

—Prueba a decirle que estás forrado, seguro que entonces le gustarás.

—Audrey no es así. Creo. Y no pienso cometer el mismo error que con mi ex, Justin. Estoy harto de mujeres que intentan ligar conmigo por mi dinero. A Ryan y a ti os da igual, pero a mí no.

Justin compuso una sonrisa burlona.

—Siempre has sido un soñador, Blake.

—Lo sé. No puedo evitarlo. Y es una mierda. Ni siquiera el sueño de vivir como en un *western* está siendo como imaginaba.

—Está siendo mejor, tío. Hemos sacado una caravana de un río, has participado en una pelea a puñetazo limpio, te han encarcelado, casi impedimos un atraco a un banco, hemos marcado terneros, has rescatado a tu chica de un ataque de indios apaches y…

—No es mi chica, Justin.

—Todavía no, pero no sabes qué pasará mañana o pasado mañana. O cuando volváis a Reno. Y no había terminado, me queda lo más importante: has olvidado definitivamente a la zorra de tu ex. Gracias a Audrey.

Blake se dio cuenta de que su amigo tenía razón.

En todo.

Los días que llevaba en Lodge Town estaban siendo intensos, incluso transcurrían demasiado rápido para su gusto, y ya no se sentía traicionado por la mujer a la que había amado durante tres años. Al contrario. Se sentía agradecido por haberle abierto los ojos a tiempo. Ya no quedaba rastro de aquel amor que había resultado superficial y engañoso. Así pues, sonrió con ganas, cogió el vaso vacío y propuso:

—Pidamos otra ronda, esto hay que celebrarlo. Ah, y ¿podrías hacerme un favor?

—¿Cuál?

—Enseñarme cuatro pasos de ese baile *western* para poder bailar con Audrey en la feria.

27

A las nueve en punto de la mañana del jueves, Audrey llegaba con Dana al hotel de Lodge Town. Había dormido mejor que cualquier otra noche en mucho tiempo. Toda la tensión del día, más la que arrastraba desde que pisó aquel pueblo ficticio del Oeste, la habían hecho caer rendida en la cama antes de medianoche y no despertarse ni una sola vez hasta las siete de la mañana.

Asombrada al ver la hora que era, lo primero que pensó fue que no había oído a sus vecinos regresar del *saloon*.

Lo segundo, que no importaba lo tarde que hubieran regresado, ya que los servicios de Lila tenían el mismo horario que los de ese local, y no se tardaba tanto en satisfacer a un cliente en la cama. Blake bien podía haber sido el primero de la noche.

Su tercer pensamiento también lo protagonizó su vecino de Reno. Tal vez, hoy fuera un buen día para que le confesara su sordera. Habría bullicio en el pueblo y él se aturdiría y no oiría con claridad, hecho que le daría pie a ella a ponérselo fácil para que le revelara la verdad.

El único problema era que tendrían que estar a solas, y no le apetecía mucho volver a sentir el incontrolable cosquilleo de excitación que Blake le provocaba. Ni que le asaltara otra vez la duda de si aquella reacción de su cuerpo era solo deseo físico o algo más profundo.

Esa duda, sin embargo, la asediaba igualmente sin estar cerca del hombre que la causaba, se percató Audrey al llegar al hotel, por lo que su cuarto pensamiento de la mañana fue obligarse a dejar de pensar en ese hombre.

Lo consiguió gracias a la actividad que había ya en el centro del pueblo: casetas que comenzaban a abrir, mujeres barriendo las aceras, otras más elegantes paseando del brazo de tipos engalanados, corrillos de *cowboys* que charlaban...

¡Y no había caballos a la vista!

Audrey se dio cuenta de que había expresado su infinita alegría en voz alta cuando el sheriff, que conversaba con el alcalde en la puerta del hotel, le dijo:

—Hoy están todos en los establos o junto al cercado donde se disputará la carrera de barriles. La circulación de caballos y vehículos está prohibida en la zona de la feria. Por cierto, buenos días, señoritas. Veo que trae tartas, señorita Cox.

—Una es para usted, sheriff —indicó Audrey, que se había repensado si la merecía o no y concluido que sí—. De no ser por usted, me habría pasado horas atada a ese árbol. ¿Cómo supo dónde estaba?

—Tengo mis confidentes, señorita Cox. Y le agradezco mucho la tarta, pero déjela con las demás. Después del concurso se pondrán a la venta y usted podrá recuperar el dinero de los ingredientes y más.

El alcalde intervino:

—Hablando de dinero... El banco ya tiene fondos. Pueden disponer de lo que les corresponde.

—¡Ya era hora! —exclamó Dana, y añadió con sorna—: Y muy oportunamente, ¿no? Así podremos gastar más en las casetas, porque ya solo nos quedaban unos pocos centavos. Un buen negocio, señor alcalde.

—Debo velar por la prosperidad del pueblo, señorita Thorne.

—Por supuesto. —Y le susurró a Audrey—: Y por los ingresos de Odissey Park. Aquí se paga por casi todo.

Hasta por inscribirse en el concurso de tartas, vio cuando se puso en la cola de mujeres que esperaban su turno para ello.

Dana fue al banco a por dinero y, al rato, volvió acompañada de los tres vecinos. Se habían vestido de gala, con chaleco de seda y pantalones de algodón; prescindían de la americana a causa del calor, y la camisa blanca relucía bajo la oscura tela del chaleco. El de Blake era negro. Y se había puesto un corbatín.

Estaba impresionante.

En un aparte, Dana le reveló en voz baja:

—No veas la pasta que han sacado Justin y Ryan. Llevan los bolsillos llenos de dólares. Ya sabemos quiénes son los ricos.

—Me alegro por ti.

—Justin me dijo que trabaja en un hotel de Las Vegas. Debe de tener un buen cargo. Ah, ya te toca. Te espero allí con ellos.

Audrey inscribió sus tartas de moras y se reunió con Dana y los tres hombres.

—A las doce anunciarán a la ganadora del concurso.

—¿Qué planes tenéis mientras tanto? —quiso saber Ryan—. La carrera de barriles es a las cuatro. Hasta entonces, estamos libres.

Acordaron dar un paseo para ver qué diversiones ofrecía la feria.

Varias casetas de tiro al blanco, una con un martillo enorme para probar la fuerza de los brazos, otra de pescar corchos al estilo de las de pescar patitos de plástico y varias para poner a prueba la puntería se repartían entre la calle principal y el camino que llevaba al cercado donde tendría lugar la carrera. También había un entoldado con tres precarias pistas de bolos y, más allá, una mesa que exponía parte de los artículos que se vendían en la tienda, dos puestos que se preparaban para servir comida caliente más tarde y un par donde comprar bebida, aunque no había mucha variedad que no llevara alcohol: té, café, limonada fría y zarzaparrilla.

—¡Oh, un fotógrafo! —se entusiasmó Dana al ver a un hombre junto a una de esas cámaras antiguas de fuelle sobre un trípode—. Yo quiero una foto. ¿Os apuntáis?

Los tres vecinos aceptaron de inmediato, pero Audrey no.

—Salgo fatal en las fotos. Y con este sombrerito estoy horrible. Id vosotros, yo os espero aquí.

Blake le dio un repaso de la cabeza a los pies.

—No estás horrible. Y ese vestido que llevas hoy te queda muy bien.

—Mejor que las blusas de cuello alto y la falda marrón, desde luego que sí —concedió ella, mirándose el vestido turquesa de escote redondo y discreto, falda ancha y talle ceñido—, pero muy bien...

—A mí me gusta. Y ese color te favorece.

—El color no se verá en la foto, Blake. Saldrá gris o sepia o yo qué sé. —Vio que Dana y los demás ya iban hacia el fotógrafo—. Ve con ellos. Yo paso.

Ryan voceó:

—¡Eh, hermano, convence a tu vecina!

Y Blake lo intentó.

—Venga, Audrey, no seas tan protestona. Solo es una foto, un recuerdo de estas vacaciones.

—Te aseguro que no las olvidaré jamás. Y sin necesidad de fotos —rehusó ella, tozuda. Nunca le había gustado posar ante la cámara, y aún menos desde que engordó aquellos quilos que ya eran parte fija de su ser. Pero se arrepintió de su tozudez al verse alzada en brazos por su vecino. Soltó un gritito y masculló—: ¿Qué haces? Bájame.

—Lo siento, no me has dejado alternativa. Y nos esperan para la foto.

Audrey no replicó. Solo sería un momento. Cinco pasos. Se agarró a la camisa de Blake y cerró los ojos, procurando ignorar lo que le pedía el cuerpo: que lo abrazara y se arrimara más a él. ¡Dios! Las mejillas le ardían y el corazón le latía a mil por hora. Oía a Dana y a Justin reír mientras Ryan vitoreaba a su hermano.

—¡Muy bien, tío! ¡Un método infalible! Primitivo, pero muy bueno.

Blake la aposentó en el banquito donde estaba Dana y se situó detrás de ella, que dio gracias a Dios por que la foto no fuese en color. Seguía ruborizada, y no ayudó que él le pusiera una mano en un hombro.

El fotógrafo les pidió que sonrieran, pero Audrey no pudo. Saldría con la cara tan seria y tensa como las de aquellas mujeres que había visto en daguerrotipos alguna vez. La foto iba a parecer antigua de verdad.

Las fotos, se corrigió, porque el fotógrafo tenía la oferta de tres por un dólar. Y, aunque ella opinó que era un precio elevado, nadie le hizo caso. Un dólar de plata de 1878 equivalía aproximadamente a treinta dólares de 2021, según ponía el impreso de Odissey Park destinado a solicitar el dinero para gastos en el Salvaje Oeste. Las monedas que circulaban en Lodge Town eran falsas, por supuesto, pero idénticas a las que se usaban por aquel entonces. Audrey consideraba que treinta dólares por tres fotos no era ninguna ganga.

Y la sesión continuó. Allí tenían montado un auténtico *photocall*. Los tres vecinos se fotografiaron con el típico cartel de «Se busca». Dana quiso una instantánea con atuendo de pistolera y otra, posando con dos bailarinas de cancán; cuando se arremangó la falda para emular a las bailarinas, Justin y Ryan silbaron como si jamás hubieran visto un par de muslos.

Audrey, que se divertía observándolo todo, se mosqueó al oír la sugerencia de Blake, que se le acercó por la izquierda.

—Podrías añadirte a la foto con tu amiga.

—No voy a levantarme las faldas delante de vosotros.

—Eso ha sonado a otra cosa —rio Blake con discreción—. Por el plural.

—Vale, pues la falda —rectificó ella—. El plural era por las enaguas. Es como llevar dos faldas. Y dan un calor tremendo.

—Entonces, la foto es la excusa perfecta para airearte las piernas.

Lo que ella necesitaba era airearse entera, pensó. El brazo masculino rozaba el suyo y, aunque se había apartado ya dos veces con disimulo, él se movía y volvía a rozarla. ¿Lo hacía adrede? ¿Por qué?

—¿Tantas ganas tienes de verme las piernas, Blake? ¿No te basta con las que ves ahora? O con las que viste anoche en el *saloon*.

—Las tuyas son más bonitas —la halagó él, desconcertándola—. Las vi en la poza.

—Ah. Gracias por el cumplido.

—Es la verdad.

—¿Más bonitas que las de Lila? ¿También estuviste con ella ayer?

Las dos preguntas se le escaparon sin darse cuenta de que parecía celosa, pero si él lo notó o lo sospechó, no dio muestras de ello.

—Sí y sí. Aunque estuve muy poco. Fue visto y no visto.

—Oh, qué rápido eres —expresó Audrey con falsa admiración.

—¿Rápido en qué?

¿Cómo que en qué? ¿Qué le pasaba hoy a su vecino? ¿Tenía que explicárselo todo? ¿O la entendía perfectamente y la estaba provocando para...?

¿Para qué?

Apartó el brazo una vez más, pero el fuerte bíceps volvía a rozarlo un segundo después. Acalorada, contestó con un símil fácil de comprender.

—Disparando.

—Eh… sí. He practicado bastante. Podría enseñarte, si tú quisieras.

—¿Qué…? —¡Eso ya era el colmo! Ofendida, lo encaró—: Oye, Blake, no sé de qué vas hoy, pero ya me he hartado de esta conversación. Me voy a por algo de beber. Dile a Dana que ya la buscaré luego.

Y se marchó hacia el puesto de bebidas más alejado del fotógrafo, despotricando de Blake en silencio. ¿Cómo se atrevía a ofrecerle sexo de esa manera? Si hubiera seguido por el camino de los cumplidos habría sido distinto, pero aquella presunción de erigirse como maestro de…

Audrey estaba furiosa y, para rematar, cuando pedía la limonada…

—¡Hola, Audrey!

Era Lila. La última mujer con la que le apetecía hablar.

28

Blake andaba taciturno y pensativo detrás de Ryan, Justin y Dana, que se iban parando en cada caseta y probaban el juego que allí hubiera.

La había vuelto a cagar.

Animado por su amigo la noche anterior, se había lanzado a conquistar a Audrey —o a intentarlo, por lo menos—, arrinconando el convencimiento de que ella no quería nada de él salvo una amistad cordial. Justin le hizo ver que las recientes conversaciones con la vecina de Reno alcanzaban un alto grado de confianza que traspasaba la frontera de lo amistoso y que tal vez, tuviera alguna posibilidad de salir con ella.

Respecto a la frustrante impresión que él tenía de que a Audrey le molestaba que la tocara —había omitido el beso al desahogarse con Justin—, su amigo también le hizo ver que quizá se equivocaba: las circunstancias en las que el contacto físico había sido inevitable (sobre el *mustang* y al curarle el rasguño) debían de haber resultado muy incómodas y embarazosas para ella, ya que temía a los caballos y acababa de sufrir un extraño ataque apache. En otras circunstancias, a lo mejor no se mostraba tan reacia.

Cogerla en brazos para obligarla a hacerse una foto que no quería tampoco era la ocasión más propicia para comprobar la teoría de Justin, pero no había podido resistirse al impulso de alzarla. Luego, intentó remediarlo con roces sutiles y un poco de charla distendida, halagando sus piernas, y lo había empeorado.

No sabía qué había dicho o hecho para que Audrey se marchara tan indignada, y Blake no dejaba de darle vueltas a esa charla mientras oteaba entre la gente —había ya mucha— para localizar a su vecina. Le pediría perdón por lo que fuera que la hubiera molestado y haría un nuevo intento.

Divisó el vestido color turquesa cuando se detenían en un puesto que organizaba partidas de dardos. Rehusó jugar y se dirigió hacia la caseta frente a la que se hallaba Audrey...

¿Sujetando un rifle?

Recordó que había cortado la charla precisamente después de que él se ofreciera a enseñarle a disparar. Nunca la había visto con un arma y supuso que no sabía, pero quizás...

No. No sabía. Al menos, con un rifle, constató al aproximarse. Ni siquiera se lo había colocado bien para apuntar. Aguardó a que efectuara el primer disparo que, por supuesto, falló, y se situó a su lado. Como no quería ofenderla otra vez, comentó:

—No ha estado mal.

—Ah, hola, Blake. Ni un ciego lo habría hecho peor.

Lo dijo sonriendo, como burlándose de sí misma. Ya no parecía enfadada.

—Tienes que apoyar la culata en el hombro y sujetar la empuñadura con seguridad. —Le recolocó el arma—. Ahora, apoya la mejilla en la carrillera...

—¿Qué es la carrillera?

—Es... Bueno, este es un Winchester antiguo y no tiene, pero sería una pieza de cuero que va aquí —le indicó, señalando un lateral de la culata.

Audrey miró el rifle y perdió la posición. Él se colocó detrás de ella, pensando que esa sí era una buena ocasión para comprobar la teoría de Justin. Se arrimó a la espalda femenina, corrigió la postura de aquel cuerpo flexible que ansiaba sentir en sus manos y en su boca y, mientras le musitaba al oído las indicaciones, guio los brazos de la mujer para que sujetara bien el arma. Notó que ella se tensaba. Tal vez porque él le pedía que agarrara el Winchester con firmeza, pero mucho se temía que esa no era la razón principal.

—Respira despacio y relájate, Audrey. Apunta al objetivo, no mires nada más, solo la lata que tienes que derribar. —El cuerpo que tenía entre sus brazos no se relajaba—. Ahora, pon el dedo en el gatillo... —Blake también puso el suyo—. Muy bien. Concéntrate...

Y Audrey disparó. El balín pasó entre dos latas.

—Agh, he vuelto a fallar.

—Por muy poco —la animó él, sin soltarla.

—Vale, ya puedes apartarte —le pidió ella con un gesto brusco de hombros que reafirmaba su petición.

Blake se resignó a separarse de su vecina y volvió a situarse a su lado. Le quedaban tres disparos. Después de fallar dos, dejó el rifle.

—¿No aprovechas el último?

—¿Para qué? Odio las armas. Solo he probado porque quería ganar esa sombrilla. —Señaló con el mentón un quitasol expuesto entre un penacho indio y un cinturón con cartucheras—. Si no hubieras aparecido tú, habría abandonado al segundo disparo.

Un cartel bajo aquellos tres objetos anunciaba que había que derribar cuatro latas de las cinco para llevarse uno como premio. Blake no lo dudó: sacó veinte centavos del bolsillo y pagó los cinco balines que correspondían a ese precio.

—Te conseguiré la sombrilla.

—No importa, en serio. Solo era un capricho. Y no es tan bonita como la que me rompió ese apache.

—¿Has visto alguna como aquella en otra caseta?

—No, esta es la única que hay.

—Entonces...

Cinco segundos. Cinco disparos. Cinco latas derribadas.

Blake se hinchó de orgullo al ver a su vecina boquiabierta.

El feriante le indicó los premios entre los que podía elegir por su logro y le sonrió, muy contento, cuando él escogió la sombrilla, ya que aquel objeto era un premio menor.

Blake se la dio a Audrey con un saludo vaquero y la galantería de un caballero.

—Para usted, señorita Cox. Ha sido un placer.

Ella lo miró con admiración y, acto seguido, bajó la vista como si le hubiera entrado una timidez repentina.

—Gracias. Y... siento lo de antes. Me he enfadado contigo sin motivo.

—Pues me quitas un peso de encima —se sinceró él, apartándose de la caseta para dejar paso al siguiente tirador. Posó una mano en la parte baja de la espalda de Audrey y la instó a caminar a su derecha—. Me preocupaba haber dicho algo que no debía.

—Ha sido culpa mía. He vuelto a interpretar mal lo que me ofrecías.

—¿Enseñarte a disparar?

—Sí.

¿Cómo se podía malinterpretar eso?, se preguntó Blake. Y a su vecina:

—¿Y qué has entendido?

—Como hablábamos de Lila y de que estuviste con ella... Resulta que me la he encontrado en el puesto de bebidas y, por lo que me ha dicho, me he dado cuenta de que tu intención no era la que yo creía que era.

—¿Y qué creías que te ofrecía?

—Sexo.

Blake se paró en seco y miró a Audrey, estupefacto.

—¿Sexo?

Ella también se detuvo.

—Sí. Bueno, yo suponía que tú... En fin, ahora sé que tu ofrecimiento era en sentido literal. Lila me ha contado algo que no me esperaba.

Mierda. Si la bailarina le había revelado a Audrey que estaba colado por ella...

29

La breve conversación con Lila en el puesto de bebidas había dejado atónita a Audrey. El cabreo con el que había pedido la limonada y preguntado descaradamente a la bailarina del *saloon* que qué tal era Blake en la cama se esfumó al oír la respuesta: que no tenía ni idea, pero que le encantaría descubrirlo.

El bochorno que había sentido por mostrarse tan ofendida con su vecino minutos antes era equiparable al que sentía ahora, mientras le confesaba su error de interpretación y trataba de parecer indiferente y de evitar que él la tocara. Todavía le hormigueaba todo el cuerpo por cómo la había atrapado Blake entre sus brazos cuando le enseñaba a sujetar aquel pesado rifle y le hablaba al oído con voz susurrante y tremendamente sensual.

Una voz que, ahora, sonaba insegura al preguntar:

—¿Y qué... te ha contado Lila?

—Que solo estuviste conversando con ella.

—¿Sobre...?

—Ah, no lo sé. Me ha sorprendido tanto que me he quedado muda. Entonces, ella me ha preguntado por qué ponía yo esa cara, y le he explicado mi metedura de pata.

El alivio en la expresión de su vecino fue patente, y Audrey deseó haber interrogado a Lila sobre aquella conversación. ¿Tal vez le había revelado su trauma por algún motivo? Volvió a envidiar a la actriz, aun sin la certeza de que él hubiera confiado hasta tal punto en aquella mujer.

Para ocultar esa envidia que se mezclaba con la vergüenza y con el hormigueo, reemprendió el paseo a la vez que abría la sombrilla. El diámetro de la copa sobrepasaba en muy poco a la anchura de sus hombros, pero bastaría para mantener a su acompañante a una distancia prudencial.

—¿Dónde están Dana y los demás?

—Jugando a dardos en una caseta. Por allí. —Señaló a su izquierda—. ¿Te apetece una partida?

—¿Con mi puntería? No, gracias. La tuya, en cambio, es... increíble. Realmente has practicado mucho.

—Siempre me han gustado las armas de fuego.

—Espero que no las hayas usado contra animales.

—Nunca he ido de caza, si te refieres a eso. Oye, Audrey, ¿puedo hacerte una pregunta... personal?

¡Bien! Entrar en el tema de lo personal propiciaría confidencias recíprocas. Y ella no tenía nada que ocultar, salvo lo que empezaba a sentir por él.

—Claro. ¿Qué quieres saber de mí?

—No te enfades, si te parezco indiscreto, pero me intriga tu fijación por pensar que te propongo... sexo. Ya van dos veces: el día de la fiesta en mi apartamento y hoy. ¿Es porque suelen proponerte eso y nada más? ¿O porque has tenido... problemas con algún hombre?

—No he tenido problemas de sexo con ningún hombre. De relación sí. Mi primer novio fue un bailarín de la compañía que estaba tan pagado de sí mismo que yo no era más que un adorno para él. Pero lo admiraba tanto que me daba igual. Estuvimos juntos algo más de un año, hasta que me lesioné. De ser un adorno pasé a ser un estorbo, y me dejó.

—Eso duele —expresó él a media voz.

—¿Lo sabes por experiencia? ¿Te ha pasado algo parecido? —probó ella.

—Más o menos. ¿Qué ocurrió con el segundo?

Preguntó tan rápido después de la respuesta ambigua, que Audrey optó por no escarbar en ese tema y seguir dándole información personal.

—No resistió la distancia. Llevábamos seis meses saliendo cuando me trasladé a Reno. Como ya nos veíamos poco en Nueva York, porque los dos estábamos muy ocupados, creímos que mi cambio de vida y de ciudad no afectaría mucho a la relación. Teníamos Skype, Whatsapp y vuelos baratos. Acordamos desplazarnos una vez al mes para encontrarnos en un punto medio.

—Pero no fue suficiente para él. ¿Lo era para ti?

—No, tampoco. Soy bastante comodona —reconoció ante su vecino curioso. La pregunta personal había derivado en tres y ya llegaban a la caseta de los dardos. No habría tiempo para que preguntara ella—. Al tercer mes, me daba tanta pereza ir hasta aquel hotel de Nebraska donde quedábamos que estuve de mal humor todo el fin de semana. Y él me confesó que había otra chica en Nueva York que le gustaba mucho, así que...

—Cortasteis —concluyó Blake—. Hace tres años de eso. Es el tiempo que llevas en Reno, si no recuerdo mal.

—Buena memoria.

—¿Y el tercero?

—No ha habido ningún tercero. Vivo muy tranquila sin tener que estar pendiente de un tío, de dedicarle horas de mi tiempo y espacio en mi cabeza. Ocupan mucho cuando te enamoras.

Al instante, Audrey se percató de la cantidad de espacio y tiempo que ocupaba Blake Lewis en su mente desde hacía días. Semanas, incluso. Amarrando el desconcierto que le causó aquella revelación, cerró la sombrilla y miró al hombre del que, por lo visto, se había enamorado. Él sonreía con tristeza y le daba la razón:

—Ocupan mucho, sí.

Debía de pensar en aquella ex reciente, dedujo Audrey, y cayó en la cuenta de que la pregunta personal que le había concedido a su vecino había derivado en cuatro. Urdiendo una revancha, compuso una sonrisa dicharachera y le advirtió:

—Me debes cuatro respuestas.

—¿A qué? —se extrañó él.

—Me has hecho cuatro preguntas personales. Ahora no te haré ninguna, no es el momento. —Ya estaban frente a la caseta de los dardos—. Pero espero que la confianza sea mutua cuando te las haga.

Él se caló el sombrero de modo que la sombra del ala ocultara su mirada y carraspeó.

—Intentaré no decepcionarte.

¿Solo iba a intentarlo? Audrey intuyó que tendría que utilizar otros métodos para sonsacarle el verdadero motivo de aquel beso embriagador. Métodos menos formales que el diálogo o que un interrogatorio indirecto. Era lo que Dana le aconsejaría y lo que sería más efectivo, pero su experiencia en seducir era tan escasa que prefería dejar esa táctica como último recurso. Si elaboraba bien las preguntas, no habría escapatoria para Blake.

30

El alcalde de Lodge Town se disponía a anunciar a la ganadora del concurso de tartas. Una multitud se congregaba delante del hotel, y el hombre pidió que las participantes se acercaran y se situaran en primera fila. Blake le deseo suerte a Audrey, que se abrió paso entre la gente para colocarse donde le correspondía.

Mientras el alcalde se explayaba con el preámbulo a fin de crear expectación entre el público, Blake elucubraba sobre las cuatro preguntas personales que su vecina le iba a hacer. Estaba nervioso, ya que era una buena señal que se interesara por él de esa manera, pero también confuso: aquel interés no cuadraba con la distancia física que ella le marcaba constantemente.

Justin se equivocaba. Audrey seguía reacia a que la rozara siquiera.

Y no se trataba de un problema general con los hombres ni con el sexo, ella se lo había confirmado. Por lo tanto, las posibilidades de salir con su vecina de Reno eran nulas. ¿Cómo iba a salir con alguien a quien no podría acariciar?

Con el fin de evitarle incomodidades a la chica, se abstuvo de abrazarla cuando volvió a unirse a ellos tras resultar ganadora del concurso, como hicieron Justin, Ryan y Dana. Él la felicitó de viva voz y se conformó con mirarla mientras ella se quejaba del premio que le habían entregado: un delantal. Las bromas y comentarios burlones que suscitó esa prenda de prístino algodón blanco trocaron la queja de Audrey en una risa fresca y natural que lo encandiló. La sensación de enamoramiento se sumó al agobio que empezaba a causarle el barullo a su alrededor y, a fin de no ponerse en evidencia delante de sus vecinas de Lodge Town, se escabulló entre la gente, en dirección al hotel. Necesitaba unos minutos de tranquilidad.

Al rato, más sereno y tras haberse hecho a la idea de que intentar conquistar a Audrey sería una pérdida de tiempo, salió del hotel, dispuesto a disfrutar de las cuarenta y ocho horas que le quedaban en el lugar de sus sueños.

Al pasar junto a la mesa de las tartas del concurso, vio que había varias a la venta. Enteras o en porciones. Localizó las de moras, o lo que quedaba de ellas: una y un cuarto. Pagó medio dólar y se llevó la que aún estaba entera.

Divisó a su grupo gracias al color turquesa del vestido de Audrey y fue a su encuentro.

La periodista ponía a prueba su puntería con un revólver en una caseta de tiro. Dio en el blanco dos veces y saltó de alegría, a pesar de no obtener ningún premio con eso. Solo con seis aciertos había opción a regalo: una placa de sheriff y unas esposas.

—Blake —pronunció Audrey, con una sonrisa de oreja a oreja—, llegas justo a tiempo. Justin y tu hermano se han quedado a uno de conseguirlo. ¿Por qué no pruebas tú? A Dana le encantaría llevarse el premio como recuerdo.

No se lo tuvo que pedir dos veces. Y Blake ni siquiera soltó la tarta para disparar. Observó las seis botellas de vidrio alineadas, las derribó con precisión y obtuvo ese kid de sheriff para la periodista, que lo abrazó efusivamente y le plantó un beso en la mejilla.

Ojalá Audrey le hubiera agradecido del mismo modo que le consiguiera la sombrilla, lamentó él. Pero no se regodeó en la pena. ¿De qué serviría?

—Has comprado mi tarta —observó la vecina, un tanto sorprendida.

—Sí. Es la ganadora, no he podido resistirme. Y tiene una pinta estupenda.

Ella le sonrió con una chispa de diversión en la mirada.

—¿Eres goloso, Blake?

—No mucho, pero sé apreciar un buen dulce. Y esta tarta seguro que lo es.

—Gracias.

—Creía que tus cuatro preguntas serían más personales —comentó él, aliviado por haberse librado ya de una. Y tan fácil de responder.

Aquellos ojazos se abrieron, espantados.

—Esa no era una de mis cuatro preguntas.

—Ya me extrañaba a mí... De todos modos, la has hecho, así que solo te quedan tres.

—No es justo, eso no vale, no...

La periodista se interpuso entre los dos para informarles de que tenían que ir ya hacia la carpa donde habían colocado las mesas para comer, en el mismo espacio donde se celebraría el baile. Comenzaba a formarse cola en la caseta que vendía los distintos platos a elegir: frijoles, carnes asadas, un estofado de ternera, dos tipos de queso y frutas varias.

La sombrilla de Audrey volvió a abrirse frente a él, y ella, un tanto contrariada, reivindicó que todavía disponía de cuatro preguntas. Blake no quiso discutir. Se ofreció a encargarse de guardar sitio en una de las mesas largas y distribuyó los asientos estratégicamente para no quedar junto a su vecina.

Las mesas se fueron llenando, Ryan trajo las bebidas y, al poco, llegaron los demás con los platos de comida. Blake se aisló del batiburrillo de voces que sonaba bajo aquella carpa. Agradeció que su hermano le informara, de tanto en tanto, de qué hablaban, pero no se atrevió a participar para no meter la pata si confundía palabras. Solo después de probar la tarta de moras se unió a las alabanzas de Justin y Ryan, que hicieron ruborizar a Audrey. Blake deseó besar aquel rubor, pasear sus labios por la tez sonrojada de su preciosa vecina y sentir el calor que debía de desprender aquella piel del color de las fresas. La recorrería entera, desde la frente hasta el mentón, y terminaría en la boca, adentrándose en ella en busca de la delicia que recordaba, de la dulzura lánguida...

Lánguida.

La pasividad de Audrey aquella noche sacó a Blake de su ensoñación. A su querida vecina no le afectaban sus besos como le afectaban a él con tan solo imaginar que la besaba. Engulló el resto de su porción de tarta y se ofreció a ir a por cafés. Volvía a necesitar unos minutos de tranquilidad.

Se entretuvo lo bastante como para poder abandonar la mesa sin tomar café. La razón que alegó: prepararse para la carrera de barriles. Su hermano, que también participaba, comentó que era pronto, que había tiempo de sobra, pero él adujo que quería comprobar bien el estado de su montura y se marchó.

Una hora después, entraba en la arena sobre su *mustang* para participar en la carrera y, aunque no tocó ningún barril y logró un buen tiempo, Ryan lo mejoró y se alzó vencedor. Su hermano estaba exultante.

—¡No me lo puedo creer! ¿Qué te ha pasado, tío? Siempre me ganas tú.

—Tu caballo es más flexible que el mío —arguyó Blake, por no decir la verdad: falta de concentración a causa de un vestido turquesa entre el público—. Y has tenido un buen maestro.

—Sí, maestro —convino Ryan, dedicándole una exagerada y cómica reverencia.

Tras la entrega del premio (unas espuelas), el alcalde anunció que habían habilitado la sala de juegos del hotel para los forasteros que se alojaban en las casas. Allí podrían descansar un rato y adecentarse para el baile que daría comienzo al cabo de una hora.

El baile para el que Blake se había preparado la noche anterior, dispuesto a acaparar a su vecina.

Sin embargo, cuando vio lo bien que se movía ella en la pista y la cantidad de vaqueros que la solicitaban como pareja, decidió no fastidiarle la diversión. La radiante sonrisa de Audrey mientras bailaba sin parar y con una soltura envidiable desaparecería al primer tropezón que diera él, pues los pasos que había conseguido aprender —gracias a la paciencia de Justin— no bastaban para seguir el ritmo rápido que imponían los cuatro músicos. Violín, guitarra, harmónica y banjo sonaban alegres bajo aquel entoldado, contagiando la alegría a todos los asistentes.

Excepto a Blake. Una mezcla de celos y frustración lo corroía por dentro y, una vez más, necesitó procurarse unos minutos de tranquilidad.

Salió de la carpa y se alejó del jolgorio. El cielo anaranjado del atardecer y una brisa refrescante lo ayudaron a serenarse.

Vio que no era el único que buscaba paz. Ahí fuera había una docena de personas desperdigadas, algunas estaban tan solas como él.

Pero no tardó en dejar de estarlo. La mujer por la que se había escabullido del baile apareció de repente a su lado. Blake tuvo que meter las manos en los bolsillos del pantalón para contener el impulso de volver a alzarla en brazos y llevarla hasta el rincón más cercano y solitario que encontrara.

La sonrisa con que ella lo saludó...

—Hola.

—Hola.

Las mejillas sonrosadas de tanto bailar...

—¿Qué haces aquí, tan solo?

—Tomar el aire. ¿Y tú?

El brillo travieso en la mirada de la mujer...

—No estoy sola, estoy contigo.

...y el tono burlón de la respuesta amenazaron con anular su contención. Con una pizca de esperanza, Blake le preguntó:

—¿Has salido a buscarme?

—No, a tomar el aire, como tú. Hace mucho calor ahí dentro. Y este tipo de baile *western* es agotador. Pero ya que te he encontrado y tenemos un momento de calma, voy a aprovecharlo.

La esperanza se esfumaba.

—¿Para...?

—Mis cuatro preguntas personales.

31

Audrey había discurrido varias maneras de preguntarle a Blake, de forma indirecta, por su sordera. Alguna funcionaría. Alguna lo obligaría a revelarle lo que tanto le avergonzaba. Y comenzó por abordar un tema que la intrigaba y cuyo nivel de indiscreción era equiparable al de él horas antes.

—¿De verdad llevas cuatro meses sin una mujer? ¿Sin sexo?

—Sí —respondió, sin vacilar.

—Me cuesta creerlo, ¿sabes? Porque da la casualidad de que he visto a unas cuantas chicas salir de tu casa cuando vuelvo del ayuntamiento. Y muy guapas. ¿No te has acostado con ninguna de ellas? Y esta no es otra pregunta —puntualizó Audrey—, es la misma, pero más concreta.

Su vecino esbozó una sonrisa y corroboró:

—Son muy guapas, sí. Las cuatro. Pero nunca me acuesto con mis alumnas.

—Alumnas —repitió ella y, para no gastar una pregunta, aguardó a que Blake especificara de qué. No lo hizo, solamente asintió con la cabeza, y Audrey tuvo que ingeniárselas para averiguarlo—. Como veo complicado que, dentro de casa, les enseñes a montar a caballo o a disparar un arma de fuego, deduzco que tu vocación de maestro abarca más disciplinas.

—Les enseño a jugar al póquer y al blackjack. Las preparo para trabajar en el casino. Esas mujeres que has visto ejercerán de gancho para atraer jugadores a las mesas. A muchos les gusta ver una cara bonita a su lado mientras apuestan y a otros, les atrae competir con ellas. También hay algunos que se distraen mirándolas y pierden la partida y el dinero apostado. La banca gana.

—Pero eso es trampa. ¿Se hace en todos los casinos? ¡Uy, no! —reaccionó Audrey al instante—. No me contestes, no voy a desperdiciar una pregunta en eso.

—Vale. ¿Qué más quieres saber de mí?

Todo.

Comenzaba a sentir una especie de fascinación por ese hombre que la miraba con una intensidad arrebatadora y una sonrisa comedida. Esa combinación de pasión y ternura la cautivaba y despertaba en ella un anhelo que no recordaba haber sentido jamás. Quería que Blake Lewis fuera suyo, que bebiera los vientos por ella, que cada mañana le susurrara al oído un buenos días y...

Oído.

Las preguntas. Tenía que seguir preguntando y olvidarse de absurdas fantasías.

—¿Qué es lo que nunca le contarías a nadie sobre ti?

—¿Te refieres a nadie que estuviera *sobre mí*, físicamente? —inquirió, socarrón.

—Blake, ya me has entendido —lo regañó ella, con un suspiro cansino y poniendo los ojos en blanco. Se cruzó de brazos y, por si acaso, precisó—: No hablaba de sexo, sino de ti. Qué no le contarías a nadie.

—Si no se lo contaría a nadie, no puedo contártelo a ti.

Mierda. Una pregunta perdida, y era de las mejores que tenía. O eso creía, antes de oír esa respuesta de una lógica aplastante. Así que recurrió a otra de las que consideraba buenas y muy difíciles de esquivar.

—Cierto. La tercera: ¿qué cambiarías de ti, si pudieras? Por ejemplo, yo me caí en un ensayo y me destrocé una rodilla —le explicó para que él no se fuera por las ramas. Su sordera debía de ser consecuencia de un accidente, porque si fuera de nacimiento, Ryan no se había mostrado tan cáustico—. Borraría ese día de mi vida. ¿Cuál borrarías tú?

—Hay una sutil diferencia entre esta pregunta y la anterior, la de qué cambiaría de mí. ¿Quieres que conteste a las dos?

—Eso agotaría mis cuatro preguntas.

—Correcto.

Audrey estuvo a punto de arriesgarse pero, viendo que su vecino se mostraba tan puntilloso, temió necesitar esa cuarta oportunidad.

—Entonces, no. Además, yo no veo ninguna diferencia —objetó. Reprimió aquel dolor punzante que la asaltaba con el recuerdo del fatídico día y argumentó—: En mi caso, la lesión que sufrí con la caída me obligó a abandonar mi profesión, me cambió la vida por completo. ¿Te ha pasado a ti algo parecido?

—Algo que haya cambiado mi vida por completo, no.

—¿Y? ¿Eso es todo lo que vas a contestar? —lo increpó ella, que comenzaba a desesperarse.

Él ladeó la cabeza, fijó las pupilas en las de ella y entrecerró los ojos.

—Audrey, ¿qué quieres preguntarme en realidad? Tengo la impresión de que te interesa saber algo muy concreto y no caigo en qué puede ser.

—Y yo tengo la impresión de que no te gusta hablar de ti. Me has hablado de tu trabajo, de tus hermanas, de tus alumnas... Incluso mencionaste a tu exnovia el otro día, pero sueles darle la vuelta a la conversación cuando llegamos a un punto más personal, más... —Buscó la palabra adecuada—: íntimo, y soy yo la que acaba hablando. De mí.

Blake agachó la cabeza, volvió a sonreír y alzó los párpados para mirarla por debajo de las cejas con cierta timidez.

—En eso te doy la razón.

—Menos mal. Pues ahora, cuéntame algo de ti, no sé, a ver... —¿Cómo definirlo para que él le confiara su gran secreto? —. Algo que te duela por dentro cada vez que lo recuerdas.

Una honda inspiración de su vecino le indicó a Audrey que había dado con las palabras precisas para obtener la confesión que quería.

—Me peleé con mi padre hace tres meses. Borraría ese día de mi vida, si pudiera.

Vaya, pues no era la que buscaba. Pero la expresión compungida de Blake le tocó el corazón.

—Lo siento. Deduzco que aún no ha habido reconciliación.

—No. Yo no pienso ceder a lo que me pide y él continúa empeñado en que lo haga. Lo sé por Ryan. Con mi padre no he vuelto a hablar desde que discutimos. Esa fue la razón principal por la que me mudé a Reno.

—Y no por tu exnovia, como me dijiste.

—Ella fue el motivo de la pelea.

La curiosidad de Audrey se disparó y, como Blake se había callado y su mirada se perdía en la lejanía, intuyó que estaba recordando aquella discusión con su padre. Aguardó, impaciente, a que él le contara algo más, a que le explicara por qué su exnovia desató una pelea de ese calibre. Pero el silencio se alargaba y ella no resistió la espera.

—¿Por qué? ¿Qué pasó, Blake? ¿Qué te pide tu padre?

—Que me case con Melissa. Con mi ex —le aclaró, y exhaló una breve risa amarga que parecía salir de lo más profundo de su pecho—. Después de lo que me hizo... No puedo, Audrey, no puedo casarme con una mujer que lo único que quiere de mí es...

Otro silencio. La mandíbula tensa del hombre, la boca cerrada con fuerza y los labios convertidos en una fina línea reflejaban la rabia que él sentía en ese momento. Ella lo instó a terminar la frase:

—¿Es...?

—Mi dinero —pronunció en voz baja, y se apresuró en concretar—: El de mi familia. Melissa es hija de un organizador de bodas en Las Vegas y mi padre quiere añadir ese negocio al suyo sin tener que pagar por ello. Si yo me casara con Melissa, sería la solución perfecta. Y a mí también me lo parecía. Hasta el día que llegué a mi apartamento antes de lo previsto y me la encontré en la cama con un tío. Por lo visto, llevaban meses juntos y pensaban seguir juntos. Incluso después de nuestra boda.

—Madre mía, eso es...

—Una mierda, Audrey. Eso es lo que es. Porque ella no veía tanto problema en tener un amante y un marido a la vez. Me dijo que así, me concedía libertad para hacer lo que me diera la gana. Y mi padre opina exactamente lo mismo. Con tal de ampliar su negocio y su fortuna, le da igual lo que yo sienta o piense. Y, según mi hermano, está convencido de que cederé, de que volveré a Las Vegas en agosto y llegaré a un acuerdo con Melissa. Porque ella también sigue creyendo que habrá boda. —Suspiró y masculló—: Joder, parece que no me conozcan. Ninguno de los dos.

Audrey no sabía qué decir. Veía a Blake tan abatido, tan decepcionado con aquella situación que a ella le parecía realmente triste, que quiso abrazarlo y besarlo hasta que olvidara a esas dos personas egoístas y calculadoras que pretendían utilizarle de ese modo. Pero contuvo el impulso de consolarlo con el amor que crecía en ella, por él y para él, y se limitó a preguntarle:

—¿Es normal en tu familia? ¿Arreglar matrimonios por intereses económicos? Creía que esa costumbre se había perdido hace muchos años.

—Yo también. Y normal no es. Tengo dos hermanas felizmente casadas con quien han querido. Supongo que yo tuve la mala suerte de enamorarme de Melissa, y mi padre vio una oportunidad que ahora se niega a perder.

—¿Y tu madre? ¿Está de su parte o de la tuya?

—Murió hace cinco años.

—Oh. Lo siento. —Se le acababan las ideas para animar a ese hombre que se estaba adueñando de su corazón, así que decidió poner fin al interrogatorio—: Y perdóname por haber insistido en que me contaras algo que te doliera. No me esperaba esto.

«La curiosidad mató al gato».

Audrey recordó el refrán con que Lila le había advertido que no se metiera en asuntos ajenos. ¡Cuánta razón tenía!

Blake compuso una sonrisa triste.

—Me lo imagino. Pero me pediste confianza, y no hablarme con mi padre es lo que más me duele últimamente.

—Terminará cediendo, ya lo verás. Cuando llegue septiembre y vea que no apareces por Las Vegas se dará cuenta de que se ha equivocado contigo.

—Gracias por los ánimos. —La sonrisa triste adquirió visos de sagacidad—. Y por las preguntas. He contado siete, si descarto las que tenían diferencias sutiles. Me debes tres.

Antes de que ella pudiera replicar, la voz de Dana sonó en el aire calmo que les rodeaba.

—¡Audrey! —La periodista se dirigía hacia ellos con paso ligero—. Perdona, Blake, ¿te importa que te robe un momento a mi amiga?

—En absoluto. Vuelvo a la carpa, a ver si queda algo de beber.

En cuanto el hombre se alejó, Dana le preguntó a Audrey, en tono de cotilleo:

—¿Te lo ha contado?

—No, pero me ha contado otra cosa que me ha dejado alucinada.

—No habré interrumpido algo importante, ¿no?

—Tranquila, has sido muy oportuna. Y no lo digo con ironía. ¿Por qué me buscabas?

—Para pedirte un favor. —La expresión de Dana destilaba entusiasmo y pillería—. Justin me ha insinuado que le gustaría probar las esposas.

Audrey frunció el ceño.

—¿Va a detener a alguien en plan de broma o qué?

—No —rio la periodista—. En la cama. Conmigo.

—Ah.

—No hará falta que te saques el colchón al porche, como me dijiste que harías si necesitaba la habitación. Con que nos la dejes un par de horas será suficiente. El baile está a punto de acabar, pero nosotros nos vamos ahora. Para no hacerte esperar tanto en ese banco tan incómodo.

—Es un detalle por vuestra parte —aprobó ella, perpleja.

—Audrey, no pongas esa cara. Si te molesta que…

—No, no —la interrumpió con sinceridad—. Es solo que, a veces, te envidio. Pero no te preocupes, me quedaré en el porche tranquilamente hasta que acabéis de… jugar con las esposas.

Dana soltó una carcajada, le dio un abrazo de los que te dejan sin aire y se marchó en busca de Justin, que salía ya de la carpa. El chico la saludó con la mano y Audrey le devolvió el saludo.

Pensó en volver al baile, pero le daba apuro encontrarse con Blake. No por la deuda de preguntas adquirida con él, sino porque debía de saber adónde había ido Justin y para qué. Si se le ocurría comentárselo a ella y ofrecerle su alojamiento hasta que su amigo regresara de practicar juegos de cama, tendría que aceptar la invitación. Y no quería. No se hallaba en condiciones de pasar dos horas con el hombre que había tocado su alma sensible y al que deseaba besar hasta colmarlo de amor. Aunque no se quedara a solas con él —Ryan también estaría en la casa—, se pondría nerviosa y lo pasaría fatal.

Y comenzaba a oscurecer. Era mejor volver a la casa antes de que anocheciera del todo y de que los hermanos Lewis salieran del baile, porque tampoco quería hacer el camino de vuelta con Blake a su lado.

A su izquierda, concretó.

Claro que, si ella se colocaba a la izquierda de él, podría aprovechar para arrancarle de una vez aquella confesión.

¿Con el hermano escuchando?

No. Blake podría llegar a descubrir, por algún descuido, que Ryan se había ido de la lengua y se cabrearía mucho con él. Y su vecino de Reno ya tenía bastante con aquella desavenencia irreconciliable con su padre.

Decidido: volvía a casa ya. Aún le quedaba un día entero en el Salvaje Oeste para conseguir que Blake se sincerara con ella. Tal vez, las tres respuestas que le debía sirvieran a ese cometido. Solo era cuestión de conducirlas hacia donde ella quería llegar. Y disponía de dos horas en soledad para pensar. Más las que tardara en dormirse.

Sin embargo, solo había transcurrido media cuando una figura masculina se detuvo delante del porche. El farolillo con una vela que Audrey había dejado a sus pies para tener algo de luz en aquella noche sin luna no alcanzaba a iluminar al hombre, pero ella intuyó quién era incluso antes de oír su voz cavernosa.

—¿Audrey? ¿Qué haces ahí?

32

Blake no solía beber alcohol. Desde que empezó a trabajar de noche hacía ya algunos años, las ocasiones para salir de copas o a fiestas nocturnas eran pocas. Y su noviazgo con Melissa, que había sido tranquilo, sin desmadres de ningún tipo, las había reducido aún más. Por eso, las dos cervezas tibias que se bebió de golpe después de revelarle a Audrey la mezquindad de su padre y de su ex se le subieron a la cabeza. No mucho, solo lo justo para sentirse relajado y despreocupado durante el camino de regreso al alojamiento.

Si hubiera estado completamente sereno al llegar y con los cinco sentidos alerta, habría saludado a su vecina desde la calle y se habría metido en la casa para tumbarse en la cama y soñar despierto con aquella mujer. Pero no lo estaba. Y verla en ese rústico banco, sin más compañía que un farolillo, lo había atraído de tal manera que había rebasado su porche para detenerse frente al de la vecina y preguntarle qué hacía allí.

—No me digas que no lo sabes —respondió ella, mordaz, sin moverse del banco.

—Si lo supiera, no te lo preguntaría.

—¿Tampoco sabes dónde está tu amigo Justin?

La oscuridad le impedía ver bien el rostro de la chica, pero había extrañeza en su tono de voz.

—Se ha ido con Dana. Supongo que al hotel, por el plan que tenían —sonrió él, subiendo los tres escalones del porche.

—Pues no. Están aquí —indicó ella a la vez que señalaba la casa con un movimiento de cabeza.

Blake no se lo podía creer.

—¿Te han echado de la habitación para...?

—Jugar al sheriff y la pistolera, por decirlo finamente. O al pistolero y la sheriff, no sé qué papel asume cada cual.

A él se le escapó la risa. La tenía floja. La risa, porque su pene ya se alegraba de estar cerca de Audrey. Y, con el cerebro algo nublado, el mando lo llevaba esa parte descerebrada de su cuerpo, que quiso acercarse más al de la mujer. Sin pedirle permiso, y viendo que había más espacio a la izquierda de ella (donde a él le convenía), lo ocupó mientras expresaba:

—Qué morro tienen. Podrían haber ido al hotel. Seguro que dejan alguna habitación libre para casos así.

—Y Justin tiene pasta de sobra para pagarla, desde luego, pero no se habrán parado a pensar en eso. Da igual, Dana me ha dicho que les bastaba con un par de horas.

—¿Y cuánto tiempo llevan dentro? —quiso saber él.

—No tengo ni idea, no llevo reloj.

El cerebro de Blake se había despejado del todo. Que Audrey mencionara el dinero le recordó que él le había revelado lo que quería ocultar a toda costa, aparte de su tara: que era millonario. ¿Cambiaría su vecina de actitud a partir de ahora? Tiró de la cadenita prendida en el chaleco para sacar el reloj de bolsillo y se dispuso a comprobar si Audrey seguía reacia a su contacto.

—Yo sí llevo, pero con tan poca luz no veo la hora. ¿La ves tú? —probó, arrimándose a la chica.

Ella no se apartó, al contrario. Se pegó más a él y se inclinó para acercar el reloj a la luz del farolillo situado entre los pies de ambos.

—Las diez menos cuarto.

—El baile ha terminado a las nueve y ellos se han marchado antes. Si no se han entretenido mucho por el camino, deben de llevar unos cuarenta y cinco minutos —calculó Blake, decepcionado con la comprobación. Pero a su cuerpo no le importaba, solo sentía un deseo creciente por el de la mujer pegada a él, y propuso—: Podemos esperar en mi casa, estaremos más cómodos. Y mi hermano tardará en volver, se ha ido al *saloon*.

—Estoy bien aquí, gracias.

—¿Seguro? —insistió Blake, devorándola con la mirada. Si ella creía que le proponía sexo, esta vez no se equivocaría.

—Sí. Y no hace falta que te quedes aquí conmigo.

Parecía envarada, y eso le extrañó tanto como que rechazara su compañía cuando seguía sin hacer el más mínimo amago de apartarse de él. ¿Era eso una forma velada de provocación? Volvió a probar:

—¿No quieres que me quede?

—No estoy mentalmente preparada para saldar mi deuda de preguntas —alegó ella, cerrando los ojos un momento—. Y si te quedas porque te da pena dejarme sola, aún peor. Además, me estoy clavando el reposabrazos del banco en la cintura. ¿Podrías apartarte un poco, por favor?

Blake necesitó unos segundos para procesar aquellas tres razones y percatarse de que, efectivamente, la había arrinconado en el banco y ella no podía desplazarse para evitar el contacto físico. Avergonzado por haber pensado mal de su vecina, se apartó unos centímetros al tiempo que guardaba el reloj en el bolsillo del chaleco.

—Lo siento, no me he dado cuenta. Y me había olvidado de las tres preguntas que puedo hacerte, pero ya que estoy aquí sentado porque *me apetece* —recalcó, pensando ya en la primera— y tenemos tiempo de sobra…

—Muy bien. Dispara. Con suerte, a lo mejor invierto la deuda —manifestó ella, con una sonrisa ladina.

Y Blake disparó directo a matar.

—¿Qué harías si de repente fueras millonaria? Por una herencia o porque te tocara la lotería —especificó para que Audrey no malinterpretara la pregunta y creyera que le proponía algo más que sexo con él.

La mirada de ella se perdió en el cielo nocturno y las comisuras de su boca se elevaron ligeramente como si ya imaginara lo feliz que sería con un montón de dinero que dilapidar.

—Montaría una compañía de danza y compraría un teatro. Y tendría mi propia academia para formar bailarines profesionales. Con muchas becas, para que cualquiera con talento pudiera acceder. —Frunció el ceño y volvió la cabeza hacia él—: Ahora que lo pienso, también necesitaría una residencia donde alojar a las alumnas y alumnos que vinieran de otras ciudades y no pudieran pagarse un lugar donde vivir. Mis padres tuvieron que pedir dos créditos al banco para pagar mi estancia en Nueva York durante mis años de formación y... —Bajó la vista al suelo y continuó con pesar—: Aún no habían liquidado el segundo cuando me lesioné. Les he devuelto una parte de lo que invirtieron en mí, pero no lo quieren. Cada mes les pongo dinero en una cuenta y no han sacado ni un dólar. Dicen que prefieren guardarlo para cuando se jubilen y lo necesiten de verdad.

—Son previsores, eso está muy bien —aprobó Blake, sorprendido con la respuesta de su vecina. No había mencionado joyas ni ropa ni casoplones con jardín y piscina.

—No, están decepcionados conmigo y por eso no quieren tocar mi dinero. Ya no les gustó que me empeñara en ser bailarina, y me escapé de casa a los dieciséis años para ir a las pruebas de admisión en una prestigiosa academia de Nueva York. Con la beca en la mano, les dije que me marchaba, que si no querían pagarme la estancia me buscaría la vida. Trabajaría en lo que fuera para poder mantenerme. Ellos acabaron cediendo, se sacrificaron por mí, y no sé cómo compensarles. Cada vez que nos llamamos me preguntan por qué no vuelvo a Filadelfia, por qué sigo en Reno, que está tan lejos, y yo... —La voz se le quebró y se presionó los ojos con las yemas de los dedos.

—¿Estás llorando? —dudó Blake. En la penumbra del porche no lo distinguía, pero aquel gesto...

—No, qué va, es... —Inspiró hondo y se desabrochó dos botones del vestido turquesa—. Hace mucho calor aquí y me he agobiado al hablar de esto. No sé por qué te lo he contado. Bueno, no importa. ¿Cuál es tu segunda pregunta?

Unas risas procedentes de la casa, como si vinieran de la sala, les hicieron intercambiar una mirada inquisitiva, y Blake susurró:

—A lo mejor, ya han terminado.

—Han tardado menos de lo previsto, si es así.

Guardaron silencio, aguzando el oído a la espera de que Justin y Dana salieran por la puerta. Ambos captaron el arrastrar de una silla, una risita de la periodista y un tintineo de metal.

—¿Las esposas? —vocalizó Audrey.

Aquellos labios tentadores formando sílabas, proyectados con la «po» como si pidieran un beso, obnubilaron a Blake. El deseo que no menguaba y al que se había sumado la necesidad de estrechar entre sus brazos a la mujer que le había confiado la carga de culpabilidad que soportaba le atenazaron la garganta, y solo pudo asentir con la cabeza. Sin duda, aquel sonido correspondía al de unas esposas. Lo recordaba bien de cuando el sheriff lo detuvo la primera noche de sus vacaciones. Era inconfundible.

Igual de inconfundible que los que siguieron: gemidos femeninos, jadeos...

La voz de Dana: Mm... Sí... Dios...

Más jadeos...

Los ojazos de la vecina se abrieron exageradamente, casi asustados, y atraparon la mirada de Blake durante unos segundos interminables y embarazosos.

Se estaba poniendo malo de verdad.

Su imaginación se desbordó. En su mente veía a Audrey desnuda sobre él, montándolo como una amazona, jadeando con cada trote que apresaría su miembro y lo haría palpitar y endurecerse hasta un límite insoportable. Tan insoportable como sería no poder tocar a la mujer, porque estaría esposado. Y ella...

Y ella se echó a reír. Aunque enseguida contuvo el estallido, que sonó como una pedorreta, y continuó riendo sin apenas hacer ruido. Aun así, la amazona de aquella fantasía se esfumó y Blake dio gracias a Dios por esa carcajada espontánea.

También agradeció que Audrey se levantara y se alejara de él. No mucho, hasta la baranda del porche, que se hallaba a un par de metros del banco, pero le bastó con ese espacio para poder respirar con cierta normalidad. A pesar de que el corazón le latía más rápido de lo habitual, ya se sentía capaz de controlar su deseo.

Cuando Audrey se dio la vuelta, se apoyó en la barandilla y se abanicó con una mano, Blake abandonó el banco para acercarse a ella y distanciarse así de aquellos sonidos eróticos que salían de la casa. Sin embargo, fue inútil.

También se lo pareció a su vecina, que comentó:

—Se oyen igualmente.

—Sí —corroboró él, metiéndose las manos en los bolsillos y mirando al suelo.

(Dana: Sigue... Sí...)

(Justin: ¿Así?)

(Dana: Más fuerte. Oh... Sí...)

La voz de Audrey:

—No sé si me da vergüenza ajena o es envidia.

Blake se puso en alerta. Alzó la vista hacia su vecina, concretamente hacia los labios, pues dudaba de haberla oído bien.

—¿Envidia?

(Jadeos *in crescendo*)

—Mi parón sexual supera al tuyo en unos cuantos meses —sonrió ella—. Y, como sigues mirándome la boca, deduzco que aún te gusta. ¿Me equivoco?

Las pupilas de Blake volaron hacia las de Audrey. Desconcertado a la vez que alarmado, se preguntó si aquello era una insinuación y tragó saliva para poder responder:

—No, no te equivocas.

—Bien. Entonces…

(Dana: Ahora. Ya… ya casi…)

Y Blake vio la mano de su vecina posarse en su chaleco y ascender hasta su nuca mientras los labios femeninos se acercaban a los suyos. Su respiración se agitó igual que las que llegaban desde la casa y, confuso por la clara intención de aquella mujer que solía rechazar su contacto, se quedó quieto. Hasta que la boca de Audrey rozó la suya y la punta de una lengua atrevida pidió paso para internarse en ella.

33

Del beso tierno y delicioso que había dejado huella en Audrey no quedaba ni rastro en el que ahora disfrutaba con el mismo hombre. La boca de Blake devoraba la suya con una pasión arrebatadora que la enardecía y la incitaba a corresponder con idéntico frenesí. Un baile alocado de lenguas, una búsqueda desesperada del mejor ángulo para gozar de un beso sin fin, un ansia de mutua posesión... Se mezclaban los alientos, se fundían las bocas en una sola y el latido desenfrenado del corazón de ella se acompasaba al de él.

Audrey sentía las manos de Blake por todas partes, caricias precipitadas le recorrían la espalda, el talle, las nalgas... No se detenían en ninguna parte ni se acercaban a las zonas más sensibles que las reclamaban. Y ella estaba completamente perdida en aquel beso salvaje que le provocaba una miríada de sensaciones y la volvía temeraria. Tanto como para agarrar una de aquellas manos inquietas y guiarla hasta su pecho. Se inclinó hacia atrás, abandonando la boca hambrienta y ofreciéndole su estilizado cuello.

—Audrey...

—Tócame —le rogó ella al tiempo que se desabrochaba a tientas otro botón.

Y otro...

Blake miraba los dedos que desabotonaban aquel vestido turquesa y no cabía en sí de gozo. Pronto no cabría en los pantalones.

El tercer botón que salió del ojal dejó a la vista unos centímetros de camisola, y él no pudo evitar recordar el pecho desnudo de Audrey atada a aquel árbol. Ahora, su mano abarcaba el otro y presionó ligeramente, palpando, probando. ¿Era un sueño o ella le había pedido de verdad que la tocara?

—Mm... Sí.

Sí. Sí. ¡Sí! Anonadado, Blake se inclinó despacio hacia el cuello de cisne que se le ofrecía. Cató el sabor de la piel cálida de su apasionada vecina, la colmó de besos húmedos a la vez que apartaba la tela turquesa y volvía a abarcar la turgente carne que se amoldaba a su palma. En cuanto rozó la erizada punta, el cuerpo que sostenía con un brazo dio un respingo y él se quedó quieto otra vez.

Silencio. Ni siquiera oía jadeos provenientes de la casa. En su mente, cegada por el deseo, se abrió un punto de luz y de lucidez: si Justin y Dana habían terminado y salían a avisar a Audrey...

—Sigue, Blake. No pares.

La súplica en su oído bueno le hizo reaccionar. Sin mover la mano de donde la tenía, le susurró a su vecina:

—Si quieres que siga, vamos a mi casa.

—No.

¿No?

Blake se irguió y se separó de ella lo justo para mirarla a los ojos. La escasa luz no le impidió ver que los tenía totalmente abiertos. Ni expresión soñolienta, ni ningún indicio de placer o excitación. Más bien parecía asustada.

—¿No me has pedido que siguiera?

—Sí, pero... ¿Y si vuelve tu hermano? O Justin cuando acabe de... jugar.

—Cerraré con llave y dejaré una nota en la puerta.

—Claro. Sí. Eso está bien. Vale, pues vamos.

Sonaba nerviosa. Podía ser por impaciencia, pero a Blake le escamó esa súbita predisposición a acostarse con él. Y ella ya se iba.

Sin él. Sin mirarle ni esperarle, sin cogerle de la mano para no perder el contacto, que es lo que a Blake le habría gustado y lo que habría hecho, si Audrey le hubiera concedido dos segundos para recuperarse de la impresión que le había causado su decisión.

Ella bajaba ya los escalones del porche.

Blake tuvo la desagradable sensación de que había un motivo muy concreto para aquella impaciencia, y se apresuró a cortarle el paso a la vecina antes de que pisara la calle.

—¿A qué viene tanta prisa, Audrey?

—Si me enfrío, puede que cambie de opinión —respondió con un amago de sonrisa.

Pese a la oscuridad, él podía distinguir la expresión de ella, detenida en el último escalón; el rostro de Audrey quedaba a la misma altura que el suyo y tan solo a medio palmo de distancia. Y en aquellos ojazos seguía bailando la inquietud.

—¿Significa eso que no estás segura de querer sexo conmigo?

—Sí lo estoy, pero... si tú no quieres...

—Yo sí. La cuestión es lo que quieres tú y por qué. ¿Por qué hoy? ¿Por qué ahora?

—Porque... —Ella cerró los ojos un instante y, cuando volvió a abrirlos, ya no había inquietud en su mirada sino firmeza y una chispa de picardía—. ¿Es esa tu segunda pregunta? ¿Por qué quiero sexo contigo?

Blake no pensaba ya en aquellas preguntas personales, pero le venía muy bien que su vecina creyera que le había hecho una. Exigían una respuesta sincera, ¿no? Y, para darle confianza, le sonrió al confirmar:

—Sí, lo es. ¿Por qué ahora, Audrey?

—Porque me apetece mucho. Y he notado que tú —bajó la vista a la entrepierna de él— estás muy dispuesto.

Dispuestísimo, sí. Pero no con una mujer que se le había resistido hasta enterarse de que era millonario. Aunque los planes de

Audrey no fueran dilapidar el dinero en ropa, una gran casa con piscina y servicio doméstico o una interminable colección de zapatos y bolsos de marcas de lujo, podrían serlo después de montar su compañía de danza. Blake le concedería todo eso y más a su preciosa vecina si estuviera enamorada de él, si sintiera por él lo mismo que él sentía por ella, pero...

—¿Son las únicas razones? ¿Y también me has besado porque te apetecía? Ah, no, espera. Eso ha sido por envidia —recordó, profundamente dolido. Reprimió la angustiosa sensación y añadió—: Y porque llevas sin sexo más tiempo que yo.

—Me has hecho dos preguntas diferentes. ¿A cuál quieres que responda? Solo te queda una.

Por lo visto, la vecina le devolvía la pelota. Y Blake, deseando haberse equivocado en sus deducciones y desesperado por saber si tenía alguna posibilidad de alcanzar el corazón de Audrey, recurrió a la misma pregunta que ella le hizo días atrás:

—¿Por qué me has besado?

La sonrisa traviesa de la mujer se acentuó. Blake fijó las pupilas en aquellos labios que se moverían para responder, pero no se movían, solo se acercaban a los suyos. ¿Para volver a...?

No. Se desviaron hacia la izquierda. ¿Para qué?

Y entonces lo supo. Cuando la mejilla de Audrey rozó la de él, la izquierda concretamente, y allí se detuvo, Blake supo que ella le estaba respondiendo al oído.

Mierda. ¿Por qué no había elegido el otro?

El rostro de su vecina regresó frente al suyo. Mantenía la expresión traviesa y él se obligó a sonreír como si le hubiera gustado aquella respuesta de la que no había oído absolutamente nada. Mientras le sostenía la mirada unos segundos, impregnados de un expectante silencio, pensó en un modo de pedirle que se la repitiera. No se le ocurrió otro que imitarla a ella y, ofreciendo el oído bueno, susurrarle:

—Dímelo otra vez.

La vecina se apartó y retrocedió un escalón.

—¿Por qué?

Blake subió el peldaño que Audrey había puesto de por medio.

—Para asegurarme de que lo he oído bien.

La sonrisa de ella no varió, pero en su mirada destelló algo distinto, una especie de desafío.

—Creo que lo he dicho muy claro, no pienso repetirlo. ¿Y sabes qué? Ya me he enfriado. Buenas noches, Blake.

Y él se quedó sin la respuesta, viendo a la chica regresar al banco de madera y colocar el farolillo en el espacio vacío a su lado. Era evidente que ya no quería su compañía.

Confuso, dolido, enfadado consigo mismo y todavía duro como una piedra, Blake le dio también las buenas noches a su desconcertante vecina y se encaminó hacia su alojamiento, preguntándose qué le había susurrado al oído.

34

Hotel principal de Odissey Park, viernes 2 de julio, 8:00h.

Alison Cooper salía contenta del bungaló en el que vivía desde hacía tres meses y se dirigió a su despacho. Todo estaba yendo bien en el Salvaje Oeste, sin graves contratiempos ni problemas complicados de resolver. Y hoy era el último día completo de los turistas en Lodge Town. Por una parte, se alegraba de que esa semana de trabajo intenso fuera a terminar en treinta y seis horas, pero por otra, le daba pena. Tanta actividad le resultaba estimulante.

Y se quedaría con las ganas de saber si aquel romance que había intuido entre Blake Lewis y Audrey Cox llegaba a fructificar.

Entró en el despacho y encendió el ordenador. El teléfono interior sonó a la vez que sacaba el móvil del bolso. La llamada era del director de Recursos Humanos: lamentaba no tener todavía una secretaria para ella, pero le aseguró que la tendría el lunes siguiente.

Aún no se había sentado en su sillón de piel cuando le entró un wasap.

> **Gary:**
> Estoy mirando unas imágenes que te gustarán.

Ese hombre sabía cómo picar su curiosidad, sonrió Alison. De pie frente al ordenador, abrió el correo por si había alguno urgente.

Ninguno de los que iban apareciendo en la pantalla llevaba la indicación de «máxima prioridad», así que decidió ir al Centro de Control antes de ponerse con la tarea de leerlos y responderlos.

Ni siquiera el último que llegó a la bandeja de entrada, de Samuel L. Grant, le pareció más importante que las misteriosas imágenes que Gary estaba viendo.

¿Qué debía de querer ahora aquel pomposo director de proyectos? El *e-mail* era de las siete y media de la mañana ¡por Dios! Y el asunto: «Observaciones». ¿Sobre qué? No podía ser para reclamarle el informe del día anterior, pues ella se lo envió a las tres en punto de la tarde y él le confirmó enseguida que lo había recibido.

Con el fin de evitar la tentación de leer ese correo tempranero, Alison dejó el móvil en la mesa del despacho y se encaminó hacia el Centro de Control.

Solo unas pocas de las veinticinco pantallas mostraban actividad: el hotel, algunos tramos de la calle principal, el rancho y el interior de los locales públicos, donde se afanaba el equipo de limpieza.

—Buenos días —saludó Alison, alegremente.

Los empleados correspondieron al saludo con menos energía. Salvo Gary.

—¡Buenos y prometedores! Y tu presencia los mejora aún más. Estás guapísima.

—No me has visto hace una hora, cuando me he levantado de la cama —repuso ella.

—Eso tiene fácil arreglo: invítame a pasar la noche contigo, y mañana podré ver si estás guapa o no al levantarte.

—Mm... creo que lo pensaré. Puede que un compañero de cama atractivo y mucho más joven que yo me venga bien para no pensar en que me queda poco para los cuarenta.

—Aún te quedan dos años, Alison —rio Gary—. Y solo tienes seis más que yo. No soy *mucho* más joven —recalcó, y alzó las cejas, expectante—. ¿Te lo pensarás? ¿En serio?

—Claro que no —respondió ella, como siempre que él se le insinuaba. Solía hacerlo, y no era la única con la que tonteaba. Corrían rumores de que se había camelado y beneficiado ya a dos empleadas del hotel—. A ver, ¿dónde están esas imágenes que me van a gustar?

—Ven, no quiero distraer el personal otra vez.

Gary le indicó una silla frente a una pantalla de ordenador en la que a duras penas se distinguía el porche de una casa de Lodge Town y a una pareja junto a la barandilla: la mujer estaba de espaldas a la cámara oculta situada en el tejadillo del porche de enfrente y el hombre, de cara. La imagen fija era muy oscura y Alison no identificó a ninguno de los dos hasta que Gary puso en marcha la grabación.

—¿Son Blake Lewis y Audrey Cox?

—¡Bingo! Tenemos que mejorar las filmaciones nocturnas, lo sé, pero no hay duda de lo que ocurrió anoche en ese porche.

Un beso impresionante.

Alison no podía quitar los ojos de la pantalla. El regocijo que sintió se reflejó en su rostro y en su voz.

—¡Bien! Es genial. Genial.

—No cantes victoria todavía —la desalentó Gary.

Ella miró un instante al coordinador de operaciones y volvió al beso, señalando la pantalla con el índice.

—Ahí hay pasión, mucha pasión. Que no acabaran en la cama no significa nada. Lo harán hoy o cuando estén en Reno otra vez. —Y añadió para sí—: Tendré que mantener contacto con alguno de los dos para enterarme.

—O con la periodista —apuntó el hombre a su lado—, que está dentro de la casa con el otro millonario. Ese par no ha podido esperar. Se les ve llegar juntos y muy acaramelados, y luego los verás salir. Pero antes, fíjate en lo que ocurre entre Blake y la chica de turquesa. Ahora… él le toca una teta…

—Y a ella le encanta —observó Alison.

—Eso parece. En cambio…

De repente, Audrey Cox se alejaba del vecino y bajaba los escalones del porche. Él la seguía y le cortaba el paso, quedando de espaldas a la cámara.

—Pon el sonido, Gary.

—Lo tengo a tope. Hablan muy bajito, el micro de la cámara no lo capta.

—También habrá que afinar los micros.

—Hay límites legales, Alison. La privacidad y todo eso.

—Pero están en la calle, es un espacio público.

—Ella no lo está. Y ahora… —En la imagen, Blake Lewis subía un escalón—, él tampoco. El porche es zona privada. Las cámaras están permitidas porque se consideran cámaras de seguridad, pero el sonido es otra historia.

Lo que Alison vio entonces menguó su regocijo y le extrañó.

—¿Qué ha pasado? ¿Por qué se enfada Audrey?

—No lo sé, pero yo no veo tan claro que se acabe enrollando con el millonario.

—Pues a mí me parece que hacen muy buena pareja. Y nos queda todo el día para que a ella se le pase el enfado. Incluso podemos facilitar la reconciliación.

La carcajada del coordinador de operaciones resonó en la sala.

—¿Qué se te ha ocurrido ahora, Alison? ¿Otro plan de rescate heroico o algo así?

—No. No voy a utilizar otra vez a los apaches. Es más, si Blake insiste en su venganza, dile a nuestro sheriff que lo disuada. Y tampoco puedo usar la Escena 5, hay turistas que aún no han intervenido en ninguna y debemos contentarlos a todos.

—Estoy de acuerdo. Y ya he elegido a dos para el duelo con pistolas que terminará en tiroteo.

—Bien. Lo dejo en tus manos y yo pensaré en algo para mi pareja de Reno.

—Me alucina tu afán de casamentera —manifestó Gary tras apagar la grabación que, en ese momento, mostraba a Dana Thorne y Justin Smith saliendo de la casa—. No me lo esperaba de ti.

—Soy una romántica, ¡qué le voy a hacer! —sonrió ella—. Cuando quieras sentar la cabeza, puedo ayudarte a encontrar una pareja a tu medida.

—No sabes cuánto mido.

—Uno noventa, más o menos, pero no me refería a tu estatura.

Gary le guiñó un ojo.

—Ni yo. ¿Quieres saber cuánto mide mi...?

—¡No! —lo cortó ella, riendo—. Venga, basta de tonterías. Pongámonos a trabajar. —Y se levantó para volver al centro de la sala, donde solía situarse el coordinador de operaciones—. Cuéntame cómo fue ayer por la tarde en la feria.

Tras escuchar la información de Gary y memorizarla, Alison regresó a su despacho, la anotó en un documento nuevo y procedió a abrir el correo. Empezó por el del madrugador señor Grant.

De: Samuel J. Grant
Para: Alison Cooper
Asunto: Observaciones
Enviado el: 2 de julio, 7:28

Estimada Srta. Cooper:

Aprecio el esmero que ha puesto en los dos últimos informes diarios, pero le agradecería que los dos que quedan de esta semana de estancia en el Salvaje Oeste fuesen menos extensos y detallados.

Por otra parte, considero muy poco profesional el entusiasmo que detecto en dichos informes por las relaciones íntimas fehacientes y las que están en ciernes. Los asuntos personales y sentimentales de los turistas no son de su incumbencia. Limítese a cerciorarse de que vivan aventuras propias de la época y lugar en que se hallan.

Atentamente,

SAMUEL L. GRANT
Director de proyectos

P.D.: Espero que el estado de salud de su secretaria evolucione favorablemente.

El primer párrafo la hizo sonreír de satisfacción. El segundo, le causó tal asombro por el lenguaje redicho que parpadeó varias veces y lo volvió a leer.

¿Relaciones fehacientes y en ciernes?

¡Por Dios! ¿Eso le salía de natural o el hombre había estado buscando las palabras más rimbombantes del diccionario para demostrarle superioridad?

Alison no se achicó, al contrario: se echó a reír por aquella hipereducada reprimenda y le respondió a un nivel similar.

De: Alison Cooper
Para: Samuel J. Grant
Asunto: RE: Observaciones
Enviado el: 2 de julio, 8:45

Estimado Sr. Grant:

Dado que he incluido el informe diario en mis responsabilidades, tal y como usted solicitó, me he esmerado en que fuera completo, ya que siempre me esmero en realizar mi trabajo.

Respecto a los asuntos personales y sentimentales de los turistas, permítame recordarle que el amor está y ha estado siempre presente en cualquier época y lugar, y el Salvaje Oeste no fue una excepción. Por lo tanto, considero que cualquier relación amorosa que pueda surgir entre los turistas sí es de mi incumbencia. También constituye una aventura, aunque de otra clase.

Cordialmente,

ALISON COOPER
Gerente de Odissey Park

P.D.: El estado de salud de mi secretaria va mejorando. Gracias por su interés.

La posdata de Samuel L. Grant le había gustado, era un detalle por su parte.

Clicó en «enviar» y continuó revisando *e-mails*. Al poco, llegó otro del director de proyectos.

De: Samuel J. Grant
Para: Alison Cooper
Asunto: RE: Observaciones
Enviado el: 2 de julio, 8:55

Estimada Srta. Cooper:

Debo insistir en que esa clase de aventuras no son asunto suyo. Tampoco mío, así que le agradecería que las omitiera en el informe de hoy.

En caso de que su deseo de ejercer de casamentera, un oficio totalmente obsoleto, sea incontrolable, le sugiero que elabore una propuesta adecuada a ello y la presente a la junta directiva. Tengo entendido que en el Lejano Oeste eran habituales las caravanas de mujeres en busca de un marido, y esta podría ser una opción a añadir a la oferta vacacional de Odissey Park. De todos modos, le aconsejo que valore si merece la pena invertir tiempo en dicha propuesta, puesto que la mayoría de matrimonios que resultaban de aquellas caravanas adolecían de una gran falta de amor.

Atentamente,

SAMUEL L. GRANT
Director de proyectos

P.D.: Me alegro de que la salud de su secretaria vaya mejorando.

¿Una caravana de mujeres? No sería mala idea, pensó Alison, y comenzó a teclear.

Estimado Sr. Grant:

Acepto su sugerencia y su consejo, aunque mi deseo no sea incontrolable. Controlo perfectamente todos mis deseos. ~~Incluso el de mandarlo a usted a la mierda por pedante, exigente y creerse superior a mí.~~

Necesitaba poner eso para desahogarse. Lo tachó para no olvidarse de borrarlo antes de enviar el *e-mail* y continuó.

Discrepo, sin embargo, en que el oficio de casamentera sea obsoleto. Podría nombrarle algunas, y también a hombres, que se dedican a eso y se ganan muy bien la vida. Pueden llegar a cobrar hasta 250 000 dólares por sus servicios, según leí en un artículo de prensa. Es cierto que no se basan tanto en su intuición como antes, sino que utilizan la tecnología. Y hay empresas de *matchmaking*, que no dejan de ser una agencia matrimonial como las que siempre ha habido. Si le interesa el tema, le buscaré más información.

Y no se preocupe por el informe de hoy, me limitaré a resumirle lo sucedido en las últimas veinticuatro horas en Lodge Town.

Cordialmente,

ALISON COOPER
Gerente de Odissey Park

P.D. ¿Cómo se encuentra el señor Pemberton?

Seguía sin saber nada de aquel accionista y, ya que el señor Grant había mostrado cierta humanidad en la posdata, Alison aprovechó para preguntarle por la salud de su mentor. Preocupada por el anciano, envió el correo electrónico y se quedó con la mirada perdida en la barra de progreso hasta que apareció la indicación de «enviado».

Fue entonces cuando se dio cuenta de que no había eliminado las palabras tachadas.

—¡No! No, no, no, no, no... —repetía, como si así pudiera detener el veloz viaje de aquel *e-mail*—. Por Dios, Alison, ¿qué has hecho?

Se llevó las manos a la cara, tapándosela entera y cerrando los ojos, dominada por la vergüenza y el pánico. El pulso se le aceleraba y ella quería desaparecer de la faz de la tierra.

Después de unos terribles segundos en los que apenas podía respirar, asumió que ya no había remedio para aquel bochornoso error e inspiró hondo para serenarse y poder así, continuar trabajando.

Pensó en enviar otro *e-mail* al señor Grant pidiéndole disculpas, pero decidió que sería mejor esperar su respuesta y ver cómo se había tomado él las insultantes palabras.

No tuvo que esperar mucho. A los diez minutos, mientras intentaba centrarse en la lectura de los siguientes correos, llegó el del director de proyectos.

De: Samuel J. Grant
Para: Alison Cooper
Asunto: RE: Observaciones
Enviado el: 2 de julio, 9:20

Srta. Cooper:

Le agradezco su ofrecimiento, pero no me interesa el tema de las *matchmakers*, puesto que no necesito ninguna. Estoy felizmente casado, a diferencia de usted, por lo que he visto en su ficha de empleado. La he consultado para comprobar su *curriculum*, porque de nuevo me ha dado usted muestras de poca profesionalidad al enviarme un correo con tachaduras. Procure tener más cuidado en los próximos y no se moleste en disculparse. Mi grado de tolerancia respecto a la hipocresía es bajo, y dudo que usted se arrepienta de lo que ha escrito mientras intentaba controlar su deseo de mandarme a la mierda.

Espero el siguiente informe a las tres de la tarde.

Que tenga un excelente día.

SAMUEL L. GRANT
Director de proyectos

El deseo de Alison de fundirse sí fue incontrolable. Por desgracia, convertirse en un charquito de agua y fluidos corporales era tan imposible como rebobinar el tiempo para poder borrar aquella frase fatídica y ofensiva. ¡Qué ironía!, clamó su mente a la vez que una mezcla de gemido y risa amarga brotaba de su garganta: trabajaba en un lugar que organizaba viajes al pasado, aunque fueran falsos, y ella no podía retroceder ni quince minutos en el tiempo.

Releyó la respuesta del señor felizmente casado (¿sería su mujer tan pomposa y seria como él?) y se contuvo de teclear la disculpa que le debía. El hombre tenía razón en que ella no sentía ningún remordimiento por lo que había escrito, solo se arrepentía de habérselo enviado sin querer.

Cerró aquel correo, pero volvió a abrirlo al instante. No había posdata. ¿Grant no se había fijado en la de ella? ¿O simplemente no quería contestar esa pregunta? Fuera lo que fuese, Alison continuaba sin saber nada del señor Pemberton. Qué raro.

Tan raro como el final abrupto de aquel beso apasionado entre Blake Lewis y la amiga de la periodista. ¿Qué le había molestado a esa chica?

Buscó los formularios que ambos habían rellenado y los leyó de cabo a rabo. Realmente tenían muy poco en común. La pareja que ella había visualizado con tanta claridad no parecía posible. Sin embargo, uno de los datos de Audrey Cox le dio una idea.

Marcó en el teléfono interior la extensión de Gary.

—Hola, Alison. ¿Ya me echas de menos?

—Echo de menos tu sala. Ojalá me hubiera quedado ahí toda la mañana.

—¿Por qué? ¿Qué te ha pasado? Te noto apagada.

—Ya te lo contaré en otro momento. Ahora, escucha. Se me ha ocurrido algo para que a Audrey se le olvide el enfado de anoche con Blake.

35

Cuando Audrey se despertó la mañana del viernes y vio la cantidad de luz que entraba por la ventana, así como la cama vacía y deshecha de Dana, supo que eran más de las nueve. Se incorporó de inmediato, pero volvió a tumbarse. No tenía ninguna prisa por empezar el último día en Lodge Town. No había actividades programadas ni planes concretos que ellas dos hubieran hecho.

Y continuaba cabreada con Blake. Por su culpa se había pasado horas con los ojos abiertos —más horas de lo habitual—, la mente ocupada y unas ganas tremendas de masturbarse. La noche anterior, disgustada por el fracaso de la estrategia de susurrarle al oído sordo la respuesta a su pregunta, rechazó acostarse con él alegando que se había enfriado.

Y era cierto.

Sin embargo, cuando el disgusto fue remitiendo y dando paso a otras emociones (ira, incomprensión, impaciencia y frustración), su cuerpo recuperó las sensaciones que las manos y la boca de aquel hombre le habían provocado. Notar la presión de una firme y considerable erección en la parte baja del vientre había contribuido a intensificarlas, y todas confluían en un deseo brutal y desesperado que no lograba apagar ni siquiera imaginando que Blake tenía unos pies horrendos.

Había desperdiciado la oportunidad de vérselos. Por cabezota.

Y de vivir una experiencia de enajenada pasión y entrega total que, sin duda, habría sido maravillosa e inolvidable.

Tal vez fuese mejor así, se dijo Audrey, porque para él sería solo una noche de sexo, el fin de su abstinencia de cuatro meses. Y luego, cuando regresaran a Reno, ¿qué clase de relación tendrían? Ella no podría convertirse en su follamiga ni continuar siendo simplemente su vecina.

Tampoco se imaginaba haciendo el papel de amiga a secas mientras su corazón latía de amor por él.

Ainsss... Qué desastre. ¿Por qué se había enamorado de su ruidoso vecino?

Tenía que dejar de pensar en Blake, levantarse de la cama y ponerse en marcha. La esperaba un día fantástico, ¡el último en el Salvaje Oeste! Por fin volvería a la civilización, a la tecnología, a la comodidad...

A los cuartos de baño. Era lo que más añoraba. Sonaba raro, pero era la verdad: añoraba poder sentarse en un váter de porcelana con tapa y cisterna cuando quisiera. Menos mal que debía de haber algún sistema moderno de cloacas, porque ni Dana ni ella habían limpiado una sola vez aquel oscuro agujero y, sin embargo, los deshechos no se acumulaban.

Animada con la perspectiva de que solamente le quedaba un día y medio de letrina, puso los pies en el suelo, se aseó en el aguamanil y se vistió con brío para salir a hacer sus necesidades. Al pasar por la salita, casi corriendo, Dana la saludó:

—¡Buenos días, dormilona! Tienes el desayuno en la mesa. He preparado yo las tortitas.

—Vale. ¡Vuelvo enseguida!

Iba cogiendo práctica con eso de bregar con las faldas para que no se mancharan. Y había puesto toallitas y un frasco de agua de rosas con unos palitos de ratán dentro, a modo de mikado, para perfumar aquel espacio que alguien de la organización debía de limpiar a diario. No sabía cuándo ni cómo, pero no iba a preguntar, por si le ofrecían enseñarle la técnica.

En cuanto se sentó frente a las tortitas, su amiga la acorraló.

—Bueno, ¿me vas a contar qué os pasó anoche a Blake y a ti? Porque ayer te escaqueaste vilmente de contármelo. Y después de ese besazo que vimos…

—¿Lo visteis? —se extrañó Audrey—. Pero si estabais en pleno dale que te pego. Por cierto, sois muy escandalosos. Creo que se enteró todo el pueblo.

Dana se echó a reír. Luego, apoyó el trasero en la encimera de la cocina, se cruzó de brazos y alegó:

—Queríamos que os enterarais vosotros, para ver si…

—¿Perdona? —la cortó ella—. ¿Lo hicisteis adrede?

—Ni siquiera follábamos, solo lo fingíamos. Ya habíamos probado las esposas en la habitación, y fue divertido, pero no mucho más. Ni fuegos artificiales ni orgasmo inolvidable. Y, cuando Justin ya se iba, os vimos por la ventana a Blake y a ti, sentados en el banco tan juntitos que a él se le ocurrió provocaros para ver si os enrollabais.

Atónita, Audrey se apoyó despacio en el respaldo de la silla. Aún no había tocado las tortitas.

—¿Hablas en serio? ¿No estabais…? —Su amiga se lo confirmó negando con la cabeza y una sonrisa en la cara. Audrey no le veía la gracia por ninguna parte—. Pues qué mala leche tuvisteis.

—¡Anda ya! Si os encantó. Os dio un arrebato de pasión espectacular. A los dos. Lo que no entendimos fue por qué duró tan poco. ¿Blake se pasó de la raya? ¿Por eso lo dejaste plantado? Sé que a ti no te va eso de «aquí te pillo, aquí te mato».

—No, él no se pasó. Fui yo quien lo animó porque… —Porque estaba enamorada de ese hombre, porque ninguno le había hecho perder el mundo de vista con un beso, como hacía Blake—. Porque me puso a tono y él parecía contenerse. ¿Nos estabais mirando por la ventana?

—Esas cortinas de ganchillo y tela no tapan mucho. Y nos pusimos a un lado para poder apartarnos enseguida, si os dabais la vuelta, y que no nos pillarais. Pero estabais tan enfrascados con lo vuestro que podríamos haberla abierto de par en par y ni os hubierais enterado. Bueno, entonces, ¿fue Blake el que no quiso seguir y por eso te enfadaste?

—Más o menos. —Y Audrey le contó la gran idea que tuvo de repente para que él le confesara que era sordo de un oído—. Prefirió callar a acostarse conmigo. Está claro que no le gusto demasiado.

—Uy, uy, uyyy… ¿Y esa cara de fastidio? ¿Tan importante es para ti, gustarle a tu ruidoso y atractivo vecino? —le preguntó Dana con un retintín suspicaz.

—Es importante que confíe en mí —respondió ella, y atacó las tortitas para disimular y que su amiga no notara que le ocultaba parte de la verdad.

El silencio que siguió fue tan largo que a Audrey le dio tiempo a untar una tortita con mermelada y comérsela entera. Se sentía observada por Dana, pero no alzó la vista del plato para comprobarlo. Tampoco cuando la oyó preguntarle:

—¿Puedo saber lo que le susurraste al oído? ¿El motivo que le diste para haberle besado?

«Porque me he enamorado de ti».

Eso le había dicho a Blake. Y se habría arriesgado a repetírselo, si él le hubiera confesado que no había oído nada porque no podía. Se habría arriesgado a exponer su corazón para que él lo rechazara. Y para que supiera que ella no se acostaba con cualquiera que la besara como los ángeles. Aunque el beso del porche tenía más de diablo ávido de lujuria que de tierno angelito, se dijo, recordando el momento.

Unos golpes en la puerta interrumpieron el recuerdo y la libraron de responder a Dana, que fue a abrir.

A Audrey le sonó de algo la voz femenina que preguntó por ella.

—Hola, ¿puedo hablar con Audrey? Se aloja aquí, ¿verdad?

—Sí. Está desayunando. Entra —invitó Dana a la mujer.

Con ese aspecto de elegante dama del Oeste, le costó reconocer a la inesperada visitante, pero esa voz, el caminar seductor y la belleza de aquel rostro generosamente maquillado le dieron buenas pistas.

—¿Lila?

—¡Sorpresa! —exclamó la bailarina y *madame* del *saloon* de Lodge Town—. ¿A que no esperabas verme por aquí?

—Para nada. —Audrey se levantó y, tras las presentaciones correspondientes, le ofreció desayuno—. ¿Quieres un café? ¿Tortitas con mermelada?

—No, gracias. Vengo a pedirte un favor.

—¿A mí?

—Sí, a ti. Wyatt me comentó que eres bailarina, y resulta que una de mis chicas se ha puesto mala. No es grave, algo intestinal, pero no podrá actuar esta noche. Y he pensado que tú podrías sustituirla.

—¿Yo?

—Tú, sí. Solo en los números de cancán. No voy a pedirte que te pasees entre los *cowboys*, meneando las caderas y ofreciéndoles un polvo, claro está. Aunque si te apetece, no te impediré que te ganes un dinerillo. Por bailar no puedo pagarte, lo siento, pero tendrás bebida y comida gratis todo el día.

—Todo el día —repitió Audrey, estupefacta ante la propuesta de Lila.

—Desde que entres en el *saloon*, que sería dentro de una hora, más o menos. Sobre las once. Tendrás que ensayar con las demás chicas, probarte el vestido... Lo arreglaremos para que te quede perfecto. El ensayo es a las doce. Luego, pararemos para comer y continuaremos por la tarde hasta que te salga como si llevaras años bailando cada noche en el *saloon*. ¿Qué? ¿Te atreves?

—No sé, esto es...

Dana, entusiasmada, intervino para convencerla.

—¡Es fantástico, Audrey! La mejor oportunidad que tendrás para ver el *saloon* por dentro, como tú querías. Y no solo la parte del bar, sino también la planta de arriba, las habitaciones donde... —Se frenó y se dirigió a Lila—. ¿Podrá ver las habitaciones?

—Y utilizar una, si quiere —confirmó la mujer—. Acabo de decírselo. Incluso dejaré que elija la que más le guste. —Y le preguntó a ella—: ¿No hay ningún fornido *cowboy* en el pueblo al que te apetezca tirarte?

Pues, dicho así, en plan burdo, como si solo quisiera sexo, no, pero... Las neuronas de Audrey conectaron con rapidez y formaron una imagen en su mente que la impulsó a decidir.

—Lila, cuenta conmigo para el cancán. Lo del *cowboy*, ya me lo pensaré. Puede que sí te pida una habitación esta noche.

36

Blake fue el primero en abandonar el comedor del hotel después de la cena de despedida del viaje. La periodista se había unido a ellos tres en la mesa, ya que Audrey cenaba en el *saloon* con las bailarinas y demás chicas que trabajaban allí.

Llevaba horas imaginando a su vecina en el pequeño escenario de aquel recinto, moviéndose al ritmo de la alegre melodía del cancán, alzando aquellas piernas largas y torneadas mientras brincaba y lanzaba grititos eufóricos. Llevaría uno de aquellos vestidos provocadores que se ceñían al cuerpo como un rígido corsé antiguo y dejaban tanta piel a la vista.

Tanta en comparación con lo que podía verse en Lodge Town, claro, no en la mayoría de lugares casi ciento cincuenta años después.

Podría haber saboreado aquella piel la noche anterior si él no fuera tan susceptible con el tema del dinero. ¿Qué más daba que ella hubiera cambiado de actitud al saber que era millonario?

El anhelo con el que se acostó la noche anterior apenas había disminuido en todo el día. Una ducha fría por la mañana y un baño en la poza por la tarde habían aplacado el deseo físico, pero no la presión que sentía en el pecho ni el run-run continuo en la cabeza, que no paraba de elucubrar sobre aquella respuesta que no pudo oír. Y aunque le quedaban dos preguntas para saldar la deuda que Audrey había contraído con él, no sabía cómo formularlas para que ella le repitiera lo que le susurró.

Tampoco sabía si podría continuar con ese juego aparentemente tonto del toma y daca de preguntas, ya que su desconcertante vecina se había «enfriado» y, tal vez, ese nuevo cambio de actitud durara hasta el fin de aquel viaje en el tiempo. A media mañana, cuando Dana les informó de la visita de Lila y del favor que le había pedido a Audrey, Blake supo que ahí tenía una buena ocasión para comprobar si el enfriamiento de su vecina persistía.

Y allí estaba, sentado a una mesa de primera fila en el *saloon*, ansioso por ver el espectáculo que daría comienzo en diez minutos. Apuró la cerveza que había pedido al llegar y pidió otra. Lila se la sirvió cuando Ryan, con una sonrisa de oreja a oreja, se aposentaba junto a él.

—Qué callado te lo tenías, cabrón.

—¿El qué?

—Que te gusta la vecinita.

—¿De dónde has sacado eso? —disimuló Blake, temiendo que Justin se hubiera ido de la lengua.

—A ver, tío, te has ido pitando del hotel y ahora sé por qué: para pillar un asiento en primera fila. Y, como has visto tres veces el espectáculo y ninguna te ha impresionado, me pregunto: ¿qué haces aquí, pegado al escenario, si no es para ver a Audrey?

Vale, sí, su hermano tenía razón. La deducción era lógica, pero él inventó otro motivo para estar ahí.

—Habría venido igualmente, aunque ella no bailara esta noche. Para observar. Me estoy planteando montar algo parecido en el casino de papá.

—¿Un espectáculo de cancán?

—Y más bailes, algún número de magia... No sé, solo es una idea. Muchos hoteles de Las Vegas tienen uno, y el nuestro no. No quiero nada tan fastuoso como el del Bellami o el del Mandalay Bay, sino algo más sencillo y con clase.

—Me gusta la idea. Y me pido la elección de las chicas —manifestó, alzando las cejas repetidamente y con rapidez—. ¿Quieres que hable con papá?

—No —respondió Blake de inmediato. Solo era una excusa para despistar a su hermano—. Ya lo haré yo cuando lo tenga más claro.

A Ryan casi se le salieron los ojos de las cuencas.

—¿Vas a claudicar? ¿Te casarás con Melissa?

—Jamás.

—Entonces, ¿cómo vas a proponerle tu idea, si no os dirigís la palabra? Una idea que, además, requiere una inversión.

—Ya pensaré en alguna manera de negociar con él.

—Tú sueñas, tío —rio el hermano—. Es casi imposible negociar con papá. Oye, volviendo a Audrey... —Se puso serio y lo miró con una extraña mezcla de cariño y terror—. Sabes que tendrás que decírselo. Lo de tu oído. Si la vecina te gusta de verdad y quieres salir con ella...

El piano comenzó a sonar con la alegre tonadilla que anunciaba el inicio del espectáculo, y Blake dio gracias a Dios por la interrupción. Hizo callar a su hermano y fijó la vista en el escenario mientras intentaba ignorar el latido acelerado de su corazón. La jubilosa salida de las bailarinas al escenario, agitando de lado a lado sus faldas levantadas hasta los hombros, lo aceleró aún más.

Localizó enseguida las piernas de Audrey entre los seis pares que se alinearon delante de él, enfundados en unas medias de rejilla rematadas por ligueros rojos con volantitos. Era el segundo par empezando por la izquierda y saltaba y danzaba con la misma soltura que el resto, pero con una elegancia que destacaba por encima de las demás.

A Blake se le hizo la boca agua y no tardó en ponerse a fantasear con aquellas piernas que se alzaban alternativamente, con los pechos que asomaban por el borde del corpiño y con el culito en pompa que quedaba a pocos metros de sus ojos al final de cada número.

Al cuarto baile, ya la tenía tan firme que hasta le dolía. Afortunadamente era el último, pensó, removiéndose en la silla para que no le apretaran tanto los pantalones.

Aplaudió a rabiar cuando sonó la nota final y Audrey se abrió de piernas por completo en el suelo, con un *spagat* frontal perfecto de ciento ochenta grados. La flexibilidad de esa mujer lo incitaba a imaginar mil maneras de hacerle el amor y otras tantas de excitarla hasta que se corriera en su boca.

Vale, quizá exageraba, pero aquella apertura se le antojaba de lo más incitadora.

Siempre que terminaba el espectáculo, tres de las seis bailarinas bajaban del escenario y se paseaban entre las mesas con andares insinuantes, a la caza de algún turista que buscara sexo de pago. Las otras tres desaparecían tras la cortinilla por la que habían salido a la tarima. Blake dio por sentado que su vecina se uniría a las tres últimas para cambiarse de ropa y regresar al alojamiento. Como mucho, les saludaría con la mano a Ryan y a él, sin bajar del escenario.

Sin embargo, su sorpresa fue mayúscula cuando la vio unirse a las tres primeras, una de las cuales fue directa hacia Ryan. Si mal no recordaba, era la misma con la que su hermano se había acostado la primera noche que fueron al *saloon*.

No pudo apartar la mirada de Audrey —aunque la observara con disimulo— ni evitar que los celos le retorcieran las entrañas. Se aferró a la jarra de cerveza a fin de contener las ganas de levantarse y llevarse a su vecina de aquel local antes de que ella se llevara a algún *cowboy* a la planta de arriba.

Vio que uno intentaba meterle mano por debajo de la falda, pero ella lo esquivó, se inclinó hacia el hombre y le dijo algo; el vaquero le guiñó un ojo y sonrió. Desde otra mesa, dos tipos la piropearon y le ofrecieron compañía; la vecina les lanzó un beso y se encaminó hacia la barra, concretamente hacia Lila, que estaba apoyada en un extremo.

Blake se volvió de espaldas a la barra y apuró su cerveza con la intención de ir a pedir otra y, de paso, abordar a Audrey. Si buscaba un *cowboy* disponible, bien podía elegirlo a él, ¿no? Como la noche anterior. La pasión entre ellos había sido breve, pero intensa y explosiva, sin lugar a dudas.

Una súbita carcajada de su hermano y la risa aguda de la bailarina con la que flirteaba atacaron su oído bueno, despistándole un momento. Ryan se puso en pie y se despidió de él; la chica también. Sobraban las explicaciones.

Blake respiró hondo para armarse de valor y dirigirse hacia la barra.

«Venga, vaquero, tú puedes. Y si ella te rechaza otra vez...»

—Hola, Blake.

Era ella. Audrey. Aunque su voz sonara extrañamente seductora y aterciopelada, el par de piernas a su lado resultaba inconfundible para él. Se volvió hacia su vecina, forzando una sonrisa con el fin de aparentar tranquilidad.

—Hola. Felicidades. Por el baile. Has estado... —Se aturullaba. Las palabras le salían a golpes—. Muy bien.

—¿Solo muy bien? Según Lila, he estado magnífica —presumió ella, con orgullo.

—Sí. Magnífica. Cierto.

Y, si ya le costaba formar una frase completa, la dificultad aumentó cuando Audrey se sentó en su regazo, le quitó el *stetson*, dejándolo sobre la mesa, y comenzó a toquetearle el pelo como si le fascinara. La voz femenina volvió a sonar seductora.

—Creo que tú y yo tenemos un asunto pendiente, Blake.

—¿Sí?

—Anoche... nos quedamos a medias, ¿recuerdas?

¿Cómo iba a olvidarlo? Aunque en ese momento había olvidado hasta los monosílabos más básicos.

—Hm-hm.

—¿Te apetece retomarlo donde lo dejamos?

Blake tragó saliva. La respuesta tenía que ser evidente para su vecina, ya que estaba aposentada sobre su erección. Era imposible que no la notara en el trasero. Él consiguió articular dos sílabas.

—Mucho.

—Estupendo. —La sonrisa de Audrey era triunfal y algo petulante—. Porque arriba hay una habitación que nos está esperando. ¿Vamos?

—Claro —pronunció Blake a media voz.

No se lo podía creer: iba a hacer el amor con la mujer que le robaba el habla, con la que ocupaba sus pensamientos día y noche, con la que tanto había fantaseado...

Con la mujer de la que se había enamorado hasta las trancas.

Ya no le importaba lo más mínimo si el nuevo cambio de actitud de Audrey (otro más) tenía algo que ver con la fortuna de los Lewis. Lo único que le importaba era estar con ella para poder amarla, venerarla y tratar de conquistarla, de que correspondiera a lo que él sentía muy dentro de sí y que jamás había sentido por nadie. O quizá por Melissa, pero ya no lo recordaba.

Una chispa de esperanza prendió en su alma cuando Audrey, ya de pie, le tendió la mano. Él la aceptó, conmovido por ese gesto tan simple y, a la vez, tan cargado de significado. Quizá para ella significara únicamente un «ven conmigo, sé el camino, no vayas a perderte», pero para Blake significaba mucho más.

La siguió escaleras arriba al ritmo pausado que ella marcaba y que no se acompasaba con la melodía que tocaba ahora el pianista, más acorde con su pulso desbocado. La música se alejaba a medida que ellos avanzaban por un pasillo con puertas a ambos lados y escasamente iluminado. Si se oían jadeos provenientes de las habitaciones tras las puertas, Blake no se enteró. Solo prestaba atención a la mujer que lo guiaba, sin soltarle la mano, hacia la que estaba libre y aguardándolos a ellos.

En cuanto entraron, Blake cerró a ciegas y apresó el cuerpo de Audrey, pegándolo al suyo. La avidez por besar aquella dulce boca y todo lo que le ella le permitiera besar lo consumía.

Pero la vecina no le permitió ni un roce de labios.

—Espera, no hay prisa, Blake. —Se zafó de él, retrocedió un paso y su mirada descendió hasta el cinturón de cuero—. Detesto las armas. ¿Podrías quitarse eso, por favor?

—Voy.

El habla no mejoraba, lamentó Blake mientras se desabrochaba el cinto del que colgaban las pistoleras con los dos revólveres. Iba a dejarlo sobre el tocador que había a su derecha, pero Audrey le tendió la mano otra vez.

—Dame, lo pondré sobre la silla. —Señaló una junto a la ventana frente a la puerta y ya de espaldas a él, añadió—: Cuanto más lejos mejor. Sé que estas armas no son peligrosas, pero...

Blake vio cómo su prudente vecina sacaba una de aquellas armas de la funda. ¿Por qué, si tanto las detestaba? No le dio tiempo a pensar en un solo motivo. De repente, aquel revólver apuntaba hacia él, a dos metros de distancia y agarrado con fuerza por las dos manos de Audrey, cuya expresión beligerante no mostraba el más mínimo rastro de seducción.

37

Los ensayos, el escenario, el baile y los aplausos del público habían infundido a Audrey una energía que llevaba años sin sentir. Y aquel vestido descocado la desinhibía del mismo modo que suele hacerlo un disfraz de carnaval. Por eso, cuando terminó la actuación, decidió que a Blake se le había acabado el tiempo. Lo obligaría a confesar esa noche.

Tentarlo con la promesa de sexo había sido más fácil de lo que esperaba.

Birlarle el revólver y apuntarle con él, también.

Hasta ella se sorprendía de que no le temblaran las manos, aunque el arma no estuviera cargada con balas de pólvora. Y, habiendo practicado ya con el rifle, la pistola que sujetaba le parecía un juguete.

Al hombre que tenía frente a ella probablemente también se lo parecía, ya que en su rostro solo había desconcierto. Nada de miedo a resultar herido, obviamente, ni de respeto por el cañón del arma que apuntaba a su pecho.

—Audrey, ¿qué... qué haces?

Balbuceaba, pero le sonreía como si se burlara de ella.

—¿Es tu tercera pregunta, Blake?

—¿Qué?

—¿No me oyes bien? ¿También quieres que te lo repita, como anoche? —La sonrisa burlona desapareció y la mirada del vecino se dulcificó. Entonces, fue ella la que sonrió. Triunfal. Ya podía oler la victoria—. Por una vez, has sido tú el que ha malinterpretado una proposición. No te estaba ofreciendo sexo, Blake. Anoche, también dejamos a medias nuestro juego de preguntas, ¿recuerdas?

—Sí, pero... —Una comisura de la boca masculina se elevó. La expresión de él volvía a adquirir aires de mofa—. No hace falta que me amenaces con dispararme para jugar a eso. Y menos, cuando no hay una amenaza real.

—De agujerear tu cuerpo escultural no, pero tu hermano dijo que los balines dolían, según en qué parte impactaran.

Una risita condescendiente precedió a la réplica de Blake.

—Muy poco, Audrey.

—Eso depende de la zona en que te dé el balín —reiteró ella, y apuntó a la abultada entrepierna del hombre—. Creo que ahí te dolería bastante.

Blake retrocedió un paso de inmediato, aunque fue un acto reflejo, ya que no mostró ningún temor al expresar:

—Con tu puntería y a la distancia a la que estás, dudo que me dieras ahí.

—¿Lo probamos?

—¡No! —saltó él y, en otro acto reflejo, se protegió los huevos con las manos. Dejó de sonreír—. Vale, lo entiendo. No quieres sexo conmigo, quieres preguntas.

—Una. Solo te queda una —recalcó ella, volviendo a apuntar al ancho pectoral.

Blake desprotegió sus partes.

—De acuerdo, una. Y deduzco que esperas alguna en concreto, o no seguirías amenazándome. ¿Qué quieres que te pregunte, Audrey? Dame una pista, por favor, porque no tengo ni idea.

—Bien, acabas de hacer tu cuarta pregunta —afirmó ella, victoriosa. La deuda estaba saldada—. Y mi respuesta es: nada. Lo que quiero es que me digas la verdad de una puñetera vez. La razón principal por la que me besaste aquella noche en la cocina. Y no me vengas otra vez con que te gusta mi boca ni con tus cuatro meses sin mojar.

Por un momento, el rostro del vecino demudó en una expresión de angustia. Luego, una máscara de dureza ocultó el tormento que Audrey sabía que le causaba hablar de su nimio problema auditivo.

—No sé a qué te refieres.

—Oh, claro que lo sabes. Y si quieres aprovechar esta habitación para algo más que para hablar, vas a decírmelo. Y no tardes, que se me cansan los brazos.

—Pues suelta el revólver. No te servirá de nada.

—Muy bien, lo suelto. —Lo dejó en la silla y se plantó, con los brazos en jarras, frente a Blake, cuya expresión pétrea y postura rígida le daban un aire de rudo pistolero del Salvaje Oeste. Y estaba guapo a morir—. Ahora te toca a ti. Habla.

Unos segundos de silencio. Él continuó impasible, incluso cuando declaró:

—Te besé porque me gustas. Toda tú. No solo tu boca.

Audrey no esperaba esa respuesta. A pesar del tono duro con que la pronunció, le encantó y se le infiltró en el corazón, que empezó a latir más rápido y más fuerte. Sin embargo, superada la sorpresa, surgió el recelo. ¿Le mentiría Blake hasta tal punto? Había una forma de averiguarlo.

—Te propongo un trato: júrame que no había ninguna otra razón para aquel beso y yo te repetiré la mía para el de anoche, tal y como me pediste.

En la máscara hierática de Blake se abrió una grieta por la que asomó un destello de anhelante interés. La mirada fría se tornó angustiosa y el cuerpo masculino se tensó aún más. Audrey supo que estaba a punto de ganar esa batalla y, a fin de no perder terreno, acortó la distancia que los separaba.

—¿Aceptas el trato o no?

—Lo acepto. Y no, no puedo jurarte que no había otra razón.

—¡Por fin! —exclamó ella, alzando los brazos y la mirada al cielo. Sonriente, le preguntó—. ¿Cuál es la otra razón?

El pistolero regresó, ahora en plan vacilón.

—Decírtela no formaba parte del trato, Audrey. Cumple tú primero la tuya y después, ya veremos…

—¡Joder, Blake! —explotó Audrey, perdiendo la paciencia—. Si yo confieso, tú también.

—¿Confesar? ¿Qué tienes que confesar? —inquirió, suspicaz.

—Pues lo que te dije ayer al oído y me negué a repetir, ¿qué va a ser?

—Se supone que ya lo oí, por lo tanto, ahora, no sería una confesión. Confesar implica revelar algo que otro no sabe.

—Vale, me he expresado mal —adujo ella, para salir del paso.

La mirada escrutadora del pistolero se endurecía y ella estaba muy nerviosa. Iba a perder los papeles en cualquier momento. Las ganas de agarrar a Blake del chaleco y zarandearlo aumentaban a cada segundo que pasaba.

—No, no te has expresado mal —adivinó él, tras un inquietante silencio. En su rostro se reflejó cierto temor y sus ojos no podían estar más abiertos cuando afirmó—: Lo sabes. Sabes que soy sordo de un oído. Del izquierdo. ¿Desde cuándo?

—¿Qué más da?

—¿Me viste el audífono en Reno?

—No, Blake, y no importa…

—El día que fuimos al rancho lo sabías —afirmó Blake sin escucharla—. Cuando te quejaste de que ponía la música muy alta me dijiste: «ni que fueras sordo».

—Te lo dije precisamente porque no tenía ni idea de que lo fueras. Y te pido perdón, sé que te sentó fatal. He querido disculparme desde que me enteré, pero…

—¿Cómo? ¿Cómo lo supiste, Audrey?

—No importa cómo lo supe ni cuándo —insistió ella—. Lo que importa es que por fin me lo has dicho. Me habría gustado que confiaras en mí mucho antes porque… —La confesión que le tocaba hacer a ella se le trabó en la garganta. El pulso le retumbaba en las sientes y parecía que el corazón se le fuera a salir del pecho. Se abrazó a sí misma para retenerlo y controlar los nervios, para aparentar calma y naturalidad cuando cumpliera su parte del trato.

—¿Por qué, Audrey?

Ella inspiró profundamente y lo soltó.

—Porque me he enamorado de ti. Esa es la razón por la que anoche...

—¿Qué has dicho? —la cortó Blake con cara de incredulidad.

—Que esa es la razón por la que anoche te besé como una loca desesperada. Eso es lo que te susurré al oído: que me he enamorado de ti.

38

Blake pensó que iba a desmayarse. Todo su interior temblaba como si fuera a toda leche en bicicleta por una calle adoquinada.

Audrey estaba enamorada él.

Echó una mirada a la cama, pero no era sexo lo que tenía en mente en ese preciso momento sino sentarse antes de que las piernas se le doblaran y cayera de rodillas frente a la mujer que, al parecer, correspondía a sus sentimientos.

Se resistía a creer que fuera cierto. Sin embargo, aquellos ojazos que lo miraban fijamente y brillaban como si estuvieran a punto de inundarse de lágrimas, no mentían. Le sacudían el alma, llenándola de una calidez inusitada ante la que no sabía cómo reaccionar.

Debería revelarle que él también estaba enamorado de ella, pero aquel punto de desconfianza que le acechaba tan a menudo y que había decidido ignorar se sublevó y puso en su boca la pregunta crucial:

—¿Desde cuándo?

—Yo qué sé. No sé desde qué día exacto, Blake —respondió ella, encogiéndose de hombros y en tono de hartazgo—. ¿Cómo se puede saber eso? A lo mejor, fue la noche en que me besaste en la cocina o cuando me curaste el rasguño de la espalda de una manera que... Bueno, fuiste muy tierno y... Y luego, tu empeño en vengarte de unos apaches que solo son actores...

Ella exhaló una especie de risa corta al tiempo que sus pupilas rotaban y se anclaban en la comisura derecha de los ojos, como si estuvieran viendo aquella escena en la pantalla de la memoria.

Blake no necesitó más. Todos esos momentos que Audrey citaba eran anteriores al baile de la feria, cuando él le habló de la discusión con su padre y le mencionó que poseían una fortuna.

Incapaz de contenerse ni un segundo más, apresó a la mujer entre sus brazos y la besó. Con desesperación, sediento de amor, de la embriaguez que le causaba el sabor de aquella boca que conocía tan bien. Ella calmó su sed a la vez que le provocaba más, respondiendo con ansia delirante a la invasión de su lengua y atrapándolo en una vorágine de pasión que superaba la de la noche anterior.

El anhelo de acariciar la piel desnuda de Audrey lo consumía, pero aquel vestido de cancán, tan ceñido al cuerpo y abrochado a la espalda con un montón de minúsculos botones se le antojó un calvario. Se dijo que ya pasaría luego por él y llevó las manos a los muslos femeninos, a la parte descubierta entre el liguero y el borde de la tela que cubría el lugar más íntimo de la mujer. Recorrió los torneados muslos, memorizando su tacto y acercándose peligrosamente al triángulo entre ellos, donde la calidez de la piel se transformaba en ardor. Ansiaba quemarse con ese fuego.

Introdujo los dedos bajo el borde de aquella especie de braguitas y abarcó el trasero que escondían, lo amoldó a sus palmas y presionó a la vez que adelantaba la pelvis y hundía su erección en el límite de la zona ardiente y el vientre femenino. Ella gimió, se puso de puntillas y encajó la ingle en la abultada entrepierna de él, contoneándose de tal manera que Blake no lo resistió más.

La cama se hallaba a unos metros.

La puerta, a pocos pasos.

Y aunque sabía que hacerlo de pie y con prisas no era muy romántico, pensó que ya repetirían después con más calma.

Alzó a su amada vecina, que se ancló a él rodeándole la cintura con las piernas, y la llevó hasta la puerta.

—Blake...

—Baja un momento, preciosa, o no podré desabrocharme los pantalones.

—Yo no puedo desabrocharme el vestido, no llego a todos los botones.

Él le dio un beso rápido en los labios.

—Luego te ayudo. Baja, por favor.

—¿Vamos a hacerlo dos veces? —puso en duda la vecina.

—Todas las que pueda hasta que nos echen de esta habitación. Si tú quieres, claro.

Audrey sonrió con picardía.

—Lila me ha dicho que podemos usarla toda la noche.

—Genial. ¿Puedes bajar ja?

—Sí, perdona.

Ella bajó, él se apresuró a desabrocharse los pantalones y la oyó decir:

—Peso mucho. ¿No sería mejor hacerlo en la cama? No sé si podrás...

Blake silenció aquella boca parlanchina metiéndole la lengua dentro con un deseo irrefrenable. Las manos femeninas le quitaron el chaleco y quisieron continuar con la camisa, pero él las sujetó y las sostuvo por encima de la cabeza de la mujer, pegadas a la puerta, mientras besaba aquel largo cuello de bailarina en toda la superficie que alcanzaban sus labios. La respiración acelerada que percibía lo apremió a continuar hacia el escote, directo a los montículos que sobresalían del vestido. Mordisqueó la turgente carne al tiempo que llevaba una mano al triángulo ardiente y lo frotaba sin miramientos. La tela estaba húmeda.

—Blake, si... Oh, Dios. —Un jadeo—. Si-sigo pensando que peso mucho, que no podrás...

Y él le demostró que podía. Le soltó las manos, le bajó las bragas y la alzó de nuevo por las nalgas, encajando la punta del pene en la entrada abierta de la mujer. Ella lo miró con asombro y una chispa de temor, y Blake se frenó, escudriñando en aquella mirada que lo coartaba.

—Audrey, te necesito ya, pero si no te gusta así...

—Oh, sí. Sí me gusta. Supongo. Nunca lo había hecho así.

El deseo de Blake creció a la par que el amor inmenso, tierno y dulce que sentía por esa mujer, y sus labios se curvaron lentamente en una sonrisa de plácida dicha.

—Pues me alegra que esta sea tu primera vez.

Y, de una embestida se internó en el pasaje secreto que lo conduciría al lugar donde el mundo se pierde de vista, donde no existe más que la persona que te compaña si estás enamorado de ella.

Y Blake lo estaba de Audrey.

Perdidamente enamorado.

Por eso, a pesar de que podría correrse en un minuto, se obligó a ir despacio. Permaneció quieto unos segundos y volvió a besar aquella boca invitadora mientras salía y entraba de nuevo en la mujer, sin prisa pero con fuerza. Cada embate era un gemido, un jadeo, un sonido gutural femenino que lo excitaba aún más. La carne que envolvía su miembro comenzó a palpitar y los dedos de Blake presionaron las nalgas femeninas, abriendo y cerrando, estimulando el deseo de ella. El cuerpo que sujetaba contra la puerta se agitó, exigiendo un ritmo más rápido. Blake lo siguió encantado y lo aumentó a su vez.

Un torbellino de pasión se apoderó de él, y reclamó la boca de Audrey para poseerla con el mismo ímpetu con que la empalaba. Gotas de sudor le resbalaban por las sienes, su lengua batallaba con la que salía a su encuentro alocadamente y en sus labios vibró un sollozo de la mujer que estaba a punto de alcanzar el clímax. Con el dedo corazón, Blake acarició la hendidura del trasero que aferraba, extendiendo el cálido fluido previo al orgasmo por todo lo largo de aquel camino interrumpido solo por el diminuto orificio anal. Y allí detuvo el recorrido. Posó la yema húmeda del dedo en la pequeña y tensa abertura, que se contrajo al instante, y presionó ligeramente.

Audrey gritó, lo abrazó con más fuerza y él volvió a presionar. Con el segundo grito, ella alcanzó el placer máximo y Blake empujó una vez más, hundiéndose por completo en la mujer que amaba y que lo apresaba con las piernas y los brazos como si jamás quisiera soltarlo. Un segundo antes de estallar, salió del pasaje para derramarse.

39

Mientras Blake la llevaba en brazos a la cama, Audrey se preguntó si hacerlo de pie era siempre igual de salvaje o si la intensidad del orgasmo que acababa de tener se debía al hombre que lo había provocado.

O porque ambos llevaban tiempo sin sexo.

Antes de que pudiera empezar a pensar en la respuesta, Blake comentó algo que arrinconó la duda.

—Pagaré un vestido nuevo. —La dejó en la cama, despacio—. Y una camisa.

Audrey, incorporada sobre los antebrazos, miró primero la prenda masculina y luego la suya. La mancha era más grande en la tela roja y negra.

—No hacía falta que salieras, llevo un DIU.

—Ni te imaginas cuánto me alegra. Ryan me dijo que aquí tienen preservativos, pero muy primitivos.

Se desprendió de la camisa y se sentó en el borde del colchón para quitarse las botas. Iba a verle los pies. ¡Bien! Mientras, admiró los musculosos brazos que la habían sostenido sin el menor esfuerzo, la hendidura de la columna vertebral en aquella espalda ancha, el hipnótico movimiento de los omoplatos... Cuando un calcetín voló, las pupilas de ella también.

Madre mía, eran perfectos. Pies egipcios, algo nervudos, de uñas cortas y pulidas.

Blake tenía pies de anuncio.

Como el resto del cuerpo, pensó, alzando la mirada para regodearse la vista.

Pero su impresionante vecino no le dio tiempo a regodearse. En cuanto se quitó los pantalones, se inclinó hacia ella, le lamió los labios y comenzó a besarla con delicadeza: boca, mentón, la línea de la mandíbula... Si Audrey ya se sentía incapaz de ponerse en pie y de permanecer así mientras Blake le desabotonaba el vestido, aquellos besos mermaron sus fuerzas aún más. Entonces, él le succionó el lóbulo de la oreja, provocándole un nuevo hormigueo que se extendió veloz hasta la parte baja de su vientre, y musitó:

—Si te sientas, te ayudo con los botones.

Podía sentarse, sí, eso no requería mucho esfuerzo.

—Vale.

Blake se situó tras ella, de rodillas sobre el colchón, y se demoró en la tarea. Cada botón que soltaba era un beso. El primero, en el hombro. El segundo, en la curva del cuello con la clavícula. El tercero y el cuarto repitieron a la inversa en el otro lado. El quinto, le rozó la columna y los siguientes trazaron aquel camino recto hasta la cintura. Audrey se estremeció de placer y suspiró profundamente cuando las manos masculinas le acunaron los senos al tiempo que aquella boca hambrienta se posaba en su cuello y lo seducía con suaves mordisquitos.

Estaba en la gloria, pero exhausta, y dudaba de que él se hubiera recuperado ya. Echó la cabeza hacia atrás para pedirle que parara un momento, que necesitaba desprenderse del vestido, las medias y los botines. Sin embargo, al percatarse de que el oído que quedaba junto a sus labios era el izquierdo, supo que Blake no la oiría. Y, con esa certeza, le susurró:

—Te quiero.

Obviamente, él continuó como si nada, pero ella tuvo in instante de desconcierto. ¿De verdad le había dicho que le quería?

Tampoco ahora se paró a pensar en la profundidad de sus sentimientos hacia su vecino, ya que no pudo resistir la tentación de lamerle la oreja para llamar su atención. La única respuesta que obtuvo fue un sonido ronco y gutural y un suave masaje en los pechos. Audrey detuvo el movimiento circular de aquellas manos y se apartó un poco del hombre.

—Blake, estoy agotada. No sé si podré volver a hacerlo esta noche —confesó a la vez que se levantaba para quitarse ya la ropa—. Pero quiero aprovechar la habitación. Contigo. La cama es más grande y más cómoda que la de la casa.

—Estoy de acuerdo. Y convencido de que podrás volver a hacerlo —afirmó con una sonrisa un tanto engreída—. No te quites las medias.

El deseo en la mirada de Blake incitó a Audrey a adoptar la actitud del personaje al que aquel vestido, que ya no llevaba puesto, y la habitación del *saloon* la invitaban a representar.

—¿Quieres quitármelas tú, vaquero?

—Para empezar.

—¿Y luego qué?

—Ven aquí y ya lo verás.

Ella compuso una sonrisa provocativa, se descalzó y se tumbó en la cama. Dobló una pierna y alzó la otra, con la punta del pie muy estirada frente al rostro de Blake. Él le besó el empeine y procedió a quitarle la media muy despacio, dejando un rocío de besos en la piel que desnudaba. Audrey sintió de nuevo el despertar del deseo, que se acrecentó cuando él repitió el proceso en la otra pierna, la que había puesto fin a su fulgurante carrera de bailarina.

—Esta es la que me lesioné.

—Sigue siendo igual de bonita.

—No sabes cómo era antes —rio ella—. Pero sí, por fuera no se nota nada. Solo una pequeña cicatriz de la operación.

—He soñado con tus piernas, ¿sabes? Soñaba con hacer esto. —Y comenzó a trazar el camino inverso, desde el pie hasta el muslo—. Aunque no llegué a imaginar que te quitaría unas medias tan sexis como estas.

La boca de Blake se acercaba al pubis y el pulso de Audrey se aceleró una vez más. Ella se tensó, preguntándose si él se detendría antes de llegar a aquel lugar íntimo. Solo su primer novio la había besado ahí, y fue tan breve como inquietante. Se había sentido tan expuesta y extraña que lo había frenado. También ahora se sentía expuesta.

Y la boca masculina ya había llegado.

—Blake...

—¿Hm?

—Para. No me gusta que...

Él alzó la cabeza.

—¿No?

—Me... pone nerviosa —balbuceó ella, mirando al techo. No se atrevía a mirar aquel rostro entre sus muslos.

—¿Por qué?

—No lo sé. —Admitir que le daba vergüenza como a una mojigata le daba todavía más vergüenza—. Es... raro.

—Eres la primera que me dice eso.

—Ah, ¿sí? Ya, claro, se lo habrás hecho a muchas, pero a mí...

—No a tantas —la interrumpió él—. Audrey, mírame.

Ella despegó la cabeza de la cama, alzándola un poco, y notó un calor repentino en las mejillas, como si se hubiera puesto colorada. Bueno, tenía motivos, pensó. Cinco días atrás apenas cruzaba palabra con ese hombre y ahora lo tenía desnudo ante sus ojos y pidiéndole...

—Déjame probarte. Solo probarte.

El tono de súplica y la expresión de Blake, entre la inocencia infantil y el deseo primitivo de un adulto, la impulsaron a ceder.

Volvió a apoyar la cabeza y llevó los brazos hasta la almohada que le rozaba la coronilla: necesitaba agarrarse a algo.

—Vale. Prueba.

El primer lametón la tensó aún más, pero el segundo fue un tanteo suave al que le siguió un soplo de aire cálido tan calmante como electrizante. El deseo chisporroteaba y aplacaba la tensión. Luego, notó que los dedos de él le abrían los labios íntimos y la boca masculina se posaba en aquel punto diminuto y extremadamente sensible. La punta de la lengua de Blake lo rodeó sin llegar a tocarlo. Dos veces, tres... Cuatro.

Audrey se aferró a la almohada al tiempo que hundía el trasero en el colchón y arqueaba la espalda. Quería alejarse de aquella lengua, era demasiado inquietante. Excitante. Y lo fue todavía más cuando empezó a darle ligeros toques en el clítoris, toques rápidos que prendieron las chispas, convirtiéndolas en llamas abrasadoras que arrasaron toda tensión generada por los nervios. Un sollozo escapó de su garganta y alzó la pelvis instintivamente reclamando más. Y él le dio más. Mucho más. Atrapó la perla y la chupó de tal manera que Audrey supo que iba a tener otro orgasmo. Sus caderas se agitaron, no podía controlarlas, gemía sin poderlo evitar.

—¿Quieres que pare?

—Sí. No. No lo sé —consiguió articular. El debate entre la mente y el placer físico inminente lo resolvió un dedo que acarició la entrada a su cuerpo—. No, sigue.

—Bien.

Y la boca de Blake reanudó el deleite interrumpido, ahora con más fervor. ¡Dios! Aquel era un maravilloso tormento. Aún sentía vergüenza, pero la necesidad de alcanzar el clímax era mayor. Estrujó la almohada y trató de retener el sollozo que luchaba por manifestarse mientras él le sujetaba la pelvis con firmeza para mantenerla inmóvil y seguir lamiendo, devorando, calmando...

Cada vez que Audrey creía llegar a la cumbre, la boca masculina se ralentizaba y le daba un respiro que ella no deseaba. Un respiro que, lejos de calmarla, atizaba el fuego que la consumía.

Pronunció el nombre de Blake dos veces, alentándolo a continuar. La tercera fue una súplica desesperada. Entonces, notó que un dedo se introducía en su palpitante vagina mientras aquella lengua volvía a juguetear con la hinchada perla. Con una contracción, atrapó al intruso en su interior, pero este escapó para volver acompañado de otro dedo.

La nueva intrusión en la carne contraída y sensibilizada la hizo gritar y aferrarse a la almohada. Cuando los dedos del hombre se curvaron y la acariciaron por dentro fue como si los cielos se abrieran y un rayo la traspasara. El estallido y la liberación la asolaron con una intensidad sobrecogedora en el mejor orgasmo que había tenido jamás.

Tardó unos minutos en recuperarse, minutos en los que la boca de Blake exploró con lentitud el resto de su cuerpo para terminar en su rostro. No quedó un centímetro de tez sin un beso. Luego, él se tumbó a su lado, de costado, con la cara apoyada en una mano; la otra reposaba en el vientre de ella y solo el pulgar se movía rozándole el ombligo.

Tras un largo silencio en el que Audrey mantuvo los ojos cerrados y la mente vagando en la nube del placer, alzó los párpados y observó aquella boca que le había hecho el amor como ninguna otra. Su Eterno vecino sonrió.

—Hola.

—Hola —musitó ella y, durante unos segundos, su mirada se quedó atrapada en la del hombre que amaba. La de él brillaba risueña en la penumbra de aquella habitación austera iluminada por dos quinqués. De pronto, le asaltó la pregunta que rondaba por su cabeza desde la tarde que fueron a la poza—. ¿Cómo ocurrió? Lo de tu oído.

Blake dejó de sonreír. El pulgar se quedó quieto. Las negras pupilas continuaron fijas en las de ella, pero Audrey no percibió dureza en esa mirada, sino tristeza y temor. Ella cubrió con una mano la que seguía inmóvil sobre su vientre, ofreciéndole confianza al hombre. Decidida a que se lo contara, le preguntó:

—¿Cuántos años tenías?

—Diez.

—Eras un crío.

—Era un inconsciente. Y muy rebelde. Bastaba con que me prohibieran algo para que yo lo hiciera.

—Muchos niños son así —comentó Audrey al percibir aflicción y arrepentimiento en el tono y en la expresión de Blake—. ¿Fue eso lo que pasó? ¿Te saltaste alguna prohibición que...?

Él se tumbó sobre la espalda, una mano bajo la cabeza y la otra sobre aquellos pectorales cincelados cubiertos por una fina capa de vello oscuro que se estrechaba a la altura del estómago y descendía en línea recta hasta la mata que protege los genitales. Su mirada se clavó en el techo.

—Me advirtieron de que no me acercara al caballo nuevo. Lo habían comprado para mi hermana mayor, Cynthia, la que está casada y vive en Reno —apostilló, desviando la vista un momento hacia Audrey—. Y aunque estaba domado, era inquieto y no se había acostumbrado al lugar. A todos los hermanos nos prohibieron montarlo.

Audrey se incorporó al instante.

—No me digas que te subiste a aquel caballo.

—Una madrugada, cuando todos dormían y nadie vigilaba el establo. Ryan me ayudó. Solo iba a dar una vuelta. Era un ejemplar magnífico y, en el fondo, me daba rabia que fuera de mi hermana y no mío. Lo saqué del cercado sin problemas, me pareció que podía manejarlo y le pedí a Ryan que abriera la valla. En cuanto salí, el caballo se lanzó al galope.

—Y tú saliste disparado —dedujo ella, alarmada.

—Aguanté bastante, pero sí. Me fallaron las fuerzas, me asusté y, de repente, salí volando. No era la primera vez que me caía de un caballo, pero aquel día tuve la mala suerte de golpearme la cabeza contra una piedra. Perdí el conocimiento. Y el oído izquierdo.

Incapaz de morderse la lengua, Audrey le echó en cara:

—Tú, el que siempre me dice que no hay nada que temer de los caballos... ¿Cómo puedes decirme eso, después de lo que te pasó? ¿Cómo puedes seguir montando tranquilamente?

La mirada de Blake abandonó el techo para posarse en la de ella.

—Adoro los caballos. Y aprendí la lección. Desde entonces, solo me he caído una vez. —La seriedad con que respondió tenía un aire de pesadumbre que aumentó con lo que dijo a continuación—: Sabía que reaccionarías así, por eso no quería contarte cómo ocurrió.

—Es que no lo entiendo, Blake, en serio. Yo...

Audrey calló porque él se incorporó y le acarició una mejilla con el dorso de los dedos.

—Tú deberías volver a bailar en público. Estabas radiante en el escenario. —Posó la palma en el lugar que había acariciado—. Nunca había visto esa luz en tus ojos, esa sonrisa deslumbrante que hacía palidecer las demás. No entiendo mucho de baile, pero creo que bailas demasiado bien para privar a la gente de tu talento.

Audrey sintió un nudo en la garganta, aquella horrible presión en el pecho y un río de lágrimas en su interior que pedía paso para manifestarse. Pero no quería llorar delante de Blake, no quería llorar por lo que había dejado atrás y no podía recuperar. Se mordió la cara interna del labio inferior hasta hacerse daño y mitigar así el dolor emocional. Sin embargo, no fue ese gesto agresivo contra sí misma lo que detuvo aquel río y lo hizo retroceder, sino el beso cálido y suave del hombre que había conquistado su corazón. Del hombre que volvía a seducirla con los labios y la lengua, ahora con una ternura que haría temblar la roca más sólida y hasta abriría la cueva de Alí Babá. La de Audrey, que no aceptaba a cualquiera, volvía a desear a cierto visitante.

Al poco, Blake la penetraba de nuevo y la llevaba hasta el orgasmo una vez más.

A la mañana siguiente, cuando un ruido como el de una puerta al cerrarse la despertó, vio a su vecino vestido y cruzando la habitación hacia la ventana. Observó en silencio a su atractivo *cowboy* ponerse el cinturón con las pistoleras y enfundar el revólver que ella había dejado anoche en la silla. Y temió que todo terminara allí, en esa habitación del *saloon*.

—¿Te vas ya?

Él se volvió al instante.

—¿Te he despertado? Lo siento, he procurado no hacer ruido.

—Me ha parecido oír la puerta —comentó ella, intrigada. ¿Adónde había ido?

—Ryan me dijo que aquí había un cuarto de baño con bañera, y lo he aprovechado.

Audrey se incorporó, cubriendo su desnudez con la sábana.

—¿Una bañera de verdad?

—De cobre. Pequeña para mí, pero tú cabrás con las piernas extendidas. —Se acercó a la cama, se sentó frente a ella y le dio un beso rápido en la boca—. Mi avión sale a las doce. Tengo que irme con el grupo que se marcha del pueblo a las diez.

—Ah. Nosotras en el de las once.

—Lo sé, Justin me lo dijo.

Ella se tragó la angustia que le generaba la duda de cómo sería su relación con Blake a partir de ahora y le sonrió.

—Pues nada, ya nos veremos en Reno.

—¿Cuándo llegas tú?

—Esta noche. Sobre las nueve, más o menos, estaré en casa. ¿Te vas pronto porque trabajas hoy?

—No. Tengo vacaciones hasta el martes.

—Ah, genial, ¿no?

A lo mejor, hasta podían pasar el resto del fin de semana juntos, se dijo Audrey, ilusionada.

—Sí —sonrió él—. Necesitaré unos días para bajar de la nube y volver al siglo XXI.

—Creo que yo también los voy a necesitar —convino ella, lanzando el anzuelo.

Pero el *cowboy* no picó. La besó otra vez, ahora pausadamente, y musitó en sus labios:

—Nos vemos en Reno.

40

Audrey se animó al llegar al hotel de Lodge Town y ver que, en lugar de caravanas, había dos diligencias con cochero. El regreso a la Frontera del Tiempo sería más cómodo y rápido.

Y lo fue, en cierto modo, salvo por un asalto que sufrieron después de cruzar aquel río donde volcaron a la ida. Los bandidos que irrumpieron en el camino disparando al aire eran ocho, y el guía les pidió a los turistas que no se enfrentaran a ellos. Aunque superaban en número a los asaltantes, solo cinco iban armados. Tenían las de perder. Y total, con darles el dinero que llevaran encima bastaría para contentarlos y que les permitieran continuar.

A pesar de las protestas de algunos turistas —incluida Dana—, que no temían sufrir heridas de balines, todos acabaron vaciando los bolsillos y bolsitos, ya que tres de los bandidos se pusieron un tanto agresivos. Uno golpeó al guía, otro amenazó con llevarse a una joven como rehén y el tercero comenzó a disparar a los pies de los que protestaban y luego, les planteó una elección: o el dinero o los caballos.

Una diligencia sin caballos no los llevaría a ninguna parte, y Audrey no era la única que estaba deseando regresar a la moderna civilización con inodoros, agua corriente, teléfonos móviles y demás maravillas de la ingeniería industrial y de la tecnología. Algunos hasta echaban de menos pulsar el interruptor de la luz. La elección fue fácil.

Cuando reemprendieron el camino, Dana comentó con sorna:

—Menudo montaje. Con este robo se aseguran de quedarse con la pasta que pedimos para gastos.

—¿También habrán asaltado al grupo de las diez? —inquirió Audrey, pensando en Blake.

—Ni idea, pero dudo que ellos se hayan dejado intimidar. Con los Lewis y Justin en ese grupo... De todos modos, puedes preguntarle a tu vecino esta noche.

—No voy a llamar a su puerta en cuanto llegue a Reno.

—Llamará él a la tuya, me apuesto lo que quieras —le sonrió Dana con un guiño de complicidad—. Por lo que me has contado de ayer...

Audrey le había contado parte, pero tuvo el resto del día de viaje para completar el relato. Hasta le habló de aquel primer beso glorioso que le había ocultado. No le quedó más remedio para que su amiga le encontrara un sentido al hecho de amenazar a Blake con el revólver. Dana la reprendió por haber guardado en secreto aquel beso, pero se entusiasmó y convenció de que Blake no le daría puerta.

—Yo no lo tengo tan claro —insistía Audrey, ya en el coche de la periodista. En cinco minutos llegarían al apartamento—. La despedida ha sido un poco fría.

—No digas bobadas. Te ha dado un beso de los buenos y te ha dicho que os veríais en Reno, ¿no?

—Sí, pero ¿cuándo? Es evidente que nos vamos a ver algún día, en algún momento. Somos vecinos.

—Seguro que te está esperando sentado en el sofá de su casa y empalmado, pensando en ti.

—Pues qué bien, si solo piensa en mí para mojar —replicó ella con ironía.

—Que no, ya lo verás. Está colado por ti, aunque no haya pronunciado las palabras. A los hombres les cuesta mucho decir «te quiero» o que están enamorados.

Dana acababa de aparcar en doble fila frente al edificio. Tras recoger la maleta y despedirse de su amiga, Audrey alzó la vista hacia las ventanas de la tercera planta.

No había luz en ninguna.

En las que correspondían a su piso era lógico, pero en las de su vecino le escamó. Esperándola en el sofá del salón no estaba, desde luego.

Ya en casa, aguzó el oído y hasta pegó la oreja a la pared del dormitorio que daba al de Blake, pero solo captó silencio.

Y el silencio se prolongó todo el fin de semana.

Audrey trató de animarse, diciéndose que el hombre estaría aprovechando sus días de vacaciones. Y, como no habían intercambiado los números de móvil, no había forma de que él la llamara o le enviara un wasap.

Le echaba mucho de menos, pensaba en él día y noche. Y las noches eran largas. El insomnio volvía a ocupar su cama y ahora era peor. Las horas transcurrían despacio, tanto las que pasaba despierta en la oscuridad como las que ocupaba con alguna distracción que no la distraía. Ni novelas, ni películas o series de televisión, ni las dos llamadas por Skype que hizo a sus padres y a su hermano para contarles cómo era aquel Salvaje Oeste en el que había estado.

Tampoco el lunes en el trabajo pudo borrar de su mente al hombre del que se había colgado como una adolescente con su primer amor. Y tanto pensar en Blake, en recordar cada minuto que había pasado con él, la llevó a plantearse un cambio en su vida.

«Tú deberías volver a bailar en público. Estabas radiante en el escenario».

Sí. Bailar le infundía vitalidad, la evadía de cualquier problema y la hacía realmente feliz. Pero ¿dónde iba a bailar en público? En algún teatro de Reno, imposible; no iba a repetir la experiencia de Nueva York.

Quizá en los hoteles que tuvieran espectáculo los fines de semana... No, jamás contratarían a una bailarina gordita de veintiocho años que llevaba tres sin bailar profesionalmente.

Podría intervenir en la obra de fin de curso de la academia de baile donde daba clases a niñas, pero eso sería una sola vez al año y con un público al que lo único que le interesaba era ver a sus hijas, sobrinas o nietas vestidas con tutús y haciendo sus pinitos en la danza.

No tenía más opciones.

O no se le ocurría ninguna, con lo desanimada que estaba.

Cuando el martes salió de su casa para ir al ayuntamiento, los nervios se la comían por dentro y batallaban con el cansancio acumulado por tantas horas en vela. Blake trabajaba esa noche. Tenía que regresar a lo largo del día.

Y regresó. Le oyó entrar en el apartamento a las seis de la tarde y trastear en el dormitorio.

Luego, escuchó cómo salía a las siete y media.

No había llamado a su puerta.

El miércoles por la mañana, Audrey decidió dejar de hacerse ilusiones.

Y se cabreó. Con su ruidoso vecino y consigo misma, por ser tan ingenua y creer que aquella noche en la habitación del *saloon* había significado algo para él. Así que, cuando sonó el timbre de su puerta a las cuatro y ella acababa de tumbarse en el sofá para ver *La venganza de Wyatt Earp* y a Val Kilmer interpretando al incorruptible sheriff (era masoquismo, sí, pero quería ponerse a prueba) no se levantó a abrir. Si el vecino quería echar un polvo antes de irse al casino, que se buscara a otra.

Una hora después, recibía un wasap de Dana.

Dana:
Me han llegado las fotos del Oeste.
Son geniales! Parecen del siglo pasado.

Audrey:
Del XX?

Dana:
Del XIX (emoticono sacando la lengua)
Estás en casa?

Audrey:
Sí.

Dana:
Acabo un artículo y te traigo las tuyas.

Audrey:
¿??? No compré ninguna.

Dana:
Yo las compré por ti. Hasta luego!

La película estaba a punto de terminar cuando sonó otra vez el timbre de la puerta. Le dio a la pausa y corrió a abrir a Dana.

Pero no era la periodista quien la saludó desde el umbral...

—Hola, Audrey.

...sino su ruidoso y aprovechado vecino, trajeado e imponente. La última persona a la que quería ver.

41

La cara de susto de Audrey casi hizo reír a Blake. Iba mentalmente preparado para aquella expresión severa que conocía tan bien y para aguantar la fría furia de su vecina, pero no para ver esos ojazos abiertos como platos ni los labios separados, invitándolo a meter la lengua entre ellos y a besar a conciencia esa boca que ansiaba volver a saborear. El deseo frenó a la risa y lo obnubiló de tal manera que estuvo en un tris de que Audrey le diera con la puerta en las narices. Por suerte, fue más rápido de reflejos que ella y puso la mano en la hoja a tiempo de impedir que la cerrara.

—¡Espera! Imagino que estás enfadada y...

—Estoy viendo una película, vuelve más tarde.

—No me abrirás, como antes. Sé que estabas en casa, te he oído. —Silencio tras la puerta. El palmo de abertura que quedó le privaba de ver a su vecina, que hizo otro intento de cerrar—. Audrey, dame cinco minutos, por favor.

La presión al otro lado de la hoja de madera cedió y Blake se coló en el apartamento. Procuró seguir ocultando tras la espalda lo que llevaba como ofrenda de paz y no pudo evitar invertir unos segundos en observar a su enojada vecina, plantada frente a él con los brazos cruzados, el cuerpo tenso y la barbilla alzada con orgullo.

—De acuerdo, cinco. Ni uno más. ¿Qué quieres?

—Disculparme. Por no dar señales de vida hasta hoy. Podría haber conseguido tu número de móvil de alguna manera y no lo hice. O incluso llamar el lunes al ayuntamiento y pedir por ti, pero no me atreví. Sabía que oír tu voz y hablar contigo haría que te echara de menos aún más y no pudiera resistirme a volver antes de tiempo. Tenía que... arreglar ciertas cosas en Las Vegas.

—Ah. Estabas en Las Vegas.

—Tomé un vuelo hacia allí en cuanto llegué el sábado al aeropuerto de Reno. Ni pasé por el apartamento. Fui a hablar con mi padre.

Si la cara de espanto de Audrey al abrirle la puerta le había hecho gracia, la de ahora lo desconcertó. No entendía a qué venía el miedo que percibía en la mirada de su vecina y que se manifestó en un balbuceo.

—¿Y has... hecho las paces... con él?

—Más o menos. Hemos llegado a un acuerdo —sonrió Blake, ansioso por contarle en qué consistía ese acuerdo.

—Oh. ¿Y vas a... casarte con Melissa?

Entonces, lo comprendió. Comprendió el motivo del miedo de la mujer que le había confesado estar enamorada de él. Un torrente de alegría fluyó por sus venas, y quiso acortar la distancia de dos pasos que los separaba, atrapar entre sus brazos a su vecina asustada y besarla con locura para demostrarle que no tenía nada que temer. Pero, con una mano ocupada todavía por el objeto que lo había retenido en Las Vegas un día más, el abrazo era inviable. Sin poder dejar de sonreír, respondió en tono suave:

—No voy a casarme con Melissa.

—Ah. Bien. Me... alegro. Quiero decir..., que me alegro de que hayas hecho las paces con tu padre sin tener que aceptar sus condiciones —especificó a tal velocidad que Blake no lo hubiera pillado todo si no llevara puesto el audífono.

—Yo también. Y espero que te guste el acuerdo al que hemos llegado.

—¿A mí? ¿Qué tengo que ver yo con...?

—Luego te lo cuento —la interrumpió él. Lo que escondía tras la espalda ya le quemaba en la mano—. Primero, quiero darte esto.

Audrey se quedó mirando el envoltorio cilíndrico de un metro de largo aproximadamente. Frunció el ceño.

—¿Me has traído un poster de Las Vegas?

Blake fue incapaz de contener la carcajada que lo asaltó. No había pensado en que el tubo de cartón que compró para proteger aquel objeto y poder envolverlo más fácilmente con papel de regalo era el típico contenedor de posters o dibujos.

—Ábrelo y verás lo que es.

Impaciente, observó cómo Audrey despegaba las tiras de celo con parsimonia y expresión intrigada. Cuando quitó la tapa del tubo y miró dentro, supo al instante lo que era. Atónita, alzó la vista hacia él.

—Me has comprado una sombrilla.

—No exactamente.

Audrey tiró de la contera y sacó el quitasol, observándolo con asombro.

—Es... igual que la...

—Igual no —la corrigió Blake—. *Es* la que te rompió aquel falso apache. El mango no tenía arreglo, pero lo he cambiado por otro idéntico.

A ella se le cayó el tubo de la mano.

—¿Tú?

—En el taller que tengo en mi casa de Las Vegas hay herramientas para todo. Por eso me quedé un día más allí.

Y Audrey se echó a llorar. Silenciosamente. Las lágrimas resbalaban por sus mejillas mientras ella parpadeaba y miraba aquella sombrilla del Salvaje Oeste, acariciando la tela y el mango nuevo con veneración. Blake dio un paso hacia su emocionada vecina.

—¿No me merezco un beso?

—Ay, Dios. Esto es... —Audrey se enjugó las lágrimas con las yemas de los dedos—. Nunca habría imaginado que...

—Pues un gracias, por lo menos —pidió él, ante la inacción de ella—. Me conformó con un gracias, si no quieres besarme.

—Claro que quiero besarte, pero... —Sorbió por la nariz y se le escapó un hipido—. Estoy llorando, me tiembla todo y... Si te beso ahora, no...

Aquella boca deseada se cerró. Él la instó a continuar.

—No ¿qué?

Ella suspiró quedamente y un velo de tristeza empañó su mirada. Su voz también sonó velada al responder:

—No querré dejar de besarte... nunca más.

—¿Y qué problema hay? —sonrió Blake. Enmarcó el rostro de la mujer que amaba y musitó—: Sueño con besarte durante toda mi vida. Estoy loco por ti, Audrey. Creía que cuatro días sin verte me calmarían un poco, pero no ha sido así. Te quiero, y me encantaría que me besaras ahora... y siempre.

Los labios que tanto lo atraían se curvaron lentamente en una sonrisa a la vez que otra lágrima se deslizaba por una de las suaves mejillas que Blake acariciaba. La atrapó con el pulgar y esperó ese beso que sellaría su amor. Y ella se lo dio. Sin soltar la sombrilla, Audrey le enlazó los brazos al cuello, se elevó sobre las puntas de los pies y lo besó con una dulzura sensual que le llegó a lo más profundo del alma.

Y a cierta parte del cuerpo, por supuesto.

El deseo borró cualquier pensamiento y Blake dejó vagar sus manos por la silueta femenina, memorizando cada curva, cada valle, cada montículo que acariciaba y que su boca había catado aquella noche en la habitación del *saloon*.

El ruido de algo que cayó al suelo a su espalda le devolvió un instante la cordura. Puso fin al beso y musitó en los labios de su amada vecina:

—Creo que se te ha caído la sombrilla.

—¡Oh! —exclamó ella, y se zafó de él para recogerla de inmediato. Abrazó el objeto con fuerza y un suspiro de alivio—. Solo faltaría que ahora la rompiera yo.

—Volvería a arreglarla, no te preocupes por eso.

—Ya, pero tendrías que irte a Las Vegas otra vez.

—Tú podrías acompañarme —sugirió Blake, y consideró que era el momento perfecto para contarle el motivo de su repentino viaje a la ciudad del juego—. De hecho, convendría que te cogieras un par de días de fiesta para ir Las Vegas, si puedes. Mejor en lunes y martes, que son los que libro yo. Mi padre quiere conocerte.

—¿Le has hablado de mí a tu padre?

—Era imprescindible para el acuerdo que le proponía. Espero que te guste, pero si no, no pasa nada. Aún no está cerrado.

Audrey lo miraba con extrañeza.

—¿Tengo yo algo que ver con ese acuerdo?

—Mucho. Tú me diste la idea, indirectamente, y me gustaría que fueras tú la que se encargara de llevarla a cabo. Tienes el apoyo de todos mis hermanos.

—Ah. ¿Y qué idea te di? —inquirió, confusa.

—Montar un espectáculo de baile en el hotel-casino de los Lewis. El escenario ya lo tenemos, solo habrá que ampliar la zona del público y acondicionar una para vestuarios. Podemos contratar hasta doce bailarines, que elegirías tú. Y tendrías libertad para decidir qué números incluir en el espectáculo y coreografiarlos, si te apetece. Sería como dirigir tu propia compañía de baile. Y a mí me gustaría que te incluyeras como bailarina. Siempre y cuando tu lesión te lo permita, claro. Pero, por lo que vi en el *saloon*...

Aturdida, Audrey se desplazó hasta el sofá como a cámara lenta. Se sentó y clavó las pupilas en un punto indefinido del suelo.

—Eso es… una locura. Yo no… no puedo…

—Puedes bailar, Audrey. Puedes volver a cautivar al público.

El silencio y la expresión de angustia de ella, que seguía abrazando la sombrilla como si fuera un salvavidas, llevaron a Blake a sentarse también en aquel sofá de dos plazas. Se aflojó el nudo de la corbata, que comenzaba a apretarle por lo nervioso que estaba. La imagen fija en la pantalla del televisor lo sorprendió: Val Kilmer caracterizado de su sheriff favorito. Había visto cuatro veces esa película.

—¿Estabas viendo *La venganza de Wyatt Earp*?

—¿Eh? —Audrey salió del trance y volvió la cabeza hacia él—. Ah… Sí.

—Me dijiste que no te gustaban las películas del Oeste.

—Y no me gustan, pero… —Alzó un hombro con indiferencia—, como tú me hablaste de ese sheriff como si fuera tu ídolo, quería saber qué era lo que tanto te fascinaba de él.

Blake ahuecó la mano en la nuca femenina, despejada de cabello, como casi siempre, y se inclinó para besar aquella boca cerrada que acababa de proclamar, a su manera, que lo había echado de menos tanto como él a ella. A la mujer que se le había metido bajo la piel y tocado su corazón de tal modo que se había tragado el orgullo para ir a hablar con su padre. Sin saberlo, Audrey le había ayudado a librarse del remordimiento que lo ahogaba desde aquel enfrentamiento para el que, durante meses, no vio reconciliación posible.

Saboreó el beso lentamente, con la calma que da la certeza de que habrá muchos más, con la dicha de sentirse amado por la mujer de sus sueños y la esperanza de devolverle la luz que la haría feliz. También despacio se apartó de aquellos labios, apoyó la frente en la de ella y cubrió con la mano libre la que Audrey le había puesto en el centro del pecho como si le acariciara el corazón.

—Te quiero —repitió con voz ronca—. Me gustaste desde el primer día que te vi, en la puerta de mi apartamento. Y, aunque no te proponía sexo, admito que luego se me pasó por la cabeza. —Besó las yemas de los finos dedos femeninos, una a una—. Durante días, te imaginé desnuda en mi cama.

—Yo te imaginaba desnudo en la ducha.

Gratamente sorprendido por aquella confesión, Blake buscó la mirada de Audrey, que parecía avergonzada.

—¿En serio?

—Cuando te oía llegar de madrugada y... Bueno, da igual, ahora no puedo hablar de eso. Tu propuesta. Implica tener que mudarme a Las Vegas.

—Dentro de un mes, más o menos. Puedes pedir una excedencia de un año, por si te arrepientes de tu decisión de volver a los escenarios.

—Todavía no he decidido nada. Necesito pensarlo, Blake.

Él entrelazó los dedos con los de la mano que retenía, comunicándole en silencio a su azorada vecina que estaría con ella, decidiera lo que decidiese. Y tratando de infundirle valor para reemprender su carrera de bailarina.

—Claro, lo entiendo.

—Deduzco que el acuerdo con tu padre es que tú regresarás a Las Vegas si él invierte en ese espectáculo de baile.

—La inversión es a medias entre él y yo. Y sí, volveré a Las Vegas y a mi puesto de trabajo, aunque no me guste. —Y, ante la mirada inquisitiva de Audrey, le aclaró—: Hace un año, mi padre me cedió la dirección del casino, pero yo prefiero trabajar en la sala, con la gente, los clientes... No va conmigo encerrarme en un despacho durante horas y horas.

—Entonces, rechazo tu propuesta. No pienso amargarte la vida.

Blake sonrió.

—No podrías. Contigo me siento mejor persona de lo que soy. Y capaz de soportar horas de despacho. Además, puedo llegar a más acuerdos con mi padre. No es fácil negociar con él, pero si le consigo un organizador de bodas que no le cueste dinero, cederá a lo que le pida. Piénsatelo, cariño, piensa en lo que quieres tú. Si tú eres feliz, yo seré feliz contigo.

Una tonadilla corta que procedía de un bolsillo de la americana de Blake irrumpió en el silencio en que se acababan de sumir, atrapados el uno en la mirada del otro. Él sacó el móvil del bolsillo y desactivó la alarma.

—Me queda media hora para tener que irme a trabajar. Y falta poco para el final de la película, podemos acabar de verla juntos.

—¿Ese tubito es el audífono?

Blake se puso tenso.

—Sí. ¿Te molesta?

—No. ¿Por qué iba a molestarme?

—A Melissa le molestaba. No me enteré hasta que rompimos y me lo dijo.

—Pues qué imbécil. Si apenas se nota. ¿Cómo funciona? ¿Puedes quitártelo un momento para que lo vea?

Él lo hizo, un tanto inquieto y con timidez, y le explicó la función de cada pieza de aquel diminuto y sofisticado aparato.

—¿Cuánto dura la batería?

—Unas seis o siete horas.

—Y cuando se agota, ¿dejas de oír?

—Como si no lo llevara. Tengo un cargador en el casino, porque la batería no siempre aguanta hasta que acabo el turno —informó, mientras se colocaba de nuevo el audífono. Pero hay noches que acabo tan cansado que me olvido de ponerlo a cargar. Total, no me cruzo con casi nadie cuando vuelvo a casa a esas horas.

—Por eso no me saludaste el sábado pasado en el portal, cuando yo salía con la maleta.

—No me enteré de que me saludabas. Vi la cara de mal humor que llevabas y preferí no decir nada. Lo siento.

—No, soy yo la que debería pedirte perdón. Por haber pensado mal de ti cada vez que me ignorabas.

—Y cada vez que te invitaba a entrar en mi apartamento para disfrutar de la fiesta.

Ella sonrió, un tanto abochornada y agachó la cabeza.

—No me lo recuerdes. Aunque... —lo miró de reojo y continuó como si lo regañara— tú has admitido que pensabas en sexo y en mí al mismo tiempo.

—Sí. Y ya solo me quedan veinte minutos para irme, Audrey. Y unos quince para el final de la película. Podemos acabar de verla juntos, pero si no la pones ya...

—Puedo ver el final cuando te marches, no necesito compañía para eso. En cambio, para lo que me apetece ahora... ¡Ayyyy, no!

—¿Qué pasa?

—Tiene que venir Dana a traerme las fotos del Oeste —dijo al tiempo que cogía el móvil que tenía sobre la mesa de centro—. Pero le mando un wasap para que no venga antes de las siete.

—¿No quieres que me vea aquí contigo?

—Lo que no quiero es que nos pille desnudos.

Perplejo y eufórico a partes iguales, él dudó de haber oído bien.

—¿Me estás proponiendo sexo?

Audrey envió el wasap.

—Veinte minutos me sabrán a poco, pero... —agarró la corbata y tiró de la prenda a la vez que se inclinaba hacia él— me muero de ganas de quitarte ese traje.

—Si yo colaboro, ganaremos tiempo —apuntó él, desprendiéndose ya de la americana.

—Vale —aceptó ella, y se afanó con los botones de la camisa—. Y, como tengo insomnio, ya me daré el gustazo de desnudarte despacio cuando vuelvas del casino.

Blake se quitó la corbata y se descalzó.

—¿Tienes insomnio?

—Ya te hablaré eso otro día, que el tiempo vuela.

Y la ropa de ambos también voló. Igual que las dos almas que habían necesitado un viaje ficticio al pasado para encontrarse y que ahora emprendían juntas otro viaje muy distinto: uno real, hacia el futuro y por ese camino incierto del amor en el que no hay metas que alcanzar, solo la ilusión por avanzar de la mano junto al corazón del ser amado.

Hotel principal de Odissey Park, martes 20 de julio, 17:00h.

Alison Cooper se despidió de Dana Thorne en el vestíbulo del hotel y se dirigió hacia la coctelería. Las cinco de la tarde era una hora temprana para tomarse un gin-tonic, pero lo necesitaba. Llevaba desde las once de la mañana con la periodista, respondiendo a las preguntas que podía responder y esquivando aquellas cuya respuesta implicaba revelar secretos del funcionamiento de los ficticios viajes en el tiempo. Todos los empleados de Odissey Park firmaban un acuerdo de confidencialidad.

Le había mostrado a Dana las zonas públicas del hotel y algunas privadas, como el Centro de Control. Le había presentado a Gary, que se cuidó de que las únicas pantallas encendidas fueran las que conectaban con las cámaras del Salvaje Oeste, que esa semana no acogía turistas. Aunque ya habían liberado algunas imágenes de la siguiente época que abriría al público —el siglo XVIII en las Highlands de Escocia—, pocas eran reales, sino producto de un minucioso trabajo con Photoshop. Los equipos de habilitación y de interiorismo no habían terminado de acondicionarla, todavía faltaban diez días para la apertura oficial.

Se acomodó en uno de los amplios sofás de la coctelería, dio un sorbo al gin-tonic y soltó un largo y profundo suspiro con los ojos cerrados.

—¿Tan dura ha sido la visita de la periodista?

Alison alzó los párpados y sonrió al coordinador de operaciones, que se aposentó a su lado.

—Agotadora, pero muy satisfactoria.

—Eso también definiría una noche conmigo.

—Mmm... Tendré que preguntar a las empleadas que ya te has tirado —bromeó ella.

—¿Y vas a conformarte con opiniones ajenas, pudiendo tener una propia?

—Por ahora, sí, casanova.

—Eh, no soy un casanova, y lo sabes.

—Sí, solo estás recuperando el tiempo perdido, lo sé —admitió Alison—. Al menos, eso es lo que me dijiste al mes de conocernos.

—Y es la verdad —corroboró Gary con una expresión inocente que parecía indicar lo contrario. Un camarero le sirvió una jarra de cerveza—. Gracias. Bueno, cuéntame qué ha tenido de satisfactoria la visita de la rubia cotilla.

—Pues un cotilleo, precisamente. Su amiga Audrey sale con Blake Lewis desde hace dos semanas —le informó con aires de triunfo—. Mi intuición no me falló.

—¡Felicidades, casamentera! Esto se merece un brindis.

Alison alzó su copa de balón y la hizo entrechocar con la jarra de cerveza. Paladeó un sorbo del combinado y comentó:

—Y la cosa va en serio, según Dana. A finales de mes, Audrey deja el apartamento de Reno y se traslada a Las Vegas para instalarse en el que tiene allí el millonario.

—Joder, qué rapidez. La noche tórrida que pasaron en la habitación del *saloon* debió de ser... muy satisfactoria.

—Si a eso le sumas una oferta de trabajo la mar de tentadora, yo tampoco me lo pensaría dos veces.

Alison le resumió a Gary la historia que la periodista le había contado sobre la pareja de Reno desde que se conocieron, lo que aclaró la intriga que había despertado aquella extraña relación en el coordinador de operaciones.

—Supongo que escribirás a don Pomposo para restregarle por las narices que tus artimañas han dado resultado —la retó él.

—Ni lo dudes. En cuanto me acabe la copa y me haya relajado un poco, le envío un correo electrónico.

—¿Qué habrías hecho si esa periodista no te hubiera pedido una entrevista para un reportaje sobre el parque?

—Se la habría ofrecido yo. Bueno, el departamento de Comunicación y Prensa, por supuesto.

—Le habrá extrañado que la atendieras tú, la gerente de Odissey Park, en lugar de alguien de ese departamento.

—Sí, pero le he dicho que nadie mejor que yo sabe cómo funciona todo en el parque. Y le ha fascinado la precisión con que lo tenemos organizado. Nos hará un buen reportaje.

Aunque la promoción no iba a ser necesaria, se dijo Alison, pues tenían más solicitudes de las que podrían atender en lo que quedaba de año.

Charló un rato más con Gary y regresó a su despacho. Le quedaban varios correos por responder y había recibido ya el balance de resultados de la primera semana vacacional, la valoración final y los formularios de la mitad de turistas que estrenarían la siguiente época; pero lo primero que hizo fue escribir al señor Grant. Si no lo hacía en ese momento, alentada por Gary y mientras le duraba el regocijo por la noticia que la periodista le había dado, tal vez ya no se atreviera.

Desde el *e-mail* de la tachadura, Alison se había limitado a enviar los dos informes que quedaban con tan solo media línea en el espacio para el texto del correo. El director de proyectos respondía con un «recibido» y ahí terminaba su intercambio de palabras. El resto de *e-mails* que le habían llegado de él durante las dos últimas semanas trataban asuntos relativos a la habilitación de las

Highlands y a la construcción de las otras épocas en las que estaban trabajando ya, por lo que no iban dirigidos a ella, en realidad; simplemente la incluía entre los destinatarios por una cuestión de protocolo y, por lo tanto, Alison no respondía a ninguno.

El que había decidido enviarle ahora rompería aquel silencio epistolar.

De: Alison Cooper
Para: Samuel J. Grant
Asunto: Buena noticia
Enviado el: 20 de julio, 18:25

Estimado Sr. Grant:

Me satisface comunicarle que una de las aventuras amorosas que surgió en el Salvaje Oeste ha derivado en una sólida relación sentimental. Le agradecería que informara de ello al señor Pemberton, creo que le gustará saberlo. Trasládele también mi deseo de que se recupere pronto, ya que me ha resultado imposible ponerme en contacto con él para decírselo personalmente y me preocupa no saber cómo se encuentra y qué le aqueja. Me gustaría que él supiera que estoy a su disposición para lo que necesite y esté en mi mano.

Saludos,

ALISON COOPER
Gerente de Odissey Park

A lo mejor, esta vez el señor Grant le daba algo de información sobre la salud del accionista jubilado, pensó Alison cruzando los dedos.

La respuesta le llegó media hora después, mientras intentaba concentrarse inútilmente en la valoración final.

De: Samuel J. Grant
Para: Alison Cooper
Asunto: RE: Buena noticia
Enviado el: 20 de julio, 18:55

Estimada Srta. Cooper:

Su preocupación por la salud del señor Pemberton es encomiable y se agradece. Sin embargo, no estoy autorizado a revelar la naturaleza de su enfermedad, que evoluciona tal y como se preveía, así que no vuelva a preguntarme sobre ello.
Informaré a mi mentor acerca de la buena noticia que tanto le satisface comunicarme, aunque no la considere relevante para el futuro de Odissey Park. Y, dado que no hay ninguna referencia a dicha noticia en la valoración final de la primera semana turística, deduzco que tampoco es relevante para la junta de accionistas. No obstante, debo felicitarla por haber superado la prueba y poder así, conservar su puesto de gerente. Dejando aparte su afición de *matchmaker*, ha hecho usted un buen trabajo y se han cumplido las expectativas del parque.
Por el momento. Esperemos que también se cumplan las establecidas para el próximo viaje en el tiempo que inauguraremos en breve.

Sin otro particular, quedo a la espera de su primer informe extraoficial sobre las Highlands del siglo XVIII.

Atentamente,

SAMUEL L. GRANT
Director de proyectos

P.D. Si la invitan a la boda, tenga la amabilidad de NO comunicármelo.

Qué simpático, murmuró Alison con tonillo irónico, y le sacó la lengua a la pantalla del ordenador.

Bueno, por lo menos la había felicitado, pensó, ufana, y le respondió con una línea de agradecimiento por la enhorabuena. Volvió a abrir el informe de la valoración final, lo leyó con orgullo de cabo a rabo y decidió terminar ya su jornada laboral. En un par de días tendría los formularios de todos los viajeros a la Escocia dieciochesca y tal vez, su intuición le señalara otra pareja a la que unir.

Próximo título de la serie Odissey Park

Mi highlander favorito

Otros novelas publicadas de Carol Davis

Donde menos te lo esperas

Sandra, lectora empedernida y librera en paro, necesita un empleo con urgencia. Y está a punto de conseguirlo, solo depende de una llamada. Pero su móvil desaparece misteriosamente y con él, su tan ansiado empleo.

John, adicto al trabajo y a hacer siempre lo correcto, necesita arreglar el desaguisado que ha causado al llevarse un móvil por error. Pero su plan desencadena una serie de enredos a los que se suman una vecina indiscreta, una madre metomentodo, un exnovio engorroso y una enérgica secretaria.

Cuando menos te lo esperas

Emma necesita mudarse temporalmente de su casa y tiene una oferta tentadora: el dúplex de diseño de Warren, el cuñado de su mejor amiga. El problema es que deberá compartirlo con él, que no es precisamente santo de su devoción.

Warren, que tiene muy poco de santo, necesita ayuda para resolver un misterio relacionado con su familia y no duda en acudir a Emma. La atracción que siente por ella es el aliciente principal. Pero la afición de Emma por las series policíacas los precipita a embarcarse en una investigación en la que descubrirán otros secretos y deseos que ninguno de los dos esperaba.

Disponibles en Amazon.

Made in the USA
Monee, IL
24 May 2022